南墙北墙

徐春林　著

中国言实出版社

图书在版编目（CIP）数据

南墙北墙 / 徐春林著. -- 北京：中国言实出版社，

2024. 12. -- ISBN 978-7-5171-5027-5

Ⅰ. I267

中国国家版本馆CIP数据核字第2024MH3159号

南墙北墙

责任编辑：朱　悦

责任校对：张　朕

出版发行：中国言实出版社

　　　　　地　　址：北京市朝阳区北苑路180号加利大厦5号楼105室

　　　　　邮　　编：100101

　　　　　编辑部：北京市海淀区花园北路35号院9号楼302室

　　　　　邮　　编：100083

　　　　　电　　话：010-64924853（总编室）　010-64924716（发行部）

　　　　　网　　址：www.zgyscbs.cn　　电子邮箱：zgyscbs@263.net

经　　销：新华书店

印　　刷：北京铭传印刷有限公司

版　　次：2025年1月第1版　　　2025年1月第1次印刷

规　　格：880毫米×1230毫米　　1/32　　9印张

字　　数：207千字

定　　价：60.00元

书　　号：ISBN 978-7-5171-5027-5

村庄的声音到底有多长（自序）

早些年前，听刘亮程老师讲课。一闭上眼睛，脑海里便是村庄的样子。一点一滴在树叶上，在如水的月光下，在鸡鸣狗叫里。那些声音，就像是溪流里的水，一个浪花紧接着一个浪花不停地碰撞着。

我知道，村庄里的事情，都被时光带走了。我的祖先，包括我的爷爷奶奶，他们永远消失在时光里了。可是后来，我发现声音所到的地方，就会唤醒事物的灵气。

赣北的上庄乡罗家窝村是我的出生地。在我的很多文字里，都写到这个村庄。爷爷去世后，我开始时常想起村庄，会不时朝着村庄里走，一个人，不知道为什么去！村庄里空空的，再也见不着人。

修水最早的移民是从2004年开始的，政府决定对上庄乡实施整体移民搬迁。后来村民们陆续搬迁到了山外，可以享受国家的好政策，孩子们也解决了就医就学的问题，这是一件大好事。可不知为什么，每次回村再离开时，我总是依依不舍。我发现，在村庄的某个角落，还能看见劳作的身影，听见一些声音。

我常常感到，村庄上空的星星和月亮，村庄里的动物和植物，都知道村庄的事情。我能听见的那些声音像是从天上来的，朝着我涌来，直击心灵。它们在我的心里不停地生长，发出另一种声音。

村庄的确给过我太多珍贵的记忆。纯洁的童真是不变的，像条永不干涸的河流，一直流淌在我的内心深处。我的出生是艰难的，母亲和我差点都活不下来。我刚生下来没有气息，奶奶把瓷碗砸烂在天井的台阶上，我顿时号啕大哭，这是我来到人间的第一个声音。后来，无论走到哪里，声音就像一个悠长的梦，在我的心里荡漾着。

声音是对世间万物的真切注视、抚摸和感受。这也是我创作散文《村庄的声音》的初衷。对声音的敏感体察让我的写作有了新的开始和认知。在《村庄的声音》里，我不仅可以看到过去，还看到了将来。

我以为一个文学写作者，一辈子都在寻找故乡的声音，一辈子都在书写故乡，那是一个人的来处，也是归途。

我的文字渐渐地被各种声音包裹着，它们是生活的源泉，也是生命的记忆。在《南墙北墙》里我写到一个只会"嗨"的孩子，在《一个人的颜色》里写到一个看不着世界的外婆，在《夜晚与村庄》里写到一个不会说话的人，他们的"声音"各不相同，却恰恰都是映照现实原貌的镜像。

通过声音消除障碍，打开心灵的通道，"看见"更加光明的世界，是我写作的追求。

　　声音的传递不舍昼夜。如何从历史中把沉寂已久的声音重新打捞出来，转达给今天的人，我想，这也是一个作家的使命，是属于我的文学声音。

目录

乌鸦锅庄

小 寒

小寒在节气中，无疑是最冷的时候，比大寒还让人畏惧和害怕，手指窝在裤兜里拿不出来。日照山野的时候到处冒着浓浓的白色气体，犹如是袅袅云烟形成的一层层雾，又像是一条蚕丝裙带，系在女人纤细的腰间。几个月、一岁的婴儿抱在大人的手上，用棉花缝扎成的棉毯包裹着。棉花是当年新收起来的，抗寒能力相当强。躲藏在棉毯里的孩子，转动着圆溜溜的眼睛。二岁、三岁的孩童坐在门前的小矮凳上，荡着小腿，鼻子上流着糨糊般的鼻涕。其他的男人、女人、老人和小孩都早早地来到了台前，准备着一些道具，为一些角色在脸上涂鸦。炭火开始还是红红的，仅一会儿，上面就覆盖了一层白色灰末。这时节祠堂门前的树丫是冻死了半截的，树叶也是一片都不剩了。辣椒、花椒，总之一咬上去能够挤压点火辣辣味道的食物，都成了抢手货。

那是1980年11月，是我出生前的几个月。这是我父辈讲给我听的一些事：我父亲从大队部回来，脸色发青，说是明天要他上主角，这怎么得了。今天一天的气温都好低，一天都是雾罩着的。冷是不用说，连情绪也受到了影响。家里一点炭火都没有了，砍回来家里的柴也不是好货，都是些不易燃烧的大叶婆，还是半湿的，没有等到熏干，就放在火炉里。满屋里都是烟，咳嗽声一片。

"去百云那里担几担炭来吧。"百云是我姑父，烧炭的，我父亲与母亲商量着。"炭是需要啊，可是没有人去担啊。""这没有炭，日子怎么过得下去。"父亲说着，打着杉皮火出了门。

土窑是上半年开始点火的，这个时候就火了起来，山头上到处冒着青烟。卖炭翁挑着沉甸甸的担子，走东家，跑西家，扁担压在肩膀上咯吱响。人家冷得蜗居在家中，他却摇头晃脑地走在山路上，满头大汗的。

这些日子土窑不知道出了什么问题，卖炭的人都不上门送炭了。本来进入立冬，卖炭翁就会上门送炭的，今年与往年不一样，没有等到送炭的人。

去百云姑父家要翻两座山，父亲去时还是上半夜，回来已是下半夜二更时分了。走进家门时，挑了一大担的木炭，脸上一片黑，像是关公一样。把炭火放在火炉里点燃，整个房间就像春天一样温暖。父亲坐在椅子上烤着火，睡着了。母亲帮父亲盖上棉被，就让他这样睡着。呼噜声，一波接着一波，实在是太累了。这一出戏也赚不到几个银子，大家轮流着上台。主角的负担比较重，谁都不愿意上主角。

黑皮是在这个季节到锅庄的，他像是一个傻子，傻乎乎地坐在戏台前那破凳子上哆嗦着，像是寒号鸟一样一副可怜巴巴的样子。戏开演之前是要清场的，一些不演戏的人要到场外去排队买票。门口有人专门负责收取铜银，收了铜银后才让进场。坐下后稍过两分钟，戏台上就龙飞凤舞起来。

　　父亲拿着大枪对着那扇灌满着风的门口时，看见了那双眼睛。一台戏累了个半死，得到的收入不过一个铜钱，回到家，后面还跟着个乞丐。不用父亲说，母亲就大抵知道了是怎么回事。

　　星星点点的火光把房内照亮了，有一种红薯烧焦的味道。母亲把唯一的半小洋瓷碗米饭从锅里取了出来，周围横七竖八围着几只大红薯。火炉里的薯是刚刚放下去的，火炭是父亲昨夜从姑爷家挑回来的，那可是最好的木炭，放在楼角里大半年了，干过骨了。这是陈年木炭，今年百云姑父家的土窑还没点火。

　　黑皮是广东人，皮肤黑黑的，黑得像是一只乌鸦。其实黑皮还有个大名，是我父亲叫习惯了绰号。我那时还小，也不知道他的大名到底叫什么。

　　那阵子广东还不富裕，黑皮到内地来找工作，想混口饭吃。他没什么手艺，也没有文化，之前在家里只会用楠竹做一些竹椅，生意不景气就干脆跑了出来。

　　那年头锅庄并不富裕，但锅庄的大戏可是远近闻名。花一两个铜钱来饱眼福的人那是一拨接一拨，就像是流水一样从来没有间断过。黑皮具有演戏的天赋，但父亲根本就没想过让他上台，要是演砸了，那会影响锅庄的。这块戏牌有 100 多年了，传了好几代都不衰。唱的腔还是原来那个调，那味道就像是陈年老酒。

后来我知道了黑皮是来锅庄打工的，那是锅庄里第一次出现的代名词。以前没有人说过"打工"，也不知道"打工"是干什么。后来我们都知道了"打工"就是外出找活干。我就是有点想不通，像锅庄这样的穷地方居然都有人来"打工"。那年头不要说是锅庄穷，全国穷得揭不开锅的地方多如牛毛。说是"打工"，实际上就是出来混口饭吃。

我母亲缺少奶水，在兜里我总是哇哇地哭个不停，小脸蛋红红的。母亲说不是冻红的，是火气太重了，吃的都是麦糊。黑皮抱着我喔喔地跳着，好像是自己的孩子。

黑皮来到锅庄之后，一直想学戏。演关公不用涂料，这是锅庄唯一的绝活，是用来维持生计的。一个外来人，哪敢传授给他。这也不能完全怪父亲，村子里的规矩就是规矩。

没有加入戏团总得混口饭吃，他就在村子里干起了绝活。锅庄的楠竹是成山的，多得没办法派上用场。黑皮会用楠竹做凉席，做出来的凉席耐用又美观。给我家做了一床之后，村里好多人家都请他去做。那个下午，他回来了，像是一只被人惩罚过的羔羊一样，母亲问他吃没有，他说吃过了。母亲知道他没有吃饭，在火里烧了几只红薯给他。他狼吞虎咽般吃了下去，吃完后就去收拾东西，一个包，包里夹着几件衣服。我父亲不在家，他对母亲说，"嫂子我走了，你们的恩情我一定会报的。"母亲拉不住他，也不想拉他。我家的锅里也没有剩余的口粮，自己都是凑合着过日子。他说要走，母亲也就没有挽留。毕竟留住他意味着父亲就得多出几场戏，手得多裂几道口子。

那年冬天，炭火成了我家的稀奇事儿。黑皮以前没有烤过这样的木炭，成天习惯性地提着装着火炭的破洋瓷碗去看戏。每次蹲在台下笑得是前仰后合，还比画着一些戏台上的动作。那阵子本来是父亲最不想出戏的时候，有了黑皮这个戏迷，他也就重新燃烧起了那团火焰。

黑皮在我家住的时间就是那个冬天，春天花开的时候他就走了。父亲说，他像是一阵风一样，随着风来的，后来又随着风走了。黑皮离开锅庄之后，锅庄的大戏也凉了起来。我家相当的困难，父亲被迫去了外地打工，去了一年多才回来，爷爷都以为他回不来了，是不是已经死在了外面。母亲已经是伤心过度了。就在我们不再期盼的时候，父亲回来了。他黑得不像样了，人也瘦得像是一把干柴，与黑皮来时的样子有几分相似。

"回来了就好，"母亲说。

是啊，回来就好。差点儿就没命回来了。

那次回来之后，父亲就没有再走了。他也没有出戏了，做起了凉席。你别说，锅庄的大戏还真没这凉席值钱。

许多年之后，我知道了父亲在外面差点儿饿死。幸亏他遇上了黑皮，是黑皮救了他一命。父亲说，他是走路回来的。在路上没有吃的，没有喝的，他打算死在外面的时候，他爬到一家茅舍外躲避寒冷，黑皮把唯一的口粮给了他，黑皮说父亲是他的恩人。

当然黑皮之后再也没有与我家有任何往来，父亲这辈子留下了个天大的遗憾，最后悔没有教黑皮演大戏，黑皮却教了他做凉席。

大雪

锅庄的大雪来得很突然，没有一点征兆。在我小时锅庄的大雪年年都没有停过，都是在十月半间下的，一夜之间大雪把锅庄裹得严严实实。

沉寂的夜晚，风很大，从屋外传来枝丫发出的"咔嚓"声。光秃的树木不容易受伤，四季常青的树木会被风拦腰刮断。反正在这样的冬季是逃不过大雪的，厚厚的大雪把天地全部覆盖。苦竹、柞树，这些骨节脆弱的树木，大雪过后都会让人目不忍睹。

大雪在我很小的时候，是经常可以看到的。一个冬季下来，尺把厚的雪至少要下两场。除此之外还会不择日纷纷扬扬地飘雪花，这些雪一下也是好几天。本来雪总会给人们带来好的兆头，但对于锅庄来说，下雪就是不幸的事儿了。

在锅庄，冬季人们取暖用的都是木炭，烧饭用的都是木柴。这雪一下，一些没有备足柴火的人们苦不堪言。大雪一般半个月才化，化雪之前雪都覆过了家门槛。除了一些调皮的孩子会去雪地里堆雪人、打雪仗外。大人们是连戏都不会出的。

看戏的人是从村旁边十里八村赶来的，这样的雪天谁还会来赶戏。你别说，无论雪多大都会有个小戏迷出现在戏台上，这个戏迷就是我儿时的小伙伴，叫蔡秀娟，比我大一岁。蔡秀娟算得上是个美人儿，很小的时候就长得有模有样的。

蔡秀娟住在我家屋背的半山上，几间破破烂烂的土方房子盖着些枯黄的茅草。雨雪天房内到处漏水，环境极其恶劣。那简直就不是人住的地方，还不如人家的牛栏。她爷爷是一个杀猪的人，也是锅庄唯一的屠夫，牛高马大的，还留着粗糙的胡子。

我很小的时候，经常看见他顶着大雪去砍柴。本来村子里两姓人家是向来无瓜葛的，徐家唱戏，蔡家卖肉，井水不犯河水。蔡家只有他一户人家，徐家却不同，兴旺发达，子孙万代。到我那一代已经是十九代了，人口已是三百多号。说是井水不犯河水，那只是片面之词，徐家只出戏子，没有杀猪的屠夫。到了过年还得请姓蔡的杀猪，这个任务就全部落在了粗胡子身上。他跑东家，串西家，生意大好，黑了还在人家忙碌着。生意好并不意味着日子就会跟着好，屠夫的工钱基本上都是猪肚子里面的小肠，他杀完一头猪就把猪肚子里的小肠取走。没饭吃只能吃猪肠过日子，蔡秀娟在学校里吃的菜就是辣椒炒猪肠。那猪肠是早上炒好的，等到中午拿出来吃时已经成了"豆腐干"。不过她的样子却不是那么的痛苦，反而挺自在的。

那些年岁，她家吃不上一粒米，都是吃红薯过日子。帮别人家杀了一辈子的猪，自己家却从来没有猪肉过年。想想那日子，真是酸楚。

蔡秀娟是个很不错的小姑娘，我们都很喜欢她，把她当成是锅庄的形象。锅庄的大戏只属于徐家，可我还是经常看见蔡秀娟在后台涂画着，徐家从来没有允许她上过正堂。有些戏是需要小孩子当配角的，比如我就演过"孤儿"。我虽然有演戏的机会，对演戏兴趣却不浓，都是大人逼上台去的，戏完了还要挨骂。

"你来帮我演配角吧"，我对蔡秀娟说。

"不行，这是你们男人的事。"

蔡秀娟爱戏，对戏的感情也是很深的。戏尽人散的时候，她会一个人站在台上扭着脖子。我是她唯一的戏迷。她虽然生来与戏台近在咫尺，却与戏无缘。

我觉得蔡秀娟真是块演戏的好料子，她那姿势、那身段、那表情，都与演员相关。我不是演戏的料，就像我父亲说我不是读书的料一样。

睡懒觉是我小时候一个很不好的习惯，每天还在被窝里就听见她的叫喊声。我母亲总是唠叨着说，娟在喊上学。娟的好我记得，她总是像催命鬼一样催我上学我也记得。甚至平常的喜欢在那一刻全都成了憎怨，骂她不近人情。

走在上学的路上，我走在前头，她走在后头，我有意把她撇得远远的。有一阵子我对她嫉妒，她学习成绩好，而我偏偏是孺子不可教。父亲总是拿她来跟我比，说我就是不如她。

之后，上学的时候我总是与她隔着距离，就像她的学习成绩与我的差距一样。

锅庄那山真是高，路也陡峭。本来这样的雪天我们是不会去上学的，有时候去了之后才知道今天老师都没有来。娟是比较倔的，只要雪下得不大，她都会去上学的。她去我也得去，好像我们两个就是鸳鸯。雪天我们是手拉手走着的，那天我只顾自己一个人往前走了，下了一个山头后，我听见了后面大叫的声音，紧接着一声巨响。那一刻，我没有多想就往回跑去。等我喘着粗气站在她面前时，她蹲在地上呜呜地哭着。脸上还残留着一道血口子，鼻子里也流出了鲜血来。我吓得站在旁边乱了方寸。那次是我拉着她的手回家的，她笑得特别开心。我问她还痛不，她说已经不痛了。

"你家的条件比我家好，我根本没条件读书，你以后一定会有个好的将来的"，蔡秀娟说。她说那话时，脸上的表情悠悠的。我的成绩那么差，怎么会有未来呢？我用奇怪的眼睛看着她。以后晚上就来我家一起做作业吧。之后她还真的帮我补课，在炭火炉前写写画画。现在想来，我的心里还是痛的。

那年我知道蔡秀娟的父母其实早已离婚了，她母亲还没有找到下家，所以就还与她父亲住在一起。后来她母亲离开了这个家，带走了与她朝夕相处的妹妹。放学回家后，她四处寻找，哭得死去活来。看着她那样子，真的是让人心疼。母亲说，没娘的孩子真是苦。她母亲离开锅庄没多久，那杀猪的爷爷也去世了。那个晚上杀完猪回家的时候在一个叫雷公崖的地方摔了一跤。这个地方的路很窄，下面是万丈深渊，一不小心是会掉下悬崖的。等到众人赶到的时候，她爷爷一点气都没有了，就像是锅庄的大雪一样，来得很突然。屠夫的死对这个寒酸的家庭可是雪上加霜，冷得让人心寒。我上小学三年级的时候，有天早晨我照常去邀蔡秀娟上学的时候，发现她已经不在家了。之后，我再也没有见到过她，她就像是人间蒸发了一样。好些年我都是一个人上学，然后一个人回家，孤孤单单的，那种失落煎熬得难受。村里人开始传着一些有关她的事情，都说她母亲找了个有钱的男人把她也接走了。我不太敢相信这是事实，我知道她是个有骨气的人。她那么热爱锅庄，不会随便离开这个地方的。我希望能够再次看到她，希望她能够回来跟我一起上学回家。

之后的几年，我也长大了。我打听过她的消息，还发表了寻找她的文章。我的那些文字最后都成了一个符号。我甚至还会站在锅庄那长满茅草的黄山坡上高声呼喊着她的名字：蔡秀娟。

好多年后，我听到一些有关她的消息。版本都不一样，有人说她现在已经是一名老师了，也有人说是一名医生。不管是什么，我听后都很高兴，至少她已经摆脱了那份苦不堪言的生活。

现在的锅庄气候发生了翻天覆地的变化，已有好些年没有下大雪了。说来还真奇怪，今天一觉醒来发现锅庄已是大雪纷飞。

岁 月 悠 悠

多少年后，我以为改变我的是时间。

我再次回到村子里的时候，整个老掉的那一代人，坐在黄昏里叹息着过往，叹息着还未来得及过的生活。

年少气盛的时候，我每天想着的就是闲逛，毫无目的地消磨着时间。

通往山外只有一条路，我不喜欢朝着山外走，见着山里的人一个个朝着山外走的时候，我的心里就慌乱起来，我真想喊住他们的脚步。喊住他们，村里就还是原来的样子，我也用不着着急长大。

那是二十世纪九十年代初期，村子里的人陆续在往外走。最初离开村子的是我家上屋的一名叫谷山的男人，谷山是被一个女人带走的。紧接着是贵山，他嫁到镇上的女儿在深圳的一家电子厂当主管，让他去那里当门卫。后来，村子里的人都有了各种与外界的联系，慢慢地开始朝着山外走。走出去的人通常是一年半载都不见回来。

慢慢地村子里经常会传来一些激动人心的消息，某某在外面的工资很高，某某在镇上买了房子，某某在县城买房了，某某还找了个漂亮的媳妇。这些消息传到村子里后，村子里的人就更少了。一个住得满满的村子，几年时间就像变成了空壳。除了年迈的老人和孩子，村子里已经没有了年轻人。

一些田地，很快就撂荒了。草肆意疯狂地长，胡乱地长。

我也开始胡思乱想，总想着干件大事情，可我太小了，没有力气。我感觉自己在一天天地长大，可还没有足够的力气走进生活。于是，我学着大人扛着锄头下地，看着哪不顺眼的时候就用锄头扒几下。我干的都是一些鸡毛蒜皮的事情，一些与生活毫不相干的事情。有些时候，我会在地上挖出一个坑，然后又用泥土填平。我不想让时间闲着，每次都是累得干不动时才停下来。有些时候，我会钻进一片无垠的麦地，躲在里头呼呼大睡。鸟在麦地里偷吃着麦子，地鼠也在麦地里来回穿梭。那时，它们都是自由的。仿佛整块麦田都是为它们准备的。

从外面回来的人，逐渐改变了家庭生活，添置了家具和衣裳。我还是老样子，除了个头稍微高了点，别的什么都没有改变。

我见着一堆又一堆的农具堆放在一块生锈，那是一些非常好使的农具。现在变成了另一个样子，就像村子里在一些老人，腰弯了，骨头也散架了。

这时，我的内心是别人觉察不到的。我想改变村庄的布局和走向。我见着地上的蚂蚁在搬粮食，在极小的一块土地上来回奔跑。现在村子里的人少了，它们生活的空间大了起来。我观察着那个微小的地方，那是它们世代生活的居所。我想着，天气是会随时发生变化的，一场暴雨很可能就会颠覆他们的家园，它们就算是奋力奔跑也跑不了几米远。我利用晴好的天气，在四周帮助它们修排水沟，我得观察它们活动的范围，害怕挖断了它们出行的路线，怕它们迷失了方向。可没过几日，我发现我修的排水沟不仅没有排水，泥浆反而堵住了蚂蚁的出口。我想帮忙，却越帮越乱。

一次，我见着一棵小树被风折断了，歪斜着倒在路旁。我想，它歪着身子就再也挺立不起来了。我找了草绳、竹鞭，夹着树干捆绑起来，拴在临近的一棵树上。再过一年，拴着的草绳腐烂了，树笔挺地生长着，可附近的那棵树却长歪了。我让一棵树长直的时候，却改变了另外一棵树。现在，它们都长大了，两棵粗糙的大树，谁也改变不了它们的命运。

老人没有注意我，他们坐在墙根下打盹，蝴蝶在屋檐下飞来飞去，阳光从天上照下来，地上像是烙印着针线刺绣。几只黑色的小虫子在眼前嗡嗡地叫着，老人也懒得伸手去赶，很快夕阳就隐退在黄色的黄昏中，白天的一切都消失得无影无踪。整个村子静静的、黑黑的。

第二天早晨我醒来的时候，听见鸟在门前的树上叽叽喳喳地叫着。这时太阳挂得老高了，我爬起床顺着村民走出山外的路走了一程，走得累的时候我就停了下来，我家的那头黄狗追了过来，这时我想起了村子里还有一堆我没有过完的生活。

我就这么优柔寡断地走走停停，很长时间都没有走出村庄。

我真正做着美梦离开村庄以后，某天早晨我梦见那头狗又来追我了。它那孤独的身影在村庄路上飞奔着，不时发出"汪汪"的叫声。

我们全家搬离村庄后，狗寄养在我姑父家。一天，外村的屠夫来村里，设法将系着的狗牵走时，狗没有争夺绳子，也没有逃跑，甚至没有叫一声，屠夫轻而易举地将狗架着活活地烧烤。在我的心里，我一次次地替它逃跑，用我的两只脚帮它跑，从村里一直跑到城里来，躲藏在我家的楼下，我偷偷地给它送骨头。

但是我惊讶地发现，城里难容自由散漫的狗，有些地方捕狗队见着狗就是当头一棒，或者像网鱼一般网在网内残杀。

自从我家的那只狗死后，我再也没有见到过狗，哪怕是在偏僻的乡村，狗再也没有跳进我的视线，可我不时还似乎能听到独独的一声，停片刻，又是"汪汪"的一声，那声音像个哭泣的婴儿，又像个老人，像我爷爷，声音有点粗哑，像青奇叔公，有些洪亮，停了一会儿，又"汪汪"地叫了两声。

我一醒来，住在城里的楼内，门前是一片树林，还有几棵银杏树，我侧着头看，银杏树的叶开始落了，落在干净的路上。又过了一阵，几只鸟突然响起，离窗台很近，我仔细地辨识着，看有没有与村里一样的。鸟在村子的上空叫着的时候，村子里就只剩下鸟声，鸟已飞得不见踪影，那声音却一直回荡着。我仔细地听着，那声音就像是一根锋利的刺，一直刺进了我的身体，我感觉到一阵阵痛在体内扩散。

现在，村庄里的一切都在发生变化。曾经的那些人和事都渐渐消失了，我不知道他们到底去了哪？有时候我会碰见一个熟人，我发现他们不像是村子里的那个人。我和他们说话的时候，他们几乎不记得我小时候的样子。我再也没有办法回去经历我所经历的一切。随着时间的流逝，我也渐渐地忘记了一些事，那些事慢慢地被时间越推越远。

可是，不知道为什么，我会经常情不自禁地想起那个寂寞的村子，经常会在村子的睡梦中醒来，我觉得早晨的太阳比人还懒。狗在我脚下也嘟囔个不停。

"谷山不知道是什么时候回来的？"我问母亲。母亲忙着她的活，没有听见我的问话。父亲在地场上抽着烟说："明天得把麦子割回来。"仅此说了一句，便是长时间的沉默。

村庄的声音

人的心思狗知道。狗不会说话，但会判断人的走向。现在，我能够做的事情就是慢慢回忆。在我的记忆中回到锅庄，努力回想这个村庄的声音。

从我出生的那天开始，奶奶把瓷碗砸烂在天井的台阶上。我顿时号啕大哭。这是我来到人间的第一个声音，我生下来时没有呼吸，是这个炸雷般的声音把我惊醒。在我成长的日子里，奶奶说，黎明的鸡叫声能传到星星那里，牛的哞声能碰到天上的白云。从此，我的生命被整个村庄的声音包裹着，各式各样的声音在我的耳朵里回荡，远远的，就像是一个悠远而漫长的梦。

我每天细细地品着声音里的味道，有时还会吸收着新的浑浊的声音。当我写到爷爷的时候，我突然意识到村庄的故事该结束了。爷爷已经离开了。

我时常梦想着回到村庄里去，回到我的小伙伴中，和他们一起跳绳，追赶蜻蜓。不是走从前的茅草路，而是从水泥路上狂奔而至。然后在村庄里放风筝，风筝飞到了太阳上。

如有可能，重新在老宅基地上盖几间泥土房，盖两层，和城市里的房子一样，也做个阳台，猫喜欢卧在阳台上晒太阳。和着阳光看书或者练习书法，风一吹墨汁就干了。山里的阳光更暖，树叶更绿，水也更清，时光悠长的几乎听不见遥远的呼唤。

我回到村庄时，母亲蹲在灶台前，侧着头朝灶内吹气，一点点火光被她口里的气吹得光亮。火焰在灶膛里烧得旺，锅里的水很快就翻着浪花。母亲的眼角布满血丝，额前的头发鬈缩着。她已娴熟地掌握了吹火的技巧，但火苗难免袭击式地喷出来。

灶台一侧堆满了干枯的柴火，老鼠洞就藏在堆满柴火的角落里。柴火一般是烧不完的，烧得差不多时就得添加。垫在底下的一般是柴兜，等到除夕夜再将整个搬进火炉。老鼠洞常年掩埋着。翻开柴兜会有一股难闻的味道，粪味，烂薯味。

傍晚时分，村庄到处都是喊鸡、喊狗的声音。动物占据了村庄的一半，在这里它们可以四处奔跑。鸡狗都认识主人，了解主人的内心。

那年秋天，镇干部就像春风吹进了村里。坐在老大队部的地场，村民们围着听他们讲政策。"移民，不移民是没有出路的。"在锅庄蜗居那么多年，村民的日子苦得难熬。移民是一束从山外照进村子的暖阳，年轻的村民好说，可那些年老的听不进去，他们舍不得这块相依为命的土地。就算土地再贫瘠，他们都不愿离开。"世代在这里生活了上百年，这才是我们的家。"是的，在这块土地上发生过太多的故事，那些故事构成了乡村文明。

一年后村庄里的人还是移走了，整体搬到了繁华的县城里。谁不向往美好的生活呢？老人的思想工作不是镇干部做通的，是他的子孙们。村庄变成了一个空壳，移民政策有规定，搬迁后将宅基地恢复成耕地。于是村庄里除了寺庙，陆陆续续会有人像走亲戚般回来。他们会站在老屋前，感叹过往的生活，也会站在村庄的某个角落抹眼泪。

我现在看清村庄的往日了，就像是一个失去光明的人。我发现我的眼力有限，很难透视村庄的内心。可是谁还需要一个盲人呢？我听够了这个村庄的声音，也可以不听了。我想，我是否可以改变一种方式，用鼻子闻，用手摸，用嘴去尝。村庄是不会拒绝我的方式的，我会用心把它的点滴刻在薄纸上。

我得感谢我的村庄，它给了我家几亩地，月亮挂在峭壁上，又像是柳条儿，虽然不能致富，但在很长的时间里养活了我们一大家人。我的曾祖父和曾祖母，我的爷爷和奶奶，我的父亲和母亲，还有我的兄弟姐妹，一代又一代人的汗水浇灌着土地，但土地还是不见肥沃。种的植物也是选择性的，除了麦子就是红薯，麦子和红薯都可以做很多好吃的。但麦子收成较小，只够吃上几碗面条，或者几碗麦子巴。每年的春天气候都不一样，有些时候麦子种下去，麦苗能够顺利长出来，有时要闷上好一阵子，生长得非常慢，还有时稀稀疏疏的。红薯却不一样，不会因为季节的反常而影响生长，薯藤只要埋在土里就会长果实。所以村民们都会选择这种命贱的植物，这样不用担心口粮。

我离开村庄后那几亩地就空着，长满了层层叠叠的茅草。那些耗尽精力挖地洞的山鼠全部挪到了地下，它们在地面上真的是太孤独了。

村里人会因为离开改变信仰吗？实际上村里人陆续离开，不完全是整村移民。在此之前，村里人陆续离开村庄，最早的时候是外出打工，在沿海的地方赚了钱，回来后在县城买了房子。后来有些孩子靠读书改变了命运，毕业后分配到了更好的地方。这些人也都不愿意再回村庄，他们在外面的生活比村里好。

现在想来，发生在村庄里的过往事情，都是因生活条件太差而造成的。邻居家的大黄狗老往我家跑，站在门口伸着舌头朝屋内张望。主人不同意狗是不会跑进屋来的，那些日子没有剩饭剩菜，我们吃什么，母亲总会给狗倒半碗饭。狗不会经常来，每次来要么是邻居不在家，要么是狗的口粮没有了。想想，狗是多么的善解人意。

夜半，狗吠声响起，声音悠远飘忽。我放学后玩得忘记了回家的时间，黄昏时狗站在山沟对面叫我。我喜欢看狗摇尾巴，奔跑着朝我跑来。我有自己的小路，比狗跑得还快。慢慢地，狗声消失在村庄里，在村庄里再也听不见狗的声音。

我后来想想锅庄这个地方是不适合居住的。乌鸦特别多，经常会听见哇哇的叫声。声音像是带尖刺的铁丝网包围着村庄，在空气中来回撕扯，一层层密布。那次村庄里意外死了两个人，年龄都不大，警察进村抓捕犯罪嫌疑人时，警笛声呜呜地划破了村庄的宁静。奇怪的是乌鸦漫天飞舞着，叫声覆盖了警笛声。可悲的是，犯罪嫌疑人在乌鸦的叫声中借机逃得无影无踪。

在这之前，还有些声音惊动过村庄，一辆破拖拉机开进村庄时，"突突突"的声音吓得鸡鸭满天飞。一股难闻的柴油味散布在空气中，很长时间都未散去。

村路是老百姓用锄头挖出来的，可以勉强通行一辆拖拉机。路上的山石随时会滑落，砸在车轮上叮咚响。那年秋天，拖拉机进村装了一满斗麦子。开到村口坏了，几日后，除了底盘和机器壳，能拆的都被人拆光了。后来就连拿不动的也被铁匠铺分割成几段，变成了镰刀、锅铲子和斧头。还有一些被打成了铁棒，门前的桥就是用铁棒焊起来铺板的。再过些年在上面重新铺上水泥，桥梁变得非常结实牢靠。

村庄里来汽车的时候，狗已经不再看热闹了。汽车的声音很小，发动机的声音轻一声，小一声，小的时候好像没气了。山路铺上水泥还是不好走，路太狭小，急转弯特别多，每过一个拐弯，车内的人都会碰到一起。还会让人担心，车会不会掉下旁边的悬崖。很多时候在半路会杀出个程咬金来，车遇到车就找不到掉头的地方，仅倒车就得花半天时间，换上生手倒车会成大问题。还有些车坏在半路，连拖车也进不去，得请个师傅来现场，师傅不愿来就得被人解体。

夜晚是黑得没有尽头的，但也是清爽的。几个村民围坐在一块儿，聊着一些睡梦里的话题。声音黑黑的，人也是黑黑的。

还有一个夜晚，房檐的泥土沙沙地落在窗台的茶碗上。随即是各种像爆炸的巨大轮胎的叫声，从村庄的上空碾压而过。我至今都想不明白，那天晚上究竟发生了什么。

慢慢地，我发现村庄变了。人也变了，我以为埋藏在人内心深处的善念是不会变的。善念与村庄附近的森林贴得很近，刮风时林子里的花香忽忽悠悠地飘散得变了形，它随时会被风唤醒。

村庄底下还会有村庄吗？我一直怀疑。翻阅史料，村庄的历史仅一百余年，但我不相信，我以为在更久远的时候地底下还埋着另外一个村庄。

奶奶比爷爷早去两年。她去世时只有母亲在身边，她拉着母亲的手说："一定要送我回去。"

爷爷去世前，已经不能说话了。他的耳朵还正常。能听进去声音，包括他拒听的。我单膝跪在床前，还想听他说点什么。他伸过手来拉着我的手，怎么也不愿意松开。他的手冰凉得刺骨，没有了任何气力。我想起了三十年前，他拉着我的手时的感觉。走在山路上，我脚下一滑，他又把我提起来，始终没有滑倒。

人都是要离开这个世界的，别后就永远不可能再回来。不知道为什么，爷爷离别前却示意我一定要回到村庄。是不是人回去后，就意味着一切都回去了呢？他是我亲眼看见死去的第一个人，我以为一个人对死亡会产生恐惧，他却死得十分安详。

我不知道一个人的头脑里储存着多少声音，那些声音是什么形状和颜色的。我想把听到的全部说出来，但还有很多是没有听见的。但我相信一定会有人听得见，他们的耳朵比我的灵敏。如果我是一个聋子，那一定还会有很多的声音没有描绘出来。还有吗？声音能否唤醒我的耳朵呢？在没离开村庄前，我的耳朵特别灵敏。就连阴沟里连续不断的妨碍声，隐约响起的碎丝乱飞声都能够听清楚。但后来不知道为什么，耳朵渐渐失去了知觉。

我把耳朵贴在墙壁上倾听，突然从硬质的泥墙里响起狗叫，像来自很远的地方，狗叫着跑来，越跑越近。

也许在村庄的底下，还会有很多的声音。

醒　来

　　"木牙"——自从爷爷离世后，在这个世上就再也没有人喊我的这个乳名。我比童年时更想有个爷爷。像小时候那样，寒冬的夜晚，蹲在他的膝盖前，烤着炉火，听他讲《三国》《水浒》。现在呢？仿佛风把整个村庄的灯都吹灭了，爷爷和村庄都睡着了。

　　我居住的村庄——赣北的罗家窝村。我的祖辈在这里创造了奇迹。他们就像是个铁钻，进入大地坚硬的内部，从深埋的黄土里取出水来。把从北而来的风叫停在零乱房屋的柱梁上，然后绕过柱梁朝着南方跑去。

　　树会随风摇摆，像是在做一场游戏。树杈上的鸟窝，安稳着哩，怎么摇，就是摇不下来。风把村庄的天空吹得干干净净。地面上到处是叶子，母亲在菜园里忙碌着，每个季节做的事情都不一样。

　　村庄里的草木不需要修剪，它们想怎么长就怎么长，长成自己喜欢的姿势。其实它们本应是自由的，在自然里就应该有自己的模样。从幼小长大，然后慢慢老去。老去后，在旁边又重新长出一棵来。

站在村庄的黑夜里，仰望月亮和星星，天空格外的亮。满天繁星像是在交头接耳，说着它们的语言，讲着它们的故事。有些老人睡不着，半夜坐在地场上，端着烟枪默默地吸着旱烟，烟屎从烟斗里抖搂出来，像个火球在地上翻滚。

村子里的植物和动物都很传神，植物的草籽是风传播的，动物是孩子的声音喊回来的。土地上的事情，不需要播种，它会自然生长。

在孩子们的眼里，村庄也在不停地生长。他们奔跑着，嬉闹着，白天头上顶着白云，夜晚顶着星星。故事从大人的嘴里，传神般侵入孩子们的心田。

在漫长的年岁里，祖辈们就像个租赁者，背着时光的土地种菜，圈鸡，养狗。日复一日、年复一年地把村庄打理得分外清明。然后慢慢地在村庄里与熟识的人、相识的动物和草木和谐地处着，安静地过完一生。

在我的记忆里，母亲的眼睛是温暖的，她看着我们的时候，总是带着慈祥的善意。那种善意，一直隐藏在我的内心深处。

母亲常说，草木有情，尘土有灵。村庄里发生的事情，万物都会相互记忆。比如，爷爷走路的姿势，路旁的草，会记得他的样子，会从脚步声中判断出喜怒哀乐来。

我时常会产生奇妙的想象，那些想象最终都没法抵达。那个地方语言和心灵都没法抵达，估计能抵达的只有那些做不成梦的灵魂片段。它很平和，在某个特定的空间里荡漾着。我想，一个一生都没有见过世界的人，她会对世界有着怎样的好奇。

我的外婆一辈子都没有见过阳光，没有看过孩子们的脸，她生来就见不着光明，世界在她的思维里没有任何颜色。但她的听觉非常灵敏，能听清楚万物的声音。在村子里穿行时，有她行走的方向。东家在哪儿？西家在哪儿？她的心里一清二楚。她没有见过自己，也没有见过别人，想象不出人的样子。她以为世界就是黑的，一望无际的黑。她习惯用耳朵来感触事物，四季在她的心里分明，春天的温暖，冬天的寒冷，她只要伸一伸手就知道。雪落在她的掌心，她问我，什么是雪，我说雪是白色的，像天上的白云，像地里的棉絮。她的嘴角上挂着微笑，这个问题问了几十年，白色是什么样子，她至今都没有见过。在她的脑海深处，只有一个颜色。在漫长的黑里，她在自己的心里重建了一座村庄，在村庄里有鲜活的颜色和理想。

春天来的时候，花香会在村子里飘来飘去，从东头飘到西头，又从西头飘到东头。嗯，立春了。燕子从高处飞来，影子一直在地上替它寻找脚印。该是去栽禾了，父亲说，然后扛着弯弓的犁，赶着黄牛朝着田野走去，牛铃在风中叮咚地响着。

狗是村庄的灵物。夜晚偶有狗吠，狗熟悉村庄的每个角落，每个人。它厚实的性格注定了与村庄相伴的命运，村庄伴着狗的呼噜声生长。在某处密不透风的草莽中，狗和先人说着话，聊着过往的点滴。

我喜欢有意无意地与蜘蛛游戏，把飞蛾抓来朝蜘蛛网上扔，刚碰到网蜘蛛就像火箭般飞奔而来，用尾部的丝将飞蛾瞬间淹没。

从巷子里穿过，会闻到牛屎的味道。无论是什么味道，村民都能辨别出来。空气里，除了屎味，别的味道是闻不见的。因为太静，只要村庄里有一丁点声音就会凸显。壁虎在墙沿上爬行，蝙蝠钻进瓦缝，这些声音都会很清晰。

村庄的命运和人的命运是一样的。村庄养活了我们，最终自己却已衰败。

但是，无论怎么衰败。村庄依然还有使命，爷爷临终前，憋着最后一口气，从县城回到边远的山村。他像是在完成一件有意义的事情。用他一生中最后一丁点气力去完成。

昨天晚上，我母亲接到村民组长的电话，说这个月老屋就要拆了。罗家窝村整村移民是上面的政策，移民后这里的房屋就得全部拆除。之前村民和政府签订了协议的，还缴纳了违约金。这是老屋的命运，谁也改变不了。

我非常怜惜这里的事物。我家祖籍湖北通山南林桥。爷爷在世时，曾翻着蜡黄的家谱数过日子，总共是九代，已在村子里居住了150余年。随着时代的变化，这个原本有几百人的村庄，如今已成空壳，几栋破旧的黄泥土墙立在山野间，墙根上长满了茅草。少数的院子里还住着老人，今年走一个，明年走一个，到后来全都走光了。偶尔会有人回来，打开生锈的锁，在屋内走上一圈，吹掉身上粘的蜘蛛网，重新把门锁上，又得过好些日子才能回来。

我的祖辈顽强地把房屋建在峭壁的石坑上，把族谱和家教供奉在正厅堂，一代代人，守着家族的兴旺，也守着过往的门墩。

组长电话里说的房屋，包括一间厕所，总共是五间。这是我儿时成长的摇篮。

老屋墙壁黑得发亮，墙根是鼠的道场。我们四姊妹都是在厅房出生的，这是一间靠在石坑筑起来的土屋。三堵墙，一个板门。其中一堵墙立在石坑边沿，朝外有些许倾斜。我曾担心会倒下去，可墙体历经百年依然坚挺。石坑是祖辈用硕大的石头堆砌起来的，一块足有三百公斤的重量。那时的人气力大，两个人可以轻松抬起来，又轻松地放下。石坑有一百多米长，五米多高。我们幼小的时候，站在石坑上朝下张望，想跳，却还是立住了脚跟。几个弟妹在坑边采野花，不小心掉下去，幸亏没有大碍。

我喜欢这间厅房。门窗上雕刻的花纹，就像是村庄的景致。多少次午夜梦回，我努力用艺术的力量在保护这间厅房，这栋残缺不全的老屋。我想留住这个破旧的故乡的村庄老屋。

如果可以，我愿意租赁村庄，收购那些即将拆除的老屋。给每栋房子安上一个好听的名字，可以作为作家或者画家的工作室。旁边的牛圈、羊圈、鸡圈都可以留着，甚至把远去天堂的狗也唤回来，见着主人时它会摇摆着尾巴。这是多么理想和温馨的事情，可是谁愿意来这个荒芜的村庄，认领一份祖先们过旧了的生活呢？

我家门前的几棵树，除了两棵是先人栽种的，其他的都是我七八岁时移栽的。现在早已枝繁叶茂，它们在村庄里自由生长，想长成啥样就啥样。树上，经常会有成群的鸟雀飞来。它们像是游人带来的，和陌生的树说着话。

听说要拆除这些老屋，外面来了几伙人。一下子冷清的村庄热闹了起来，有收购破铜烂铁的，有收购屋面上的木料的，有收购房屋周围的杉树的。谁也不知道，在那空荡漆黑的屋内，依旧弥留着温暖的中国乡村文化。

一个对村庄不熟悉的人，是不会对它有情感的，更不会知晓在地底下埋藏着的声音。

我叮嘱母亲，房子拆除后，树一定不能砍。

我想把树隐藏起来，为我一个人生长。我希望树苑里的那条大蛇还能出来，显摆下威风，也许树就不那么容易被砍去。我和村民们说，那条成精了的蛇，多次在我的梦里出现过。

这个村庄里的东西不多了，也许移民是一件好事情。填出更多的自由空间给树、野生动物生存。也许在几棵孤零零的树上，鸟儿从一棵飞到另一棵，累了，自由地落到地面喘口气。

那些撂荒的旱田坡地，永久的属性是耕地。那些狭窄的耕地，种上麦子会有好收成。在那个漫长的年岁里，它有着金灿灿的历史。它告诉我们，每一寸土地都有它独特的生命价值。传统的牛拉犁、手撒种、镰刀收割的生产方式已经过去。有人偶然会圈一块旱田放牛，这些牛不懂得种田，吃肥后直接拉去了屠宰场，牛肉是城里乡间土菜馆的美食。

村庄的命运和生活在这里的人们生死相依。他们是村庄的鼻子、嘴和眼睛，村庄想到什么，能从他们的嘴里说出来。土地上的事情，随着村庄里的人逐渐离开，深埋进无尽的白天黑夜里。即便是会醒来，那也会是漫长的年岁。

夜晚，我在毛毛月光的照耀下，回到了村子，去和那些熟悉的东西告别。走在那个堆砌着凌乱泥土的场地上，像是踩在先人的肩膀上，有着软绵绵的弹性。我在黑夜里触摸着那扇门，手伸过去还想把门打开，还想看见开门时奶奶朝我微笑，"木牙，你回来了？""奶奶，我回来了。"还想看着爷爷坐在巷子的石头上抽烟，烟雾弥漫在巷子里久久不散。还想品一品他的酒杯，吃几粒花生米，味道从口里一直香到心窝。

可是这一切都不复存在了。老屋已经拆除了，我睡过的那间木屋变得无限遥远而空寂。半截伤痕累累的墙，立在漫长的黑夜深处。

我想，也许再过多少年后，这些被村人扔掉的村庄，又会被人重新捡回来。田野大地到处生长着野菜，山间小道旁开着各式各样的花朵。画家们立在文化的苍苍土地上，用画笔延续着古老的生命。

离开村庄时，我听见山与河流用它宽大的嘴，不停地叫喊着。它想把那些走远了的人喊回来，人们真的会回来吗？我仿佛看见那条我熟悉的狗蹲在高处，头朝着月亮汪汪地叫。它在叫什么呢？它的声音悠长而干净。满天繁星，它们都是村庄的眼睛。

我突然感觉，村庄里的人谁都没有走。爷爷奶奶还活在天空的星星上，死亡找不到他们。

上学记

"考不上学，只有回家看牛。"父亲说。

多年前的那个早晨，天刚亮。父亲把我喊起来下地。我瞬间感觉空空的绝望，也看到父亲脸上的肌肉在颤抖。就连说话也有些打舌，显然内心的情绪很悲愤。他左手不停地抓脸颊上的皮疹，喘着阴冷的粗气，还得擦从额头上往下流的汗珠。右手挥舞着锋锐的刀，不停地挺着身子拥挤上去，用手捞割着地坑上的茅草，不一会儿就一扫而光。

他感觉自己有些累了。坐在地头的茶兜下歇歇，脸上的肌肉绷得很紧。我知道他此刻很是失望，也知道迟早会把气发泄出来。他最大的骄傲，就是希望我刻苦用功，将来考所好的学校。现在呢？我落榜了，对他来说是个沉重的打击。

他的眼睛里满是悲哀。这种粗糙的伤害是他多年来堆积起来的，由于太过于期望，当要坚定地面对时，就变得那么脆弱和失望。

原谅我吧！我在心里向父亲道歉。可他是听不见的。

"赶紧割。"我的身子吓得抖了几下。

"你是触电了吧！"母亲一直护着孩子，但作为支撑着家的男人，她还是会体谅和宽容的。

父亲跌跌撞撞地站起来，朝手掌吐把唾沫，又抱着地坑的茅草不停地割。

夏天的阳光，像火焰般燃烧着。天空纯蓝，万里无云，太阳就像个火球挂在天上，狠狠地摧残着大地，不见一丝凉风。像是太阳与土地之间有着深仇，非要把庄稼烤死才肯罢休。

地坑上的茅草是烤不死的，在与太阳的抗争中疯狂地长得更加茂盛。我的心像是系在滚烫的油锅边上，烦躁不安，好像什么都是伤心的。父亲并非恐吓我，身为四个孩子的父亲，他不得不考虑将来的问题。姐姐刚考上中专，两个弟妹都在上小学，仅学费半年就得一千多块钱。

他的脸色越来越黑。那个上午，整个天空都被他黑着。有些声音在喊着他，可他没有注意到。他一时半会儿还很难明白过来，一些事情明白需要过程。

母亲能完全体会为什么。父亲是教学点的老师，也是大半个农民。白天除了按时给孩子们上课，休息时间还得下地劳作。他的一天被各种大小事情吞噬，根本抽不出时间来教育我们。

不过今天，他突然想起了些事情，开始叽里咕噜地和母亲说着，接着毫无掩饰地对我发火。

我有些委屈。村里实际上没有学校，全村只有27个孩子，两个教学点，一个办在山头上，另一个在我家。各一个复式班，小学五个年级。

父亲让我去山头上的教学点上学，来回走路得一个多小时，这让我受尽了苦头。他说，吃得苦中苦，方为人上人。可他不知道，我的脚力有限，走起路来非常吃力。幸好，我的老师是个活泼、聪颖、风趣、令人崇拜的女人。

她除了讲课绘声绘色外，还会唱歌，我大概明白父亲让我去山头读书的用意。有时候，他也称赞她的课讲得活泼。可惜的是她只是一位代课老师，月工资仅36元。

父亲的工资比她高很多，每月119元。学校没有教学经费补贴，所以黑板是他用木板做的，用墨汁涂黑，上面写着人民币的大小算法。

他经常会为孩子的学习焦心，总想找套简便的教学方法来。但不可能每只鸟儿都能够高飞，当他意识到这点的时候，隔着窗户安静了下来。有些问题，注定不会有答案。他感觉人是坚强的，不会那么脆弱。他见过拍不死的蚊子，一只蚊子飞到他跟前时，合拢手掌拍上去，但松开手时，蚊子却毫发无伤地飞了出来。

这就是他的弱点，他总想着这些孩子，想着他们长大后会有所成就，或者说，哪怕回到村里当名医生或者老师，那也是非常理想的。如果那样的话，村里会有很多的知识分子，不会像他现在这样，学校只有一名公办老师和一名代课老师，而且分布在两个山头，连说话的机会都没有。他当农民时，村里有很多聊天的人。他们聊的都是一些牛事、狗事，很少有人提到曹雪芹、罗贯中。

我还是个懵懵懂懂的少年，根本不知道什么是志向。可我厌倦了土地，不想一辈子和泥土打交道，更不想和父亲手里的刀打交道。父亲的手臂被太阳炙烤得黢黑，脸上的皮肤如脚下的土地般暴着裂缝。身体弯得像弓，终日在土地里刨着，想想，这是多么可怜、凄苦的事情，你见过这样的乡村老师吗？可他很满足，从未发过半点牢骚。

"叫你读书你就是不读，成天只知道玩。现在好了，别人读书，你回家种田。"父亲不依不饶地说着。我憋着气，一句话都不敢说。我知道父亲特别在乎的那张录取通知书一直没有来，我没有让他骄傲，反而让他羞愧。

可是我的乐趣真不是读书，在学校里成天打瞌睡，听不进老师讲课。耳朵嗡嗡地响，像是小提琴家在演奏。放学回家时，一路上追赶野兔、捕捉蝉。我觉得有很多的事情都比读书好玩。

"蛇。"父亲刀尖上的一条青蛇卧在茶蔸处。我吓得魂飞魄散，站起来就跑，仿佛后面的蛇是千军万马朝我追来。

"跑啥啊？！"父亲的怒声震停了我的脚步。我回过头，父亲用失望的眼神看着我，"男子汉大丈夫，岂能被小小的一条蛇吓成这样，太没出息了！"我发现此刻的父亲变了，变得野蛮，不讲理。这还是我的父亲吗？

我想着离开这个村庄，到山外去。不是说三百六十行，行行出状元嘛！真的除了读书，就没有别的出路吗？那些木匠、篾匠、剃头匠，我都不感兴趣。我想想，如果连初中都考不上，估计这辈子可真完了。"一条蛇就吓成这样，今后还要在农村待一辈子呢，你打算怎么过？"父亲的话像块坚硬的石头击中了我的内心。

天啊，如果一辈子都要我在这里干农活，这可怎么得了呢？我想着今后漫长的一辈子，眼泪委屈得如决堤般往外流。

"不要再说孩子了。"母亲说。

"你知道个屁，护着他有什么用？"父亲不愿意停顿下来。

日头从东边升起，又从西边落下。地坑上的草长得繁茂，像是在和我做着一场赛跑。

我有了第一次逃离村子的计划，可是去哪儿呢？父亲常说外面很危险，有人被拐骗，也有人被残忍杀害。

1978年，我们村里一名叫谷山的中年男人，一个人去了深圳，走出村子后，再也不见回来，村民都传言他被人杀害了。

我还是个小孩，哪来的勇气外逃呢？我趁漆黑，试着朝山外跑过一段山路，周围寂静得能听见虫蚁的说话声，草丛里野鸡不时翻个身，吓得我魂飞魄散，只好又乖乖地跑了回来。

第二次逃离时还是一个夜晚。我逃到马路边时，听见有人拿着砍刀追着一个人砍。这次是母亲把我找回来的，我已经迷失了回家的路。

在别无选择的情况下，我只好硬着头皮干着农活。茅草特别深，一不小心就会把胳膊划得鲜血直流，汗水流在伤口上非常难受，苍蝇趴在上边嗷嗷地吃着血。我的内心不停地颤抖着，可还是强忍着不敢发声。

父亲不再发怒，可我不想看见他的眼神，我不停地劳作着，用这种方式来向父亲赎罪。我觉得只有这样，父亲的内心才会好受，我也就不会受到责骂。

我开始封闭自己，不愿意说话，内心无比的痛，像是一个人活在针尖上，我发现没有人救得了我。那天黄昏，茶饭过后，我听见母亲和父亲轻言细语地说，孩子太小，还是让他复读一年吧！"复读又顶个屁用？不愿意读，怎么复读都没用。"听着父亲的话，我的眼睛像是被盐渍腌过。母亲担心我患上抑郁症，四处借钱，她还想送我读书，她私下里和我有过一次长谈，说她只有借钱的能力，没有还钱的能力，借来的钱得等我以后来还。我使劲地点头。

日子如天上的流云般消逝。母亲早晨天还未亮就出门，晚上半夜才回家。连续去了几天，都是空着手回来。父亲不开口，即便亲戚家有钱，也不会借给她，家庭主妇是借不到钱的。话又说回来，即便是父亲开口，别人家也未必有多余的钱借。

其实父亲完全可以让我跟着他复读，少报个学生数不就得了。可他从没有这么想过，没有交钱，他是不允许我坐进教室的，即便那间教室晚上便成了我的卧室。

那天下午，村里刮着狂风，鸟雀在乌黑的天空中盘旋着，铺天盖地的热气朝我那瘦小的身体压来。再过两天就要开学了，孩子们都兴高采烈地准备着开学的事情。我躺在田埂上，任由风吹打着，内心焦急得滚烫，我希望这场风能把我卷走，卷到一个没有忧愁的地方去。

村子里躁动起来，村民们得赶在暴雨来临前，把地场上晒着的粮食抢进粮仓。我听见有人在喊我，声音是从乌云的缝隙里传来的，光亮和黑暗不停地抗争着。谁也不愿意退让，突然"轰隆隆"一声炸雷巨响，万箭朝着大地倾泻而来。干旱了好些日子的稻田，到处是裂开的缝隙，这显然是一场及时雨。

"木，快点回来，录取通知书来啦！"这是母亲的声音。我仰望着天空，黑色的云团像艘航空母舰，离我越来越近。太阳从云朵走过的缝隙里有意无意地刺射着我的眼睛，我的心跳得特别厉害，眼前突然一团漆黑，肌肉里发出强烈的刺激信号。"通知书来了！"是在喊我吗？我一遍遍地确认，是不是耳朵出了问题呢？一声炸雷再次响起，我的泪水和雨水一道倾泻下来。我的天，乡中学补录名额，那年意外地扩招了五人，而我，是其中之一。录取通知书就像是从伤口里钻了出来，放在箱角上。

我考上中学的消息如蒲公英的种子，在村里的上空到处流传。其实全村仅有三个孩子考上了初中，我是代课老师教学点唯一录取的学生。不过父亲的脸上始终保持着往常的严肃，还增加了不少的晦涩。二百多块钱的学费，得让他操心好一阵子。

母亲开始给我张罗被褥，这回她是挺着腰杆的。她对这张姗姗来迟的录取通知书表现出强烈的兴奋。从邮递员手里接过通知书后，她就再也没有停歇下来。

　　父亲坐在门口的板凳上，板着脸，吸着旱烟。吸一口又添加点烟叶，接着又吸一口，烟筒里咕噜咕噜地翻滚着，烟从鼻孔里溜出来。吸两口，烟斗里的烟叶就变成了灰烬。父亲焦虑地抽起烟，将烟屎抖落在地。他在想着学费的事情，母亲不便打扰他，把破旧的布条找出来，朝衣服的窟窿上比对，比例协调就剪下来，贴在破的地方用针线来回缝补。然后把垫在床底下的被子翻出来，这是几年前买的旧棉花翻新做的被子，也是为我上学早做的准备。有好棉被，没有好被套。母亲只好把几床旧的分成几块，面上的比里面的好，把几个面子裁剪下来，重新缝成一个被套，看上去就像是新的。有了被子，又没有衣服。她又把箱子和橱柜里里外外地翻了个遍，没有找出一件像样的衣服来。

　　"猪仔卖掉吧！"父亲先叹了口气，然后回过脸看着母亲说。母亲正在缝补着被套，她脸上的肌肉抽动了一下，针就不听使唤地扎到了中指，她迅速把指头放到嘴里，轻轻地吸了吸，有种咸咸的味道从咽喉一直进入胃里。她沉默了好一会儿，"过年怎么办？"母亲还在想有没有别的办法。孩子多的人家，就想着过年。父亲放下烟筒，把头埋在裤裆里。看来已是别无选择了。"卖掉就卖掉吧！"母亲干脆地说。在她眼里上学事大，过年事小。

"上周听说姨父要猪仔，叫他明天来赶。"父亲又说。"他不一定有现钱。"母亲说。

"哦。"父亲又开始沉默。

"上屋的起贵不是也要猪仔吗？柳春说打算这几天去黄沙买。"柳春是起贵的妻子，和我母亲常有往来。

"那就卖给起贵吧，他刚去湖北卖了木桶，有现钱。"父亲说。

第二天黄昏，我听见起贵来我家猪圈里放猪。猪不停地哼叫着，几个人都拉不出来。

父亲说："喂了半个月，按照买来的价钱给你的，你不亏。"

起贵并不太高兴，说只能先付一半的现钱，半月后再来付清，"还不知道你这猪仔有没有问题呢？"

喂食半个月喝了不少粥水不说，就挑回来的脚力都花了一天。父亲突然不想卖了，可转念一想，绷着的脸立马松弛了下来，不卖学费怎么办呢？

"要不是孩子上学缺点钱呢，说啥都不会卖，你要是不想要，过段时间我把钱还你，猪仔我去牵回来。"母亲说。

"我哪儿有闲钱借给你？"起贵的脸红一阵黑一阵。

猪仔总共才96块钱，付一半不到50块，还是不够学费。父亲又好说歹说，才说妥了70块钱。父亲知道，要起贵付清是不可能的，他从夏长贵家买来时，还欠了13块钱。

起贵碍着柳春和我母亲的关系，再加上家里还有个小孩不日要来读书，两日后把剩下的钱又送上门来。

父亲又东挪西借，总算是凑齐了学费。

1991年的9月1日，是新生开学的日子。母亲把被褥捆在一头，装着衣裳的箱子捆在另一头，给父亲准备好了沉甸甸的一担。

出门前，不停地和我唠叨着，要尊敬师长，团结同学，晚上多穿衣服，不要着凉了。

父亲挑着母亲准备好的担子，领着我朝山的另一边走去。重峦叠嶂的山，崎岖不平的路，来回有二十多华里的路程，少说也得走两三个小时。

一路上，父亲走在前头，我跟在后头。我用足气力，都赶不上。

"停下来歇歇吧！"我还是大着胆子和父亲说了一句话。

"哎。"父亲放下担子，解开扁担两头的绳索，横亘着放在路中间，让我坐在扁担上歇着。我的屁股刚坐下去，就被汗水黏住了。父亲说："在学校里要安心读书，只要你能考上学校，家里就算是砸锅卖铁也要送你读。"父亲说完，嘘了口气。他的身体黏糊糊的，这才感觉下肢酸痛得厉害。

此时，我感觉父亲没有那么的可怕。

父亲给我滔滔不绝地讲"头悬梁锥刺股"的故事。说只要功夫深，铁棒磨成针。他像是在和我交心，知道我能听进去。

说实话，我的顽皮已被巨大的魔杖压在了心底，就算是有孙悟空的本领，我还是愿意把自己关起来。武士也要克柔，只有这样才可能取胜。

已是秋天，路两旁的玉米熟了，散发出淡淡的清香。我仰望着天空，看着碧空万里无云，顿时心旷神怡起来。

可以看见"上庄中学"的门牌了。门前挂着欢迎新同学入学的条幅，用红纸写着张贴在学校门口。

一所砖木结构的学校，背靠着巍巍的大山，门前是一条深不见底的河流，两层低矮的教室和几栋破旧的楼房被围墙圈着。一个四十多平方米的操场，中间立着一个旗杆，一面褪色的红旗在风中飘扬。

一楼最左边的门口挤满了人头，全是前来报到的学生家长。父亲放下肩头的担子，在教室外的台阶上坐下来。走了半天的路程，他有些饿了，也有些渴了。

我像个侦察兵四处搜寻着，找宿舍和班级。教室的门顶上挂着一块灰白色的木牌，上面写着各个班级的名号。三个年级六个班，初一年级三个班，初二年级两个班，初三年级一个班，越往高年级班级就越少。造成的原因有很多，一是家庭越来越困难，到后来交不起学费；二是学习越来越难，孩子产生了厌学心理。家长几乎没有强迫孩子读书的，万一读不下去就回家种田。

父亲想说点什么，话到嘴边都没有说出来。

我想着，三年后我能从这里升入另外一所学校吗？

我正沉思着，父亲说，宿舍在那儿呢！一排 20 世纪 70 年代盖的杉树皮房。门口贴着禁火令，严禁学生带火种到寝室。禁火令用红色的油漆涂着，再调皮的孩子也不敢违背禁令，所以学校里没有发生过火灾。禁火令的字体上，像是被调皮的学生用墨水涂过。

寝室内像是被人打扫过，一尘不染。风吹过，却还是有股刺鼻的米豆腐臭味，从鼻孔钻进胃里翻江倒海。有些家长发牢骚，说这哪里是人住的地方。有些还找到校长理论，校长笑着说，现在只能将就着住，等上面有拨款来了，必定盖栋高高大大的楼房。

空间不大，有点挤。四面墙都是铺架，分成两层。个头小的睡上层，个头大的睡下层。我分在上层，刚一站起来，"嘭"的一声响，头撞到了屋顶，同学们都哈哈大笑起来。

大家都担心晒得干枯的树皮很容易爆裂，雨天会朝屋内漏水。所以一到下雨天我们就提心吊胆，奇怪的是一滴水都没有漏下来。

倒是有一年五六月间，寝室内成了水塘。到处是汪汪的水，漂浮着各种杂物。同学们在四个墙角处挖了洞，才把水排出屋外。父亲在屋里屋外转了一圈，他说这屋子地基牢，墙脚都是砖石，水浸泡多久都不会塌下来。

我铺好被褥后，父亲又去国营商店给我买来了搪瓷杯、饭盒、双喜脸盆、牙膏牙刷和毛巾，并教我用碗量米。

落日的余晖照在校园的树梢上，像是涂抹着一层凄迷的颜色。

父亲开始收拾着绳索准备离开。学校里的光亮了起来，一半照在父亲的脸上，另一半照在黑暗中，显得无比遥远。父亲的衣服还是湿漉漉的，有几处破烂的地方还没来得及缝补。

父亲一回头，我感觉眼泪差点迸出来。

说到底，我没有离开过家。这次是我人生中第一次与家人分开，一个人在一个新的地方生活下来，真的很难排遣内心的孤寂。

"一切都得重新开始。"老师的话像铁钉般扎进了我的心里。我喜欢这句话，我在村小教学点时没有太过用功，这回重新站立在起跑线上。

可是，我觉得我还是和那些同学有距离。

我的班主任叫张伟光，个头不高，身板薄弱，大约十六七岁的样子。他是我报到的那天新分来的，教我们语文、音乐和美术。

他留着薄薄的头发，特别精神，也讨女生们喜欢。

他是个博学多才的人，不仅会背很多古典诗词，还会弹吉他。不过，他的声音有点沙哑，他的吉他弹得很好听，从没见过他唱歌。听说他的嗓子是读书时留下的后遗症，做过三次手术。分配到中学来之前，教育局原本打算把他留在机关的。可他坚决要来，他的理想是当一名优秀的人民教师。他说如果不能站在讲台上，那将是他毕生的遗憾。

"从今天开始，我就是你们的羊头，你们得跟在我的后头奔跑。"他的声音不够响亮，但非常有力。

我的耳朵里嗡嗡的，注意力没有全被他吸引，偶尔能够听见一两句，还是特别想家。不单是我，连续一个星期，寝室内很多同学都夜不能寐，翻来覆去，弄得大伙都睡不安稳。张老师经常会来查房，"来到这儿，就没有小家，这里只有大家，听到了吗？"

"听到了。"同学们异口同声地说。

"要是谁不睡，站到月光下赏月，没有意见吧！"寝室内一片沉寂。他经常会在寝室门口站到半夜，这种方法的确奏效，可耽误了他不少睡眠时间。

学习任务让我感觉越来越吃紧，除了语文、数学外，还新增加了英语和物理、化学、政治等课程。就连体育和美术课都不容忽视，毕竟师范学校设有体师和美师专业，毕业后同样是铁饭碗。少数同学选择学体育和美术，很多同学还是赶大潮流。

各科任老师都见了面。印象最深的是张兴柏老师。他年龄最大，个头最高，眉毛粗糙，精瘦精瘦的，走起路来摇摇晃晃的，有种自命不凡的高傲。

他是20世纪70年代末与高考失之交臂的优秀高中毕业生，从区农中毕业后便来到这里当老师。他的数学功底好，总是昂着头走路。他的课从不带教材，每页都是熟稔于心。他的课堂也生动有趣，爱说笑话，常引得哄堂大笑。尤其是缺掉的那两颗门牙，讲着讲着唾沫就从门缝里飘出来，他立马倾着身子想把唾沫捞回来，手在空中划了道弧线，唾沫已经紧紧地贴在前排同学的脸上，这时他会红着脸很不好意思地连连道歉。

兴柏老师是成立上庄中学时来的第一批老师。之后来的老师都是来一批，走一批。有的待了三四年就走了，有的四五年，最长的七八年。他哪儿也不去，计划在这里待一辈子。

他家在学校旁边的地凹处。整个乡政府机关所在地是块丘陵，房子也都是建在山上，就连街道也是弯曲着盘在山沟上，形成一个斜坡朝上延伸。一栋两层的土巴房，墙体刷得一尘不染。师母是个生意人，除了卖点香烟和冰棍外，还卖点面条早餐。

兴柏老师和师母平常看起来很恩爱，师母圆润的身体像个水桶，兴柏老师瘦得像根火柴，每天晚上，两个人总要挽着手在街上走走。

不过，他们也有不和谐的时候。两天一小吵，三天一大吵是常有的事。和美的两个人，瞬间会变得水火不容。师母手上挥舞着雪白的菜刀，追在兴柏老师屁股后头跑。见着母老虎发威，兴柏老师只能是跑。"躲得过初一，躲得过十五吗？"能躲过，事情一过，气也消了。唯有一次，兴柏老师没有躲开。路不争气，跑着的时候脚下一滑，再爬起来时，菜刀横飞过来恰恰砍中手臂，鲜血流了一条街。那一刀砍碎了兴柏老师的心，他是个胆小的人，见不得流血。之后，他就像是变了个人，眼睛里常常冒出鼠光。

那天晚上，外面的风很大。教室里没有灯，一片漆黑。有些同学点起了蜡烛，微光在风里忽隐忽现。我和很多同学一样，端坐在黑暗中开小差。门突然开了，风随即灌了进来，本来就微弱的烛光，一下子全熄灭了。一个黑影站在讲台上，我猜测是张伟光老师。"我给大家买蜡烛来了。"

教室里瞬间光亮起来，我好奇地看着他的脸。这不像我们平常见着的张老师，他的眉头锁得有点紧，看情势，必定是有什么特别的事情。

张老师站在讲台上，一句话也不发，沉默了好长一段时间，开始有学生咳嗽。他才慢慢地缓过神来说，"我要离开大家了。"他的话音刚落，教室里就鸦雀无声。

不是说不离开我们的吗？记得开学时，他曾信誓旦旦地说要和我们战斗到底。他的话让全班同学都很失望，同学们都埋着头，谁也不愿意再抬眼看他。

有女生开始抽泣起来，"我给咱们班买了窗帘，明天晚上会送来，天气马上变冷了，希望有了窗帘，大家能够安心学习。"

接下来，教室里一片哭声。我已经听不清楚他说什么了。

那晚回到寝室，同学们再也不像往常一样交头接耳地讨论问题。大家都变得异常安静，头挨头、脚挨脚地碰在一起，彼此呼吸，心跳相闻。

第二天凌晨，有同学早早地守在学校门口。谁也没有见着张老师离开，他的屋内空空的，还没有等学生醒来，他就离开了学校，显然他也不愿意看到悲伤的场面。

张老师的咽喉问题越来越严重，他已经不适宜当老师了。

强留在学校里，对我们和对他自己都不是好事。

他就像是秋天里的风，从我们心灵的田野上吹过。

他走了，很长一段时间，我都十分难受。

他是我的作文启蒙老师，一个半月的时间里，他要求我写过12篇日记，其中5篇优、7篇良。我对别人眼中枯燥无味的作文产生了极大的兴趣。

"零零零。"星期六下午的铃声响起，孩子们归心似箭，快速装好书本，欢呼雀跃地跑出教室。

"回家喽！"

着急也没用，还要列队，校长还要训话，反复强调路上注意安全，不准去河边玩水。

走完几个小时的山路，到家时已近黄昏。

远远地看见一个人影朝我走来，是母亲，每次回家时她都要来半路接我。

见我跑来，帮我把背上的书包取下来，挎在自己的肩膀上。又从兜里掏出几块冰冷的麦饼给我，硬硬的。我确实饿了，几口便咽了下去。那时正是身体的发育期，肚子里长期是空荡荡的。

这个星期天，母亲格外忙碌。秋风起，天气变凉，她得赶在秋分前给我补几件像样的衣裳。母亲手巧，做工精细，她缝补的衣服看不见针脚。我又临时交给她几个新任务，炒些辣椒与酸菜，多调点盐，这样可以多吃几天。再煎几个麦饼，用来半夜充饥。学校的菜是两毛钱一勺子，父亲每周给我两块钱。我想攒着，家里困难拿不出钱时，或许可以拿出来救急。

傍晚，学校门口有一块明亮的月光。我赶到学校时，教室里乱哄哄的。大家七嘴八舌地说唱着，十分热闹，教室里突然肃静起来。

"新班主任来了。"有人叫着。

紧接着，一个个头高大的男人堵住了门口。他叫蔡米糊，脸黑得像锅底，眼角上长着颗黑痣。这是我们新来的班主任，他是从区中调来接替张伟光老师的。

"谁在认真地学习，谁在乱说话，我心里一清二楚。这次就放过你们，下次小心被我抓到，有你受的。"第一次见面就放出狠话。

同学们的脸憋得通红，连屁都不敢放。

从此以后，只要进了教室，就没有人敢大声说话，大家总是提心吊胆的，感觉有一双眼睛在门缝里监视。

蔡老师终于叫我去他的办公室了。在这之前，很多同学都被他叫去过，每个去过的同学回来都得意扬扬，他们像是得到了蔡老师的奖赏。我也渴望着，能与蔡老师有一次深入的交流，或者听听他的教诲。这种渴望，主要是缓解内心的焦虑。我小心翼翼地走到办公室门前，心里像是在荡秋千，有种莫名的害怕。

"进来。"是蔡老师的声音。

房间不大，一张床，一张桌子，一把椅子，桌上堆满了七零八乱的书。墙壁上挂着两张女人画像，地上放着体育器材，蔡米糊坐在地上做着仰卧起坐。见我进来，翻了个跟斗，站了起来。

"最近学习怎样？"蔡米糊问我。

我不敢说话。

"有什么兴趣爱好，喜不喜欢体育？"

我摇了摇头。

"不要成天埋头读书，要多参加运动。"蔡米糊说。

我说，我喜欢文学。蔡米糊听了，眼睛睁得很大，示意我在椅子上坐下来。

"你看，文学这东西，怎么说呢？总之是太虚无，怎么说来着，好像总点不着地。"就连他也说不清楚文学是什么，显然他不能满足我的兴趣。

学校里几乎找不出文学爱好者，不可能单独给我开兴趣班。蔡米糊热爱体育，很快就组建了一支球队，很多男同学都和他打得火热，一些女同学也成了啦啦队员。每天黄昏时分，他们都在操场上活跃着，尖叫声像浪花翻滚着。

我的兴趣不能成为梦想，于我而言是多么的无趣。校园里缺乏了我的兴趣爱好，我开始偏科，想让蔡米糊来改变对我的态度。慢慢地，我的作文在班上露出了尖角。蔡米糊也经常公开表扬我，说我的作文文采飞扬。听得我心里美滋滋的。

我的英语老师叫汪海霞，和蔡米糊一样都是来接力的。英语老师是稀缺的，听说调了好几次都没有人来。

汪海霞只有十八九岁，扎着个马尾辫，有着一双水灵灵的大眼睛，身材好，衣服也漂亮，走起路来，飘然顺溜。说话的声音特别清脆，像画眉鸟的叫声。我们不仅欣赏她的美，更多的是喜欢她身上那种蓬勃的朝气和活力。她办公室的门总是闭着的，用她的话说，"不在课下释疑"。随着时间的推移，我感觉汪海霞似乎很害怕我们向她请教。一旦谁问她问题，就紧张得像个孩子，鼻尖上冒汗，解答起来，吞吞吐吐很不流利。这个时候我就特别怀念张伟光老师，他教学生的能力毋庸置疑。"学高为师"嘛，孩子们都喜欢这种老师。有几个男学生故意抱着课本去求教，结果碰了一鼻子的灰。我对英语毫无兴趣，上课时，无力地趴在桌上昏昏欲睡，等到她偶尔提问我，我被同桌推醒后，摇摇晃晃地站起来时嘴角上还挂着唾液，却恍若隔世，茫然不知所措，张口结舌，不知所云。久而久之，我真成了扶不起的阿斗。

第一阶段考的成绩出来了，我的英语成绩很不理想。汪海霞看我的眼神冷到了心骨，我从来不敢看她的眼睛。好像那双眼睛极具魔性，能把人深埋进地宫。时间久了，有同学摸清了她的底细，说她高中落榜后，被她做教育局长的父亲安排到了我们学校，而且是短暂的停留，不久会调往县城的其他学校，这里只是块跳板。知道这一切后，我更加讨厌英语，视英语为仇家。

第一学期很快就过去了，班里虽然没有排名，但是每个人的学习情况，老师都是心知肚明的。蔡米糊在班会上语重心长地说："过去的辉煌都已过去，就像是长跑比赛，大家同在一条起跑线上，发令枪响后，尽显自己的能量。"蔡米糊再次重复开学时张伟光说过的话，我还在质疑着，原先成绩好的，就一直会好下去时，他的话再次让我感到一切皆有可能。

跑步就是这样的，考验的是脚力和毅力，那些开始跑在前头的，慢慢地掉到了后头，有些想停下来歇歇，有些掉队后干脆就不跑了。我知道自己属于哪一类，会紧盯着那个目标锲而不舍。

学校放秋忙假了。正值农忙时节，放假的目的是让孩子们回家帮大人们秋收。父亲说什么也不让我下地干活，他要我在家里专心致志地看书。我怎能如此呢？我家好几亩地，别的孩子都在地里帮忙。

可我无法说服一向像驴一样倔的父亲。父亲从庄稼地里回来，脸被太阳晒得黝黑，手臂被玉米叶锋利的锯齿划得伤痕累累，嘴唇干裂出很多的缝隙和黑壳，我心如刀绞般隐隐作痛。父亲却微笑着，"各种成绩都要齐头并进，一门都不能掉队，缺哪儿补哪儿。"

"养兵千日，用兵一时。"到了期末考试的时间。静悄悄的考场内，只听见笔尖在考卷上沙沙地响。我一抬头，见旁边的考生手里捏着小纸条，偷偷摸摸地抄着。放眼望去，还有几个考生也在做着小动作。我收回目光继续审题，我不想作弊，宁可考得差点也绝对不抄。尤其是我讨厌的英语，考高分反而是我的耻辱。

成绩很快就揭晓了，我的语文 97 分，数学 89 分，英语

52 分，政治 75 分，化学 83 分，物理 96 分，全班排 19 名，语文单科第一名。全班总共 50 名学生，排 19 名算是中上游。这个成绩父亲还算满意，他知道我的底子薄。

不知道为什么，我还是倍感失落，灵魂孤独得像是游荡在荒野。

天气越来越冷了。母亲得赶在大雪来临前帮我做好一双布棉鞋，一件布棉袄。

冬天的周末学校是不允许孩子们回家的，老师担心路上发生危险，所以让家长把衣服和食物送到学校来。

母亲做好布棉鞋和布棉袄后，把腌制的酸菜和事先做好的蛋汤装好，冒着风雪给我送到学校来。山路被冰封着，一些杂木被压倒横躺在路上。路上还结着厚厚的冰，踩在上面咔咔地响。走着走着，冻僵的手被丝网兜勒得生疼，换手时脚下一滑，"嘭啦"一声掉在地上，瓶子里的菜和汤四分五裂地散落在冰凌的路面上，母亲的手还被划破了一道血口子，这样的结果是母亲没有想到的。

母亲又重新走回家，把橱柜里的咸菜取出来，又从母鸡肚子下摸出个鸡蛋来，做好后又重新上路。在我上初中的三年里，她不知道一个人走过多少这样的夜路。

我不愿意吃菜，也不愿意买菜。拿着母亲送来的菜，我哭得就像个女孩子。血肉里没有了男子气概，我偷偷地端着碗躲在操场的白杨树下吃着净饭。无意中，我发现背后有双眼睛一直在看着我，回头时是悄悄拍打肩头的风。

父亲的话，再次给我敲响了警钟。我开始给自己制订计划，一个人躲在教室的墙角里背单词。夜晚静静的，蟋蟀和壁虎都已熟睡了。

我感觉头昏眼花的时候，就跑到操场上的水龙头边，冷风飕飕地朝脸上扑，打开水龙头，掬起一束冷得沁人心骨的水抹在脸上，顷刻间睡意全无。

我合拢书本时，发现汪海霞的屋内还透着光，一束微光从汪海霞的屋内透过来，随即又收了回去。我好奇，这么晚她在干吗呢？我甩了甩胳膊，晃了晃脑袋，回到了寝室。

漫漫长夜，在我的坚守中变得短暂。我习惯了在夜晚读书，感觉那个夜晚就属于我一个人。

初二那年的冬天。雪累了一夜，换来早晨短暂的歇息。大地全是白色的光芒，吱呀呀的门响过后，便是惊讶的叫声，好大的雪，把门都封了。我全身滚烫着，手脚不停地踢打说着梦话。

醒来的时候，一道阳光照进了房间。我躺在病床上，蔡米糊正在向汪海霞发着脾气，说我在梦里说着英语成绩不好。汪海霞站在旁边，脸冷静得不见血色。她没有委屈，也不见愧意，感觉这一切都与她无关。

随即便听到了吵闹声。过了一会儿，医生来帮我检查，说发现我的喉咙内长着个包块，建议先打几天消炎针，如果不消退，得转到区医院去做手术。我从隔衣层里把平常节约下来的钱都掏出来，说如果打针能好就不用通知家人。汪海霞走上前来，用疑惑的眼睛看着我，"这是你节约下来的？"我无辜地看着她算作回应。

屁股每天打三次针，半边屁股肿，半边都打得麻木了。可咽喉不仅没有好，反而连说话都困难。医生也有些着慌了，说这病不能再拖。得转院，时间久了恐怕就不好治了。我没有半点恐惧和害怕，感觉死神还离我很远呢。我不愿意去做手术，一是担心家里经济困难，二是害怕耽搁学习。这次我得感谢汪海霞，她是城里人，自然是见过世面能拿主意的，她和教育局联系，让城里派名医生来帮我做检查。

蔡米糊还在责备汪海霞，其实真跟汪海霞没关系。城里的医生是连夜赶来的，拿着电筒让我张开嘴朝里照，检查完后说不用做手术，给我打了几瓶吊水，吃了几片药，几天后咽喉就好了。不过再三叮嘱我，近段时间尽量少发声，复发起来就必须做手术了。汪海霞见我没事了，脸上舒展着微笑。我把她的微笑后来理解成了奖赏和包容，我还得好好感谢她。许多年后，我才知道那次是汪海霞垫付的药费。

我多么恨自己，为什么英语不能考个高分？一周后，我决定打开母亲给我送来的菜，冬天里这些菜能存放很长时间，吃起来仍然很香，我感觉吃到了母亲的味道。同时也开始改变对汪海霞的态度，甚至当别的同学说她的坏话时，我还会站出来辩驳，那些从前的声音逐渐在同学们之间又有了新的变化。我发现对她的崇拜感使我在英语学习上萌生出无限旺盛的需求。

我始终觉得自己还是个孩子，孩子就是这样的，只要有点温暖就会改变内心。当然，汪海霞不是来收买人心的。她已经不在乎我们的议论，也许她听见了，故意装作没有听见。

又到英语课了，很多同学的英语背得支离破碎，汪海霞点到我的时候，我站起来流利地把一篇文章从头到尾背了下来。"世木同学背得好吗？"她提高了半个声调，教室里响起了热烈的掌声。我感觉一阵舒爽穿过了五脏六腑，在心底蔓延，心里很是幸福。

夜晚的风异常寒冷。深夜里，汪海霞房间的灯还亮着。我想起了"凿壁偷光"的典故，我想"隔壁偷光"是否可以省点蜡烛钱。偷偷地站在汪海霞的窗外，借着她房内透出的光，把白天没有掌握的内容一一过滤，还把第二天的内容一一看过，"啪"的一声，眼前一片漆黑，我愣怔一下，立即清醒了过来，听见里面一声哈欠声，我才晃动着沉重而充实的大脑，蹑手蹑脚地离去。

父亲老说："不吃苦中苦，难为人上人。"我想只要心朝着一个地方沉下去，就一定能够见着光明。

又一次段考，成绩很快就揭晓了。我的英语成绩排名全年级第7名，这是我初中以来最好的成绩。"功夫不负有心人"，这份成绩是铁的证明。

我没有沾沾自喜。另外，这样的成绩虽然在应届生里算是不错，但远远不能和往届生比，他们各门功课几乎都比我们要好得多，历年考上中专、师范的大多是他们，考不上的同学大多回母校补习。我不会有这样的复读机会，可凭我现在的成绩，考入理想的学校，似乎还是天方夜谭。

怎么也没想到临毕业的时候，上面传来消息，往届生不能参加中专、师范报考，对于我们而言无疑是个福音，我们鼓掌、欢呼，要知道考上了中专或者师范，就预示着端上了铁饭碗，对于祖祖辈辈是泥腿子的人家来说，那可是光宗耀祖的事情。

有人欣喜有人忧，往届生垂头丧气到了极点，他们本是铆足气力，打算一显身手的，可怎么也打不开希望之门。想想他们也真够可怜，没日没夜挑灯夜战，最后只得丢弃梦想。

各科都在积极复习，连星期天都在补课。只有周六下午放半天假，争取回家拿点换洗的衣服。

这个周末原本高涨的心陡然落了下来，学校里号召同学们买一套学习资料，大家都争先恐后地报名，我难过得低下头，装着很安静的样子，拿起书来读。其实我的眼睛在书上，一个字都看不进去。周围乱糟糟的气氛，使我烦乱的心绪四散开去，我想买的心和他们一样迫切，可是这本书要8块钱，这对我和家人来说都是极大的负担，但是我又不甘放弃。

我回到家时，母亲躺在病床上几天，屋里一片狼藉，冷锅冷灶，连个下脚的地方都没有。她见我回来，抬起头，指着橱柜里扣着盖子的碗说，"那里的面还热着，你趁热吃了吧！"我饿极了的肚子突然没有了食欲，眼睛一直瞪着母亲，嘴咧开着想说些什么，却怎么也说不出来。父亲从地里回来了，已是疲倦不堪。他说，"这周你们都放假了，你妈病了，地里的事情忙不过来。"他每天不仅要下地劳作，还要给母亲买药，他的辛苦都写在黑瘦焦虑的脸上。"这学不上了，不如回来帮着干点事情。"我和父亲说。"啪！"我的脸上火辣辣的滚烫，眼前一阵昏黑。母亲的身体一半落下了床沿。这一巴掌是母亲扇过来的，一个病人，我不知道此刻哪来的力气。

往日我会风风火火地朝着学校赶，这回双腿如灌铅一样慢得移不动，每走一步，好像就离梦想远了一步。我拉了拉衣服的领子，已经是春天了，春寒料峭，冷冷的风直往衣服里钻，我的腿有些软，怎么走都迈不开步子，一路上思索着回校怎么和老师说。

果然，当我说要退学时，学校的老师惊讶得和藤野先生听说鲁迅弃医从文一样的表情。听说我要回去照顾母亲时，又被我的孝心感动了，但还是不停地做我思想工作，开始是蔡米糊，后来是汪海霞，包括兴柏老师。他们的话总是掏心掏肺，犹如春雨滴入干涸的心田。

那天下午，汪海霞找到我说，"这本书是我奖励给你的！"我无法相信自己的耳朵，惶恐地接过厚重的书。渐渐地感觉昏暗的天空变得明亮，甚至立即能够达成所愿。

菜花又黄了，肆意张扬地在路两边的田地里，在绿油油的麦苗映衬下，千娇百媚，如锦缎铺向远方，路两边的农民弓着腰在田里劳作，有人抬起头来轻轻地捶打着腰部，微笑着抹去额头的汗水。

已经是深夜三点了。学校里像是蚂蚁在动，整个夜晚都停歇不下来。

学校进入了紧张的备考阶段，老师们白天黑夜地给我们印发试卷，改习题，我们便埋头在各种习题中，没得空闲看窗外的季节。为了黎明前的这段黑暗，师生们都使出浑身解数。

山村里没有神殿，如果有，我猜测很多人会躲藏在那里。说明这个过程是多么熬人，无论我们未来的样子是什么，路被迷雾罩着，有一定的危险，可还是要往前跑。

倒计时只剩下最后一周了。蔡米糊给我们做动员工作，说如果你们考上中专、师范学校，说明你们幸运，我为你们高兴，因为你们端上了铁饭碗，万一走不了，我也替你们高兴，说明你们上了高中，三年后考上了大学，这样比中专的档次更高一些。

他的话虽有阿Q的味道，但极大地鼓舞了我们的士气，很多预想升学无望的同学，现在像是在世界末日看到了曙光。蔡米糊的话音刚落，一个矮个头的学生慢慢地站了起来，步履蹒跚地朝教室外走去，屋顶上有水溅落在她的身上，可她似乎不在意。她走到操场上，望了望远端，望了望外面的雨和侵入房间地面的野草，身体僵硬地走出了校门。

她没有资格报考中专和师范，更没有准备上高中，只好就这样离开了学校。

开始填报志愿了，我毫不犹豫地选择了一所医学中专。

其实，我没有探究过鲁迅去日本学医的原因，也没有他兼济苍生的大志，我只希望多救治些乡村病人，包括我的母亲。母亲长年患病，和病魔做斗争，让我惶恐不安，我得让她尽快好起来。

中考成绩出来了，我以全乡第二名的成绩被录取了。拿着录取通知书，我回去告诉父亲时，他还在地里没有回来，村里的学校撤销了，他在家等着上面的安排，从早到晚都在地里干着农活。母亲多日没有出门，听说我的通知书来了，她高兴地从床上爬起来，让我扶着到外面走走。"你考上了。"她很得意，像在炫耀。

我搬来凳子让母亲坐下来，端着药一勺一勺地喂。

假期很快就过去了，我去了城里上学。父亲这回像是换了个人，脸上的皱纹和白发斑斑。

离别的前夜，我守着母亲，她拉着我的手说笑着，好像完成了一生的大事。

"去睡吧，父亲说。夜已经很深了。"我忽然发现父亲的身材比往常矮小，像一株干草，失去了水分，失去了露珠。

我毕业后，在医院里花费了不少时间，研究一些奇怪的病例。疲惫的时候，辞去了职业。应聘到一家报社，做了一名撰稿人。很多时候，我觉得文学和医学是可以融合到一起的。

遗憾的是，我们所待过的"上庄中学"，后来只剩寥寥无几的几名学生，最终进行了撤并。撤并后，学校就空着，一把锁锁了好几年，慢慢地整所校园里都长满了茅草。那些砖瓦的房子，经历风雨的洗礼后倒下了。几年之后，就连去学校的路也长着深深的茅草。渐渐地，学校就像是一座无人看管的寺庙彻底地废弃，那些读书时代的记忆随白云游荡，不知踪迹地去了别的地方。

令我刻骨铭心的是，不仅是学校归还了自然。我父亲也成了自然里的眼睛。

他在村子里时，住的是祖先留下的房屋，包括菜园都是继承祖辈的。后来，移民政策的东风吹进村子里时，说他不符合移民政策，不能享受移民待遇。那时他的户口挂到了镇上，没有具体的门牌号码，只是写着"集镇"，一个找不着北的地方，他不能移到城里去，也不能住在村里。移民后，我母亲把我们的旧课本都收集了起来，用箱子装着，她舍不得扔。

我和父亲商量着，今后搬到城里和我住在一起。他说，他的鼾声很大，怕影响到楼上楼下的人。他喜欢生活在村子里，他熟悉那里的一草一木，也习惯了与土地的相伴。村子里的房屋移民后就拆了下来，他想回去是万万不可能的。

我回到"上庄中学"时，很多的记忆缠绕着我。站在校门处，一缕阳光从高处落下，在我的鼻尖上晃来晃去，好像那缕光是只苍鹰，非要叫醒我。我有点不开心，但还是没有冒犯它，我想，也许此刻只有它还在守着这所学校，或者是在等着我回来。我们友好地相处了一段时间，"起来，起来，都起来。"上课铃声都响过几遍了，还有孩子躲在被窝里睡懒觉。

随着脚步声变弱，学校在我的思想里摇晃起来。在屋檐下挂着一个黑色的东西，上面有一大堆苍蝇，苍蝇嗡的一声飞走了，那些东西顿时像不见了一样。随后，我看见一群孩子在操场上追赶着，到处乱晃，没人看管，很快就消失在门和窗户的背后。

我始终没有走掉

我始终没有走掉。我的童年混迹在村里的老人中间，我找遍整个村庄的角落，没有找到那个童年的孩子，他从草滩上跑过，遇到一场浩浩荡荡的大风，什么都不见了。

那年秋天，弟弟从板栗树下回来。他身上穿着一件浅蓝色的短袖，是用捡半个月板栗的钱换回来的。这件新衣裳，弟弟只穿了半天。他穿着有点儿大，但我很合身。那是我第一次出远门。弟弟把衣服从身上脱下来，给我穿上。然后光着膀子，在秋风里飞舞。那天，是母亲和家里的黄狗送我走出的村庄，黄狗跑在前头，摇摆着尾巴，不时朝我回望。"木牙，在外过细。"我回头时，看见我家的半边老屋挂在峭壁上，奶奶站在山坡的高坡处眺望着，猛然间我泪流满面。好些年前，我就这样被奶奶喊住，被她远望的目光留住。我真实地看见了自己。

我出生得无比艰难，本来是见不着阳光的。可我还是感知了万物，我的身体在村子里行走。我不想走别人走过的路，也不想重复别人说过的话。我警惕着世界，警惕着所有的人。

我在警惕中渐渐有了意识。我看见了村庄零乱的房子，看见了朝着天空的烟囱，朝着南方连绵不断的群山。

母亲是这个世界上第一个对着我笑的人。

我出生后，母亲每天都把我放在厅房的屋檐下晒太阳，我扭着脖子，望着东西方向一条朝深山处延伸的茅草路。母亲走时肩上扛着锄头，手上捻着扁担，回来时扁担会发出咯咯的声响，锄头并列着扛在肩上。我坐的摇窝被晒得滚烫，头上冒着蒸腾的气。母亲把我从摇窝里取出来，来不及扯下热腾腾的尿布，就掏出白白的乳头来。我趴在母亲的怀里，吸着乳汁又睡着了。

村庄四季分明。我知道的事情越来越多，开始熟悉一些人，一些事。我发现，村庄里的每一件事都在不停地重复。这种重复，让我内心彷徨。

懂事的时候，我无所事事地在村子里打转。村庄被薄薄的阳光盖着，闪闪的光亮从天空倾斜下来，穿过树木照在地上的落叶上。潮湿的落叶见着阳光就奔腾起来，像是在表演一场大戏。墙院外的山丘上涌动着金黄的麦穗，那是人们一年中等待丰收的一季秋粮。

我熟悉我家的每一寸土地，小时候我母亲背着我在地里干农活。她的脚深深地印在坚硬的泥土上，我开始对土地有了强烈的情感。很多时候，我以为，除了我的母亲，还有我的先辈们，也都是这样把脚印一次次地深印在土地上。伴随着漫长的时光永恒地和泥土粘连在一起，再也无法从土地里分割出来。

那天早晨，我从深邃的梦境里醒来。母亲微笑地看着我，想和我说些什么，嘴唇稍微颤抖几下，便将手轻轻地放在我的额头上。我开始在心里圈画着自己的理想，画家、音乐家、老师、医生。

我隐约地感觉到，这只是我做的白日梦。我长大后可能去背柴，可能去种地，可能去喂羊。奇怪的是，对这些我有着天生的恐惧。

我六岁那年的早晨，鸡刚刚啼叫过一遍，背后还是一片墨黑的夜空，我跟着母亲去山上采摘山茶子。到了抢收时节，那天黄昏，村主任站在半山腰上仰着脖子喊，"明天采摘山茶子啰！"他的话音刚落，村庄顿时骚动起来。母亲头天晚上做好饭，饭里拌上几块腊猪头肉。母亲说，"这顿饭吃了不容易饿。"

到了地界，母亲就像只兔子纵身消失在丛林中。我怯怯地站在地界的中线，不敢挪动半步。借着黎明前的一丝曙光，我看见有人向我走近。那时，有很多山外的人来抢摘山茶子。也有趁机过界抢摘的村民。母亲说，只要地界上有人，哪怕是个孩子，他们就不敢侵犯。我感觉有人走近我，又悄悄地离开了。他大概是发现了地界微小的我，我挺起了腰杆，连咳了几声，知道母亲必定在哪个地方看着我。

母亲从陡峭的丛林中爬出来的时候，头发上沾满了茅草。手背被刺藤划得皮开肉绽，还有流血的痕迹。稍做停歇，便从草丛中揪出几大袋茶子来，每袋足有百余斤。母亲露出了会心的笑容，显然是满意今天的收成。她喘着粗气指着山的那边说，"接下来还得起几个早床。那边林子的山茶子比这边的还大"，母亲比画着说，"得多带几个蛇皮袋来哩。"母亲砍了根杂木做扁担，挑着沉甸甸的茶子走到我的身后。我看见她拖着沉重的步子吃力得像蜗牛般前行，汗流浃背，脸变得像树梢凹凸般坚硬。"别挑得太重了，不要蛮干。"有个声音从高处的树丛中灌下来。我以为是父亲，却不是。这个人丢下一句话就不见了。我父亲是名乡村老师，那段时间，父亲在山外的学校里教书。就算家里再忙，他都抽不出时间回来。

在我幼小的童年里装满了母亲的汗水。母亲带着我，还有弟妹守着一个家，一片山林，几亩土地。我们只有在寒暑假期，才能见着父亲从远处回来。我做梦的时候，也是母亲一个人低低地弯着腰，贴着土地慢慢地朝前爬行。

我能下地挪动的时候，我母亲白天很少在家。屋里就锁着我一个人，房门从外面锁着，然后隔着木门缝朝里喊，好好待着，要乖，我很快就会回来的。这个时候我就会撕心裂肺地哭，拼命地朝着门口爬，想在母亲离开前爬到门口。我越用力越爬不动，越用劲哭声音越小。我发现我所做的一切都是徒劳的，门缝里的黑影消失后我就不再哭。许多年后，我才知道我哭泣的时候母亲还守在门外，听不到哭声后才慢慢地离开。

中午母亲轻轻地打开房门，小声地把我叫醒。那时，我靠着墙根已经睡着了。在梦里捕捉蝴蝶哩，拼命地追赶着，五彩斑斓的蝴蝶就在头顶上。只要手一伸就可以捉住时，我听见了母亲的声音。我知道自己醒了，还是装着熟睡的样子，可泪水却在眼眶里转。家里出过很多事情：隔壁的邻居在灶台上烤辣椒，辣椒烤着烤着就着火了，辛辣的烟味从墙缝里钻过来，我被呛得像只老鼠趴在地上。有个盗贼敲掉我家的木窗，用铁钩朝内取火炉炕上的腊肉，取下来翻墙消失在墙根下。母亲很是担心，可她终究是照顾不过来。

我稍微大点儿的时候，特别的顽皮。母亲再也关不住我，也找不着我，我比黄狗跑得还快。我会一个人四处玩，从中午玩到傍晚，玩到母亲把饭做好，黄昏星星挂在草垛上才回去。母亲最担心的事是怕我下河，河是小河，水浪不大，但有漩涡，看得见水底，却深不可测。所以母亲总是有意无意地喊我，问我在哪儿，她从我的声音里能够准确地捕捉到我的位置。

夜晚，天空中繁星闪烁。村子里的人们习惯坐在院落里聊天。有的谈牲口，有的谈女人，还有的谈买卖，但更多的还是谈地里的事情，什么样的种子会有好收成。谁家的地是沙地，沙地适宜种什么菜。谁家的地是黄泥地，黄泥地只适合种红薯。沙地要挑牛粪去施肥，黄泥地就得挑火炉灰。这样才能改变土地的性质，才能更好地播种种子。山里的茶子可以酿多少油，一斤油可以换多少猪肉。我静静地听着，看着他们的神情，他们的话像风灌进了我的耳朵。

我母亲熟悉泥土的气息。在贫瘠的村子里，我家没有断过粮食。这得益于母亲的勤劳，母亲把自己的时光一半给了土地，一半给了我们。白天在地里劳作，晚上借着月光绣鞋。

正值七月，麦子熟了。村子里一片黄灿灿的。

父亲回来了。他蹲在门口，按着镰刀在磨刀石上来回地磨。磨刀发出的尖锐的声响，把猪圈里的猪吓得大叫。

刀不锋利，麦子割不动。收割有固定的时间，得抢在那几日割完，人收割完头遍后，牛羊还会收割第二遍。鸟和老鼠是和人抢收的，人是斗不过老鼠的，就算是收进了粮仓，也都是它们的食物。它们会在仓底打洞，只要人有粮食吃，鼠就不愁挨饿。所以收割时，不能割得太干净，得留点给鸟和老鼠。

麦子不仅可以做面条，可以做小笼包，还可以做麦饼。真是太有口福了。我带劲地在村子里跑。

鹰是村子里强大的猎手。尤其是白鹰，白鹰是在其他地方见不着的。它的身体除了眼睛是黑色的，其他部分都是白色的。

我看见一只白鹰飞进了村子，它是从天空的白云里飞来的。它飞来的时候，地上缓缓地移动着影子。像是一只蹦跳的兔子，看见影子狗扑上去穷追不舍。不停地朝着影子咬，像是发现了猎物。

狗累了，不追了，趴在地上注视着影子。等到狗没功夫注视时，白鹰朝地上扇动着翅膀扑下来。地上的树叶一片片飞起，鹰的爪已经落到了羊的身上。羊发出一声惨叫，狗还没回过神来，鹰飞进白云已无影无踪。狗在地上嗅着，连一点羊屎都没有找到。人们仰着脖子，望着白云朵朵的天空，似乎自己也随着鹰飞入了云端。

鹰梦想着村庄，梦想着村庄里的羊。人们开始留意地上的影子，影子出现后，狗不再注视影子，而是注视天空，不停地朝天空发出声音。

我发现狗特别的睿智。它在特定的环境里有特别的能量，仰望时眼睛里折射出坚定的光芒。它悠闲自得地立在那儿，脚掌里铆足了力气。它想与鹰有一次较量，在影子落地时扑上去。

人们依然日出而作，日落而息。鹰一直在高处盘旋，狗依旧注视着天空。

后来白鹰飞走了。飞过落叶和尘土的高度，飞走时有一两粒尘土落下来。狗孤独地睁着眼睛，看着白鹰远去的方向。那时，我依旧是个孩子，站在村头看着那些远行的腿，仿佛也看见了自己的远行。

我经常一个人走在荒野上，感觉自己身后有着无数的影子。苦行僧一般在身后，走着走着，太阳一下子跃过了山顶。

天黑了。很多时候，我一个人被晾在门前的木桥上，没有人理会。我的耳边尽是牛蹄的声音和牛粪的味道。

我听见母亲喊我的声音。"木牙，快回来吃饭啰。"我翻了个身，脸朝桥下。我想喊醒水里的鱼儿，该回家了。我张了张嘴，可没有发出声音。

以后的日子特别的漫长，一年一年的光景从眼前过去。

一年一年走掉的那些岁月，最后丢失在了西边的荒野。在我的眼里，村庄被尘土一层层地掩埋，房屋渐渐地变矮，就连树梢的鸟儿也渐渐地少了起来。

父亲喜欢唠叨，喜欢叹气。他说，"好男儿志在四方，只有不停地朝前走，才能寻找到通往山外的路。"我细细地琢磨着父亲话里的意思，他在山外的时间长，我不得不承认有他的见识。他的话，我一直以为只是说给他的学生听的，跟我毫不相干。我也慢慢习惯了他的唠叨，他张口时，我会用棉絮偷偷地塞着耳朵。他说的话，一直藏在棉絮里。唯独这句话，透过棉絮传到了我的耳内。

我离开了村庄，半数也是给自己寻找出路。我每往前行走一步，内心都小心翼翼。我深感人生的不易，更懂得生活的艰难。

我离开村子以后，就再也搞不懂了村子里的事情，不知道村子里发生的事情。每次回去的时候，我都会站在门前静静地和屋檐下的树说话，我静静地仰望着树的姿势，想着一次次的重逢和一次次的告别。我的情感和思绪特别的复杂，我想过把树砍下来搬进城里，可以用做家具，让树陪伴左右。可是我怎么也狠不下心来，我是多么希望它能够永远伴随着村庄，伴随着爷爷和奶奶，无论过了多少年还是枝繁叶茂。

移民就像是一阵风，把村庄吹散了，吹得七零八落。

唯独让我庆幸的是，风把果实摇落在地上，把叶片摇落在地上，土地就这样靠自己身上的植物养活着自己。

我不知道先人的日子过得怎么样？人和树的根一样，埋在地下几十年，必定知道地下的事情。我离开村庄的时候，不停地扭头回望，有一些话从村子里飘来，钻进耳朵里凉飕飕的。

　　许多年后，我发现自己还停留在村庄的童年里，哪也没去，我的心还停留在村庄的上空。每个秋天，我还会去麦地里帮母亲收割麦子，不用镰刀，只要喊一声，招招手，麦子就会排着长长的队伍回家来。

　　现在这片土地好像没有什么用处了，为我一个人生长粮食。村庄里没有了邻居，没有了狗，白鹰也不会再来了。我却能时常闻到爷爷的酒香，看见秋收时的满地金黄。

月亮的叫声

　　我时常幻想着先人的样子。头发蓬松，腰背伛偻，整天待在那个空着的角落。在我的思想深处，这样空着的地方很多。我感觉整个村子都是空着的，墙也是空着的，阳光斜照进来，墙边的桌子上留着鱼鳞一般的亮色。

　　一年一年过去，日子一切照旧，没有半点改变。那栋老屋还挺立在那儿，爷爷兜着烟枪，围着硕大的屋柱转来转去。就这样转过许多年，终究还是去了别的地方。

　　对于先人的故事，我知道得少之又少。前些年，爷爷就像落叶一般被风吹走后，先人与我越来越近。我开始有意无意地幻想一个地方，那是我的先人出走前的原点，也是他的老家，是我的祖籍地。想起那个原点，我必然会想起他一个人出走时的神情，以及他内心的焦虑。

　　先人从湖北通山县南林桥镇来到江西修水县罗家窝村时，生活是难以想象的艰难。他依靠勤劳俭朴，盖起了一栋坐南朝北的泥巴房子。那栋房子，直到现在还保留着原样。我的童年时光几乎都在这个屋内度过，好多的梦在这里破灭，又在这里被点亮。我就这么守着母亲为我做的一日三餐。

在我的窗台外是一棵梨树，它高大的枝丫盖过了屋顶。周围是枣树、橘子树。秋天到来，熟透的各种果实，不停地纠缠着我。雪梨从树上掉下来，落在地上溅成几块。拾起其中的一块放在口里，不用嚼，一股甘甜流入心田。我开始躺在太阳下读旧书，在这些纸堆里，一点一滴地寻找先人的印记。我对先人的了解，一半是爷爷讲给我听的，另一半是从旧书中获知的。

农历辛亥年八月十九，在湖北发生了一场旨在推翻清朝统治的兵变，也就是辛亥革命的开端。据说，我先人的父亲，是江汉公学里的成员。起义爆发后，家人被牵扯在内，面临着全家被杀的危险。

据我爷爷说，我祖先家中有两个孩子，先人的母亲决定让他趁着天黑外逃。"为什么不让两个都逃呢？"我问爷爷。爷爷说，我的先人是从狗洞里爬出来的。房门有人把守，不要说是人，就连苍蝇都飞不出来。先人身小敏捷，从狗洞里爬出来，一歪身，钻进了无尽的黑夜。

逃出没多久，身后便是熊熊大火，整个村庄被照得通红。我的先人忍着悲痛，一路想着妈妈，想着以后空荡荡的生活，从湖北翻越崇山峻岭，逃至江西修水县罗家窝村。这是江西最边远的村落。

似乎，这中间有着某种指引，他一个人在丛林中行走，猛兽却为他让路，就连飞禽都无法穿过的大山，他也安然无恙地穿越过来。当他醒来时，已经到了一个杳无人烟的地方。一座低矮的破庙冒着淡淡的烟雾。他是被猎人捡回来的，被放在破庙里，希望神灵能护佑他长大。在那段年岁里，流浪的孩童到处都是，他们有的系逃生，有的是被遗弃，不得不孤零零地寻找生存之机。

风声浩浩荡荡。他睁开眼睛，陷入了无限的恐惧，一点风吹草动都使他心惊胆战。他不敢哭喊，就连自己的呼吸都让他害怕。

如此数年，在庙里借居。几平方米的小屋，一扇朝东的小门。年纪尚幼的他，就懂得了常人无法理解的艰辛。白天他躲在茅草丛中，不敢见人，只有晚上才悄悄地爬出来找食物。整夜趴着门框看月亮，看星星。音容和情绪，更多的是在月亮和星星上体现。月亮和星星承载着他不为人知的酸楚。

有一天他借来犁耙，靠近庙边翻整出几块土地，不方不圆，种上了野菜。为防别人偷菜，他用竹子做桩，用草绳围着当篱。

漫长的劳作考验着他的体力和意志。砍柴，挑水，种地，在时光里反复摩挲着破烂的衣裳，渐渐地身体便强健起来。

我爷爷对先人的崇拜，是出于对其智慧的赞赏。罗家窝到处悬崖峭壁，先人总能逢山开路，总能在峭壁间开垦田地，包括宅基地。那些环形山般的田地都是用硕大的石头堆砌起来的，少说也有二三十亩。这些田土，养活了好几代人。

眨眼间又是数年光阴。我熟知先人埋葬的位置，清明节前，会跟爷爷一起去上香。爷爷指着坟堆说，他是咱们的先祖，是个非常可怜的孩子。从小没有得到父母的爱，孤身一人来到这里。说着，爷爷总会情不自禁地抹眼泪。

一块小正方的墓碑，不到一尺的高度，字迹早已被岁月磨蚀不清，名字更是无法辨别。我站在墓碑前向北眺望，爷爷指着远方说，咱们老家就在那个方向，他是从山那边来的，他死之前，给墓碑谋好了方向，意思是生时没能回家，死后得时刻望着家人。

在我的记忆中，每年的晚秋时节，爷爷都会去趟通山南林桥，每次来回路上都要耗费几天时间。

那日，我从修水驾车往北，一路是滴绿的山。已是深秋，空气中弥漫着野兽的气味和野果的素馨。接近黄昏，巨大的夜幕从天而降，所有的植被便看不清颜色，偶尔能听见蜿蜒的山沟沟里锦鸡的叫声。我便想，我的先人，那个六岁的孩童，用脚步丈量出了生命的奇迹。

汽车追赶着灯光，奔跑在时光的隧道里。到了。和我同行的修水县溪流文学社副社长刘仁旺说。确实到了，远远望去，"通山"两个字，在车灯的照射下，像是放映在天边银幕上。这是 2019 年 10 月 5 日，这一天对于我来说，是个非比寻常的日子。

我曾经无数次幻想过这个地方。无论怎么努力，那些碎片化的图景很难拼凑出村庄的原貌。

我感觉身体的某个部位像被东西击打了一下。眼前便涌现出许多双神灵的眼睛，他们远远近近地盯着我。我并不觉得害怕，我知道，那都是我的亲人，只是他们还不知道我回来了。

他们站在高处，说着话，我站在下风处，侧着耳朵朝着他们。在我的梦里，见过那张脸，我记得她拉过我的手。我看见她的眼睛里装满了惊奇，还有着深深的爱意。我不敢正视那双眼睛，我没有喊，我担心一喊出声来，她就会被风吹走。

地方不小。在来此之前的好些年，我在脑海中描绘着南林桥的样子，重峦叠嶂的群山，鸡犬相闻的农舍，遍地金黄的稻田……这些景致，一半是根据爷爷的口述拼凑的，另外一半仅凭想象勾勒的细节。当站在南林桥的土地上时，我被眼前的光景震撼了。一条浩大的古旧街道，淡淡的阳光洒在楼阁的飞檐之上，弥散出几分朦胧和诗意。我行走着，身前身后是一张张或苍迈或清新或熟悉的脸庞。车马辚辚，人流如织，不远处隐隐传来商贩颇具穿透力的吆喝声，偶尔还有一声马嘶长鸣。

风把村子打扫得干干净净，狗背着阳光跑来跑去。我开始在村子里寻找，而风为我带的路。村庄被一条小河分成南北两半，我先顺路去了北边。族长听了我的介绍说，我的祖先应该是南边的。

在村庄里走着，我远远地看见"夏氏宗祠"四个金黄色的大字，悬挂在一栋硕大的祠堂门顶。在那个暮色四合的黄昏，我绕着祠堂忽深忽浅地走着。

门是紧闭着的，大概还未到开门的时间。我在门前肃立着，仰望着门头上的雄狮。就在我出神的时候，族长走了过来，带着我从侧面进入屋内。

风是从天井上头倒灌下来的，把堆放在地上的家谱吹得七零八落。"鼎春，子明公之子，字春平，生于辛酉七月初八日戌时。"我惊奇地在家谱上看到了我的名字。记得爷爷去世前来过通山，那也是他一生中和通山的最后一次交会。他把我的名字写在了密密麻麻的名字后头，希望后面的名字还能无穷无尽地延伸下去。

夏氏宗祠的正堂供奉着三块牌位。根据家谱推算，最右侧的夏公德诚，族长说，他就是我的祖先。他有两个儿子，其中一个逃往了江西，叫夏麦克。这是我第一次听见先人的名号。夏麦克离家后，他的家人怎么样呢？这就无人知晓了。我站在牌位前向祖先鞠了三躬。他们也许未曾想到，夏麦克的后人还会回来吧。

我还在村里继续寻找着，找什么呢？自己也不知道。我总感觉还有未能找到的东西，那些东西似乎在风的缝隙里，怎么也不愿意着地。到底是什么呢？可无论我怎么努力，就是寻找不出来。

南林桥的风景绝佳处，我最喜欢的是黄昏或者午后一个人在村庄里行走，边走边唱。在四周无人的时候，还能穿梭于过去、现在和未来。我看见一个孩童，半边脸紧贴着墙角，裸露着洁白的牙齿。

我一直没有长大，在一个叫南林桥镇的地方来回地游荡，偶尔会走进一场不认识的梦，而梦中的名字我却都熟悉，村头的那棵大树，反复地变化着叶子，绿了，又黄了。

　　麦克回来了。我从梦中醒来时，已是南林桥的半夜，我听见，月亮叫声悠长。

一棵树的人生

　　我一个人单枪匹马地离开村庄时，想过带着一棵树离开。我害怕黑暗，尤其是在车站。在车站临时落脚的旅馆内，我就像是一个逃荒的饥民。在那种黑得不着边的夜里，仿佛故乡的树就立在眼前。

　　卖树也是笔收入。村庄移民后，门前那棵树，卖得好价钱，两千块哩！到哪儿去找这么多钱呢？母亲不愿意卖，说树都活成了人的。有人劝母亲说，你家的房屋都拆了，留着一棵树有啥用？母亲说，树有树的人生。她把自己内心的怜悯，用眼神投向了一棵树。

　　在我的童年里，在我家门前不足一方的土地上，我种下了一棵树，从此那棵树顽强地挺立在我的生命中。我以为，它会伴随着脚下的土地终老，最终被一抔泥土掩埋，可是后来我发现，它改变了主意，和我一起去了远方。

　　我在城里生活的每一个喧嚣的夜里，树都会给我留下难忘的白天。夜晚我梦见自己在树下，和树一起慢慢生长。我所见到的全是童年的生活，还有村子里孩子们的脸。我感觉树是无比神奇的，无论我有多大的困难，无论遇上多么恐怖的噩梦，关键的时候我总能飞到树上躲过一劫。任何东西都爬不上来，也伤不着我。我的童年就这样被树过滤着，头顶上只剩下蓝蓝的天和洁白的云。

某天我突然发现，无论我走到哪里，我的内心始终怀着树的灵魂。它已成为我乡愁里的一种底色，只要喊它一声，就会看到它在不远处。这时，我会朝着树的方向行走。在我的记忆中，有很多神奇的东西会在树上出现。我时常会看见自己爬在树干上，像只猴子自由地跳来跳去。还会看见一张慈祥的脸，她会和我说话，那是另外一种语言，我听不着声音。

2016年9月，我奶奶去世后的第七天，我回村时天已发黑。村子里没电，车灯扫着门前的树。我仿佛看见奶奶在树下的地场上忙碌的身影，还是原先的样子，一点也没变。这时正是麦熟的季节，奶奶把地里的麦子喊了回来，然后借着月光排好队装进粮仓。那时，门前的树还没有栽。每年收割麦子时，奶奶总会给我讲故事。讲得最多的还是门前的树，奶奶说以前我家门前有棵好大的树。有关树的故事，听起来让人热血沸腾。那时，爷爷在山外的学校教书，奶奶患有类风湿性关节炎，她怕黑，一到晚上就喊孩子去做伴。可谁都不愿意去，我更是不愿意去。奶奶是个会讲故事的人，她的故事总能吸引我，我竖着耳朵听得出神。慢慢地，沉浸在奶奶的故事中进入梦乡。在梦里有个纷繁的世界，银杏枝繁叶茂，蝴蝶翩翩起舞。

我稍微懂事的时候，在门前种下了一棵树，奶奶说，"十年树木，百年树人，过不了些年树就长大了。"那时，我并不懂奶奶话里的意思，也道不出种树的理由。我牢记得我是十三岁时被奶奶的故事带进另一个故事的梦乡的，我把自己躲藏在挺拔的树干上，很快就睡着了。醒来时天已经黑透，我听见奶奶在喊我。今天晚上，她还得给我讲一个更精彩的故事。我从树上跳下来时，不小心挂破了手皮。她一边心疼地帮我包扎，一边娓娓地道着故事。我看见她的眼角里装满了泪花。

那年村子里的一堆人都搬进了城，整村移民搬迁不落一户，这是县里的政策。爷爷是有单位的人，不能享受搬迁政策，但房屋还得拆除，因为奶奶是有移民指标的。可爷爷奶奶都没有移民，进城后，租住在北门新桥旅社一间简陋的屋子里，离我上班的地方不到一千米的距离。这时，奶奶的关节炎疼痛得越来越厉害，基本上不能走路了。我经常会去看奶奶，她还会和我讲故事。讲的还是那些旧事，反复讲，每次都能讲出新意来，好像遗漏了树枝和叶片，而她的故事还在生长。

奶奶讲的那棵树，自然不是我栽种的那棵。那棵树奶奶自己也没有见过，有关树的故事是曾祖母讲给她听的。其实，曾祖母也是听上辈人讲的。没有人考证过，也许是个子虚乌有的故事，可奶奶却信以为真。

奶奶的病，医生也没有办法。吃药念经效果都不大，医生说治疗最好的效果还是靠自己。骨头里面的病，深扎在里面拔不出来。

奶奶死后埋葬在青龙嘴，这是我童年玩耍的地方。奶奶生前特地请仙人看过几个地方，最后她决定选择在这里。

那天晚上，奶奶的棺木横放在树下。在奶奶的故事里，有过灵魂离开肉体，只要拿着簸箕对着夜空喊三声就会回来的情节，人就会起死回生。母亲试图喊了三回，依然不见奶奶有半点动静。不过第三回后，姑姑说看见奶奶的手指动了一下。

小时候我的胆子很大，奶奶说，我去的地方都是明亮的。夜晚与奶奶做伴时，整个长夜里，我都在不停地踢打被窝。奶奶的腿脚只要稍微一碰，就会疼痛得咬牙切齿。这时她就会坐起来，在黑夜里看着我。听着我说着梦话，不时在我梦里插着话。

奶奶去世后，我在湖北通山族谱上找到了那棵树的有关记载。那棵树是我的祖先麦克的曾孙徐茂华从我的祖居地——通山南林桥移栽过来的。那是一棵银杏树，也是村子里的树王，得六个人才能围抱得过来。

我的祖先是中共地下党员。敌人提着亮光闪闪的刀、背着沉重的黑夜潜入村里围捕我的祖先，银杏树上的鸟惊得叽叽喳喳地叫着，谁也不知道往后是否会有白天，也不知道接下来会发生什么？敌人挨个屋子搜，就连猪圈和薯窖都不放过。说我祖先是奸细，抓到得杀头。我祖先闻风朝着树跑去，跑得极快，闪到树上就像是人间蒸发了一样。

敌人找不着我祖先，就把银杏树砍了。一棵上百年的老树，一声震耳欲聋的巨响，瞬间坍塌下来。有人说，那是树神在怒吼。敌人以为树里埋着炸药，吓得四处逃窜。

后来村民发现，树蔸里空空的，脚下有个深不见底的窟窿。银杏树砍倒的第二年，村子就解放了。我祖先随着银杏树的坍塌，永远消失在村子里。有人说他被敌人抓走了，也有人说他去抗美援朝了。有关他的记忆，很快被风写进了历史。我在族谱上没有寻找到这段记忆。祖先的故事越走越远，再也回不到村子里。直到我的到来，在那个银杏树生长的地方，我又重新种上了一棵杏树。

我时常会围着那棵树，看着它一天天长高。我希望能够在那里嗅到或听到另一个村庄的味道，或者还能见着那个出逃的祖先。一棵小树很快就挺立在村子里，它的故事被风吹得摇摇晃晃的。

我给每片叶子写上名字，整棵树上全是村里的人。树对村子了如指掌，没有什么不知道的。有时候，我也会朝着天空喊。天空就会有回音，像是从北斗星上传来的。

我离开村子后，树一直在召唤着我，我感觉自己变成了另一个人。我看见一个四壁厚厚的村子里，被人凿了个大洞。身体有种朝前刨土的兴奋，天空越来越大。一个村庄的人都在挖，仿佛要把地上和地下联在一起。

村庄的生活变得不知去向，以后的生活也是空空的，太阳白晃晃地照在那堆隆起的土堆上。从现在开始，我每天早早起来，拿着扫帚，在树下扫着落叶，扫成一堆，等到冬天到来时，用来取暖。那时，奶奶坐在火炉旁，又和我讲树的故事。

树呢？它已经长成了大树，开始和孩子们把地面的故事朝着地下讲，那时奶奶静静地听着树讲的故事。

我的祖先从湖北通山南林桥迁至江西修水罗家窝村的生活到头了。除了门前我栽种的那棵树，其他的东西都统统埋在了地下，包括我的爷爷奶奶。但他们的根却还好好地活着，或者多少年后还能长出一棵茂盛的树来。不过那时，村庄的主人不会是我们。那棵树，也许早已长成未来生活的物什。我只希望它长在我的心里，不被人砍去，用更长的时间，在我家搬迁拆除的宅基地上，重新盖个大房子。

天亮我醒来时，奶奶变成了树的故事。风把树缠着，声音呜呜的。我忽然发现，只有树会记住村庄。在我们不断遗忘着过去的时候，树正在铭刻着细微的生活。而我所记住的那些故事，还会继续传给村庄的后人。

酒　坊

那是多年前的春天，我去一个叫桃花源的村庄。

我到时，已近中午。阳光穿过松林，照在流泉上闪闪发亮。最早迎接我的是一只黄狗，它依着酒坊的门框，把头伸出来后又缩了回去。没过一会儿，又把头伸出来，开始汪汪地叫。没有人理睬它的叫声，酒坊经常会有陌生人来。

我刚进村子，狗便跑过来，在我脚下绕了几圈，然后摇晃着尾巴，朝着酒坊方向跑去。

酒坊是由松木构建的，一个天井式的双重庭院，靠着山岩。院的东北角里是一个灶台，低矮的灶台灶膛朝下，木柴朝里扔，全落在低处。

屋柱与檐匾均有雕刻花鸟鱼虫。长年累月，院落的小瓦熏得漆黑。阳光从瓦缝里流进来，一个姑娘拿着相机给酒徒照相。屋内的酒气栩栩如生，绕着房梁到处跑。

在酒坊窄小的巷道里，七八个人挤在一块儿，彼此说着话，相互碰撞着酒杯。见我进来，一个脸蛋圆圆的、眼睛黑黑的女人从侧门走过来。"你就坐这儿吧。"一张低矮的小桌子，旁边放着一条旧板凳。刚一坐下，残缺的板凳一扭，我整个人和风一起飘起来。腿碰到了桌子的吊板，一阵生疼。

"别动，坐下。"

她叫砚台，二十出头的姑娘，是酒坊的主人，眼睛很大，黑黑的，像酒坛子一样深不着底。

我是照着邀酒信的地址来的，来之前，读过她的《走吧，砚台》。那本书我很喜欢，至今还记得封面的那个背影。据村民们说，砚台的祖先，以前也是酿酒的。砚台是在山外长大的，后来又回到了村子里，以继承祖业煮酒为生，空闲时写写文字。期间，她相继带有三个徒弟，都是女性，大徒弟比她大二十五岁，原先在广州干丝绸生意，身价已过千万，喜欢摄影。二徒弟比她小两岁，大学毕业后一个人悄悄地来这儿喝酒，喜欢自然。小徒弟与她同龄，是从湖南来的，会写诗。一到冬天，酒坊就会发出邀酒信，信里夹着小徒弟的诗，配大徒弟拍的照片，酒徒们从四面八方赶来。

酒坊的侧门处架着一座木桥，两个桥墩栽在流泉的深处。黄昏的时候，砚台坐在桥板上，脚吊在桥板下荡漾着。砚台和我说着后半生的事情，头顶上远远的星光照着我们，松林里的风哗哗地响着。大徒弟正在屋里洗碗，锅碗碰得哗啦响。二徒弟出门抱着柴火进去，蹲下身子烧火。今天晚上是她煮酒，在她眼里，自己就是个天生的煮酒人。小徒弟拿着扫帚，把地上的松针扫成一堆，装在麻袋里，那是点火最好的原料。

到了六月，流泉被太阳晒蔫了，一点儿声息都没有了。

这时，砚台的日子是颠倒着过的，白天睡觉，一到晚上便爬起来煮酒。酒在夜里生长得特别快。

二十年前，村子里分土地，砚台家的地分在这流泉的峭壁上，孤单的一块，离村子好几里路。以前大块的田地都是划成一溜一溜，抓阄分给每个人。

地不能说不是好地，可一到春天，种子种下去，什么都长不出来。几年后，砚台一家人被迫离开了村子。有人想挽留，分些田角地角给他们，最后他们还是离开了。去了哪儿？谁也不知道。几个人影，一闪一闪地在山的那边不见了。

砚台一家离开村子后，村子的麦垛，似乎一夜间矮了许多。开始几年，还有人经常唠叨他们，再过两年就没人说起了。

砚台回到村子时，已长成了一个大姑娘，水灵灵的，村子里再也没人认识她。她离开时只有五岁，和她一样高的松树，现在长得比山还高。

不过，这时村子里的人响应政府的号召，大多数已搬迁到了山外，村子里到处是荒芜的田土。昔日的鸡鸣狗吠，也退出了乡村的舞台。所幸松树常青，挑战着酒的空虚。春天来的时候，砚台把那些荒田荒地都租种起来，红薯、洋芋、茄子、辣椒、豆角和西红柿，这些蔬菜生长快，很快就挂果，每亩的收入有上千元哩。她把卖菜的钱捐给村子里一些贫困的孩子，帮他们买书包和生活用品。

到了春天，满山都是酒味，酒在春雨中孕育，伴着竹笋破土而来。酒徒就像是南归的燕子，从四面八方叽叽喳喳地赶来了。阳光把云块顶开，穿过酒坊的缝隙，照在酒坊的灶台上，发着金闪闪的光。三个女徒把日子调制在酒里，所有的光阴都入了松与酒的道行。

夜半出酒的时候，我听见，呜，呜，呜哇，咕咕咚，像是繁复的水流声，咚的一下，感觉酒摇摇晃晃地坠下去，声音像是从天上来。

砚台的酒不卖钱。酒徒自带下酒菜，只需讲一个故事，以故事换酒不限量的。

一些酒徒没把这酒当回事儿，尽情畅饮，三杯下肚便好奇地仰头望月，铆着劲喊山，声音飘到了星星上，回音又一串串地返回来，很快就跑到了酒坊的屋顶上。晚餐后，大家神情释然，师徒四人一个说河南话，一个说湖南话，一个说四川话，砚台说江西方言，借着淡淡的月光，把白天的故事记录下来，夜晚才踏实。

小道上阵阵微风掠掠而过，空气在叶冠的扑打下，一飞缕一飘线，酒香长空，金针度日，一棵松树，几壶酒，入自然，灵魂，也入自然。砚台的心便留在那酒的长夜里，与松木一起守黑夜，守白天，守一个个日子。

嗅山间酒味，听流泉水声，人便融入到古典的情怀中。我突然领会到，松与酒之交，便是君子之交，松和酒的互文，用沉默写出了新的颜色。在砚台眼里，酒其实就是一个人的形状。

夜晚，一个人在村子里行走，月光松影下，女人和风说着过去的事情。那山，那水，那树，像是大地的服饰。隐隐约约闻到酒的松味，那味道在酒的世界里飘荡着。想来每个人都不过是松针的人生，一个人喝醉时，心里是亮堂堂的，有着松的坚韧和苍劲。

　　酒是什么时候喝醉的，居然一点儿都不知道。我从酒中醒来时已近黄昏，酒坊非常热闹。又来了一拨人，他们端着酒杯，彼此碰撞着，给我讲种菜致富的事情，怎样种菜，怎样卖钱。今天砚台一早就上山去了，说是采摘些松花回来，碾成粉末酿酒。这便是她新取的酒名，松花泉。我还是头一回知道，松花是可以酿酒的。她笑着说，还有药用的功效。每次她都是一个人出门，狗在前面带路。谁也不知道她所去的方向，也不知道什么时候回来，只有狗知道，狗不会告诉任何人。为了见她一面，有些人，得等上两三天。有些人，却得等上两三年。因为她回来时，他们已经喝醉了，醒过来时，她又走了。如此往返，来来回回。

　　在酒坊的那个晚上，我做了一夜的梦。梦里见到了好多熟悉的事情，听到了好多陌生的故事。醒来时，阳光照在脸上。我想，和自己喜欢的东西在一起做个梦，也就足够了。

　　我后来还知道，砚台父母亲离开村子后在一场车祸中去世了，是一名退休的老人把她养大的，也就是她的养父。我听后根本不敢相信，我没有见到她的养父，我去时，他已去世好些年，埋葬在酒坊后山的松林中。

多少年后，砚台的小徒弟回到了湖南。在湖南常德仿造了一个酒坊。不知道什么原因，就是酿造不出原汁原味的松花泉来。

某日，我又来到了酒坊。当然，这已经是几年后了。我是来拜师学艺的，可这时酒坊已经没有了，一棵苍老的古松还立在那里。整村移民后，村里不要说酒坊，就连铁皮棚都拆除了。

再次离开村子时，已过黄昏，我隐隐约约地看见那只狗还守在酒坊的门口，不时朝天空叫着，像是在和我告别，又像是在等着酒坊的主人回来。我发现，酒的味道还在村子里，哪儿也没去。

南墙北墙

一堵间隔的墙坍塌后，我对村庄的记忆就陌生起来。头顶上的云朵，地上奔跑的羊群，再也不愿意顺从我。就连从北往南而来的风，也绕过村庄的树顶，远远伸进孤悬的天空。夜晚的星星呢？变得越来越渺小，再也不愿意为孩子们引路。

那是个太阳不会向中午移动的早晨。燕子在薄光照着的蓝天下飞翔着，喊喊喳喳的，飞得极快，几乎看不清楚它们的身影。

我听见村庄的开门声，爬起床，搓揉着睡意蒙眬的眼睛。看见一捆捆禾苗躲在南墙根下，可爱得就像个刚刚出世的婴儿。她转悠着眼珠，和村里的植物说着话。我发现，禾苗熟悉村子里的人和事，知道我是谁。

在我的印象中，父亲是个颠倒黑白的人，他不懂得瞌睡，是家里唯一不会瞌睡的人。

父亲喜欢在夜晚干活，赶着月亮，听着地下的虫鸣，仿佛看到了从田里长出的粮食。我是被黄牛的"哞"声喊醒的，搓揉着布满眼屎的睫毛，爬起床时，父亲正赶着黄牛从田里回来。汗流浃背，脸上满是泥浆。牛站在地场嚼着草料，尾巴像个秋千在空气中来回扫荡。苍蝇像是在和它玩猫捉老鼠的游戏。牛是父亲的伙伴，父亲视牛为朋友。牛拉着长脖子，伸出舌头将草料卷入口中，用劲细细嚼着。父亲坐在一旁抽着旱烟，看着牛慢慢吃饱。村庄的烟囱里，无论是早晨，还是黄昏，烟雾从不断续地时起时落，簇拥着，一团团高悬在半空上，或是坠落在地上到处乱窜，不知道朝何处躲藏。

父亲抠落烟斗的烟屎，把烟斗放在搁架上。起身朝墙角的禾苗走去。父亲把禾苗拧在竹篾里，挑着朝犁好的田间走去。我就像是只跟屁虫，跟在后面蹦跳着。狗紧跟在我的后面，像是去赶一场春风。

牛见我们朝田间走，哞哞地叫起来。牛的声音深远悠长，整个村子都听得见。牛哞哞地叫着的时候，村子里的牛也跟着叫起来。像是彼此说着农事，交流着村子里的春天。

牛叫时，其他动物的耳朵痒痒的。但谁也没有牛的喉咙，喊不出一样的声音。

"嗨，嗨。"这是我家南墙下的声音，是从隔着墙壁穿过来的。他的声音像个喇叭，具有无限的张力，叫起来的时候，会增加分贝，声音会越来越大。在村子里传着，就连牛的声音也被压得极低。他的身子瘦小，别着头，成天把半边脸贴在墙上。他贴着头的地方，像个月牙儿。

他的名字叫三喜，是个患有脑瘫的哑巴。我从田里回来时，他趴在墙边不停地"嗨"着。我感觉他是在和我说话，我也会学着"嗨"回应。

他就是这么不停地"嗨"着，一辈子没干过正经事的懒汉，被他叫醒后，提着锤子出了远门。"你累不累？"我站在南墙的脚根上，伸手摸着他的头说。可是他根本听不见，眼睛不停地朝我打转，还是不停地用劲"嗨"着。我发现，他每"嗨"一声，脖子的血管就会膨胀。好像他的声音，是从血管里喷出来的。

我从不清楚他要干什么，那天他扯着我的手，不停地往墙上爬。我的脑门像是闪过一道光，铆足力气，伸着手去往上拉他时，母亲喊住了我。

我家的土屋历经百余年沧桑，居住过十几代人。"文化大革命"期间，一向无辜的老屋，却以一堵矮小的墙作为分界线，被划分成两半。南边的一半是我家，北边的一半是祖武家。在此之前，祖辈没有"南北"之分。我家把这堵墙称为南墙；祖武家把它称为"北墙"。一堵墙，就这样把一栋房子隔开了。

在没划分出去之前，我曾祖父徐琢玉一直住在北边的厅房，父亲是在南边的厅房里出生的。父亲出生前，我曾祖父就患有痨病，早晨和夜晚都咳得厉害。父亲出生后，对他的咳声非常敏感，听见咳声就会哭得不止。他时不时地趴在窗眼上看父亲，父亲也时不时地竖起耳朵，听他的咳声。他的咳声停下来的时候，院里是安静的。奶奶说，他不咳，父亲就不会哭，他一咳，父亲就哭个不停。每次他忍住咳的时候，总会憋得面红耳赤。

那时，家里倒是希望有堵墙，有堵密不透风的墙。隔着墙，父亲就听不见曾祖父的声音，他怎么咳都不会听见。

曾祖父去世时，父亲没有任何印象。他走后，南北厅房的中间筑起了一道墙，北边的房屋，连同厅房一起被划分出去了。我长大后，一直没有去过曾祖父住过的厅房。

我家有养猫养狗养牛的习惯，猫狗都养得很壮实，也很和睦。

猫是懒猫。说它懒，出太阳时睡在阳光下，没有阳光时就睡在火炉旁。猫的头特别硬，沉睡时怎么敲都不得醒。村里人有吃猫肉的嗜好，我家没有人吃过猫肉，就连狗肉、牛肉都不愿意吃。奶奶有着菩萨心肠，她是不允许家人杀生的。她常说万物爱生命，虫蚁畏生死。何况是猫呢？

懒猫的肉肥，在很长一段时间里，村里人把吃猫肉当成是一种时尚。我奶奶亲眼见过一只懒猫被活活打死，屠夫将铁锤对着猫的脑门狠敲。猫狂叫一声，脑髓喷在地上，瞬间四肢僵硬。这种残忍的杀猫手法，总是让奶奶痛心，于是，她对杀猫人恨之入骨，咒骂那些吃猫肉的人不得好死。

但无论奶奶怎么咒骂，村子上空还时不时会弥漫着猫肉的香味。

奶奶咒骂的时候，三喜却竖着耳朵听得很认真。他好像知道奶奶在骂谁，好像知道村子里谁干了坏事。

慢慢地，我和三喜玩的时候，奶奶不再把我喊回来。母亲喊我回来的时候，奶奶说，都是孩子，在一起玩玩，没什么了不起。

我似乎理解了奶奶，为什么那么爱猫。她总是把猫看得很紧，下地的时候，就把它装在笼子里，背在背上，放在地头上。仿佛只要一不留神，猫就会消失得无影无踪。

那年头奶奶不得不这么做。一些人常年吃不上肉，想着法子给自己开荤。关键的是我家和祖武家不和，两家人长期虎视眈眈，常因些鸡毛蒜皮的事情，隔墙对骂。什么都骂，祖宗十八代的事情，骂得喋喋不休，没完没了。奶奶也害怕，祖武家会谋害懒猫。

祖上的恩怨我浑然不知。祖武唯一的儿子三喜，却和我秘密地往来着。我们会用"嗨"说话，相互"嗨"着时很快乐。

我家的懒猫，可不会听人话。夜深的时候，纵身跳上南墙，朝着我曾祖父的厅房奔去。任由奶奶怎么唤，就是唤不回来，而且越跑越快。

懒猫终究有一天不见了。奶奶像丢了魂似的，每天摇晃着出门，夜半才肯回来。她知道，懒猫晚上不懒，会到处捕捉老鼠。她想，在夜间有可能会与猫相遇。可是接连数月，再也没有见到猫。

奶奶为此寝食不安，人也开始消瘦。后来，我问过奶奶，为何如此爱猫。奶奶说，一份家业，需要猫啊狗啊这些家畜来看护，如果没有了这些动物，村庄就不像个村庄了。

可猫会在哪呢？没有人知道。奶奶也想过去祖武家找猫，父亲说，猫在还好，如果没有，那是会贼喊捉贼的。说不定，会招惹一场大风波。奶奶只好作罢，成天为猫沮丧。

那是个寒冷的冬夜，村子里刮着大风。我家的门"咔"的一声推开了，紧接着一股刺骨的风飕地从门里呼啸进来。把煤油灯的光拖得老长，母亲立即用手掌围住。祖武是随着风一起进来的，"叔婆，我们移民了。"父亲刚睡下。母亲还在穿鞋底。听着这个声音，父亲顿时睡意全无。"你们移民？"母亲严肃地问。"嗯。""来，坐，坐这。"母亲把左侧的凳子挪过来，示意祖武坐下。换作是以前，母亲必定求之不得。可是现在，她的心里比寒风还冷。她感觉从此南墙外会空空如也。这种无限的空，让母亲的心头布满凄凉。她仿佛看到了，一个个人从屋子里离开。"准备什么时候搬走？""过两三天吧。"祖武说。"我来和你们告个别，屋子空着，你们用得上就用。"祖武的声音有些哽咽。虽然仅隔着一堵墙，我们对他家的事却一无所知。"明早叫三喜过来吃顿饭吧！"母亲说。"好咧！"说着祖武起身，与风一起消失在黑夜中。

天没亮，三喜就来了。"嗨。"三喜来时，我还在睡梦中。感觉有人朝我走近。"嗨。你怎么来了？"他指着地上，我意外地发现他脚下蜷着一只猫。那只猫紧跟在他的脚下，像是被缰绳牵着。

村里很多人都希望祖武家搬走，我家牵扯的关系最大，但父亲没有这么想过。父亲和母亲也曾经琢磨过，找个合适的机会打破这个隔膜。可还是碍于面子，没有事先开口。"你看，村子被他折腾成啥样了？就连乌鸦都看不到了。"村里人有意无意地说着。好像村庄里的动物，都是三喜的"嗨"声赶跑的。"有他在村里，人们没办法安稳生活。"

我知道，这一切都与三喜无关。人要是像树根一样，在地下埋几十年，就会熟知地下的事情。可是，没有人能够看得见。人们依靠柴火烧饭，各种杂木砍伐严重，村里的鸟雀越来越少，就连白鹰飞走后，都再也不愿意飞回来。在这等上，我觉得，搬离村子是有意义的。

那天早晨，我看见祖武挑着担子朝山外走动。他们走远的那个早晨，村子里就只剩下风，我被风从南墙吹过北墙。站在三喜常常贴着头的地方，眺望着三喜远去的方向，他的"嗨"声就像是小溪里的水，一浪一浪地朝着远方，他的影子越来越小，声音也越来越小。

三喜离开村庄的那天，风不停地吹着，像是在忙碌着一些事情，我不清楚风想干什么？也不清楚自己在干什么？我感觉村庄像是走丢了一双眼睛。

"农民变市民"是中国城乡变化的一个缩影。作为个体，那些离村的少年可以改变生活，却难以救起衰败的乡村。可是，三喜呢？

多少年后，随着村庄的人慢慢离开村庄，我也离开了这个魂牵梦绕的地方。我离开时，南墙和北墙就彻底地写进了历史。

我家和祖武家的那层"隔阂",也就自然而然地消散在时光的深处,再也没有人能把它找回来。

某日,父亲提到三喜时,我的心里猛然一惊。父亲说,三喜为救一只流浪猫,被一辆小轿车给撞跑了,满街撒着猫粮。

我确信,这回三喜真的走失了。不知为何?在我的脑海里,经常会莫名其妙地听见三喜的"嗨"声。他的声音就像是那只流浪猫,在陌生的城市里到处乱窜。

剃头师傅

开始天黑了。剃头师傅朝着模模糊糊的村北走去。

他一个人夜行在村庄里，不时和星星说说话，又和月亮说说话。没走几步天更黑了，他想借点月光，或者借点星光。

每次出门他都不会带灯，一声不吭地行走在夜间的村子里。那些杂草和铃铛刺在他的脚下来回地缠着，想把他挽留下来。他熟悉村子里的路，走到哪心里都有数。村子里没有豺狼虎豹，实在寂寞他就会变着调子唱歌，听见声音四围的狗就会汪汪地叫起来。

他是个老调的剃头师傅，在他的身上没有任何光鲜的景象。头发蓬松，胡子粗糙，好像永远也不会打理自己。他不会剃头，可他是村子里唯一的剃头师傅，他的手艺是他父亲传教给他的。其实他父亲没有拜过师，也讨厌这门枯燥的行当，情愿干点别的事情。他手艺学得不精，剃头也不尽人意。他想甩掉，可怎么也甩不掉。他说，这就是命。

他正犹豫着，是否可以带个学徒，把这门手艺传给其他人，那就自由了。

剃头不是门难学的技术，问题是村里没有感兴趣的人。大多数的孩子都愿意去学做篾、做木，甚至贩牛，就是不愿意学剃头，这让他很悲伤。其他的手艺更好混饭，也能多搞几个钱，光靠剃头难以养家糊口。他真的有点担忧了，说不定哪天村里就没有了剃头师傅。

我们村子不大，山高路陡。站在稍高点的地方喊叫，声音全村都能听见。真正走起路来，那得费半天工夫。

剃头师傅住在我家对面的半山腰上。用劲喊他的名字，就会出来回应。他知道又要剃头了，就准备拉着箱子出门。他来之前是不打招呼的，就像风一样来得及时。奇怪的是，每次他来的时候都是黄昏过后。天黑得伸手不见五指，他是摸着黑夜来的。

那时村子里没有电灯，只好在煤油灯下，把头扳来扳去。

"这鬼天气，恐怕年前都没有好天了。"外面刮着冰冷的风。他一边朝椅靠上挂着的米把长的刮刀布上，用力来回地刮着刀，一边微笑着和我父亲说着话。他说话很有趣味，总是表现出津津乐道的样子。有时也会聊得肌肉僵硬，像是个孩子在思考问题。

父亲坐在旁边的长凳上抽着旱烟，窗户被报纸糊得密不透风，弄得满屋子都是烟雾。

"你也不早点儿来。"父亲一边磕烟屎一边说。

"咳咳。"他呛得连咳几声，看了一眼父亲说："这算早的啰！"

狗围在他的脚下一圈一圈地转。

剪完了一个。"歇歇，反正晚了，来一口。"父亲终于把叼在嘴里的烟枪取下来，拎起衣角擦了擦枪嘴，装上一筒烟递给剃头师傅。

"下回尽量早点来喽。"剃头师傅接过烟枪，烟兜里咕噜咕噜地响起来。

父亲知道，剃头师傅每次出门都要跑几户人家。村子不大，从东边跑到西边，再从西边跑到南边。一来一回就得一天的路程，到我家时天就黑得看不见了。

冬天的日子短，换作是夏天长，还可以多剃几个头。

后来我知道，剃头师傅选择夜晚来还有一个原因。

白天是见不着我父亲的，父亲在村外的学校教书，放学回到家时，已是黄昏过后。

父亲的烟瘾大，自己栽种了几亩烟。剃头师傅喜欢他碾的烟，每次来父亲都让他抽几口。久而久之，他就和父亲成了好朋友。

可他也害怕父亲揭他的痛，"孩子还是要有一个的，老了怎么办呢？"父亲见着他就唠叨他孩子的事情。本来还高兴着说笑的，顿时脸上不见了光。父亲真是哪壶不开提哪壶。剃头师傅有过孩子，他婆娘生过两个，一个是七岁时高烧死的，另一个是九岁时掉河里淹死的。有两次削骨之痛，他哪敢再要孩子。自从两个孩子走后，他婆娘就像变了个人，成天在村里恍惚，找不着回家的路。

那是一个冬天的晚上，村子里四面起风，吹得田里的稻叶到处飞。人们都关紧了门，不愿再出门了。狗似乎听到了动静，汪汪地叫了起来，但声音很快就被风堵了回来。

剃头师傅是被风吹进来的。狗扑上前去，在他的脚下摆着尾巴来回转圈。

"啊，来了！"父亲惊诧地说。

听见剃头师傅来了，我害怕起来，暗地里不停咒骂，风这么大也不怕死。

我小的时候，头上有道疤痕，这是我母亲生我时留下的印记。剃头的时候，父亲总要剃头师傅把我的头发剪得很短。每次父亲说这话的时候，我就瘪着嘴很不开心。

剃头师傅呢？全听大人的，从不观察孩子的脸。

父亲哪儿知道，这道疤痕给我的心灵带来了伤害。村子里的伙伴们，与我玩得不开心时就会拿疤痕说事，说我头上修着一条"马路"。然后，咯咯地笑着。

每次剃完头后，我就不愿意出门，不愿意上学，哪儿也不愿意去，总想躲藏在没有人能看得见的地方。不知道为什么，我不会恨父亲，反而恨剃头师傅。

只要知道剃头师傅要来了，就故意在外面玩得很晚不回来。外面的风特别大，那些狂风不停地摇摆着树木。当我黑黑的回到家里，谁知剃头师傅还悠悠地等在那里呢。

那年，大雪把村庄封得严实，连鸟雀都不敢出来，我以为剃头师傅不会来了。况且再过两天就是大年了，正月我还要去外公家拜年呢。

谁料到，他还是来了。这头一剃怎么见人呢？我的心里有种酸溜溜的味道，眼泪就像雪崩一样流了出来。

我想趁机混进黑夜里，谁也找不出来。当我蹑手蹑脚地蜷缩到墙角里时，外面一片雪白，照得屋内也是一片雪白，分不清白天和晚上。父亲的喊声就像是寒冷的风灌了进来，我又悄悄地爬了出来。

"雪太大了。"剃头师傅把背上的箱子取了下来，然后把梳子、推刀、剪刀，和一把呈半月形的剃头刀放在桌子上。"不能拖到大年三十来嘛。"他好似没有观察到我生气了，依然和父亲有说有笑的。

剃头师傅给我戴上围布。"嗖嗖嗖"，我听见剃头刀在刮布上反复磨，那声音刺得我的耳膜沙沙地跳。

我用力憋着气，满脸憋得通红。好在，漆黑的夜里没有人注意我的脸。

我感觉那把可恶的剃头刀在我的头上来回挥舞，我再也听不清他们说的话。

"去洗洗，用洋碱洗干净。"我装着没听见，一头扎进被窝蒙着头呼呼大睡。我不仅恨剃头师傅，还开始恨我母亲，感觉这一切都是由他们造成的。这种恨在心底愈演愈烈。

我的生活越来越自卑和无趣。于是，我总是一个人远远地看着孩子们捕捉蜻蜓，看烟尘稀散在村庄的上空；总是离人群很远，害怕听见孩子们的声音，听见声音我就躲得远远的。

剃头师傅最后一次和我剃头，是在夜晚来临前，他的手不知道为什么，一直在不停地颤抖，剪刀也不听使唤。我一声不吭，任由他剪着。父亲还在放学的路上没有回来。剃头师傅的嘴里不停地叽咕着："老喽，不能剃头了。"然后，弓着腰，把掉在地上的剪刀捡起来，然后在嘴里吹了吹，装进箱子里。父亲还给他留了口烟，到家时他已经走远了。

从那以后，剃头师傅没有再上门来剃头。我的头发一直留着，长得有点撑脖子了。按理说，我应该对这个人疾恶如仇。可不知道为什么，我的心里隐隐有些担心，总害怕剃头师傅会被风刮走。

我开始以为只要剃头师傅不来，孩子们就不会嘲笑我。可他们仿佛永远都记住了我头上的疤痕，好像这是村庄留给我永恒的罪证。母亲知道后为此大发过脾气，"要是哪家的孩子瞎说，我就撕烂他的嘴。"母亲的话没有奏效，背后的嘲笑声依然没断。

我想着逃离村庄。小学毕业后，就到了集镇上中学。上大学期间，基本不愿意回来。

我大学毕业，分在乡镇医院当医生。我会经常回村帮母亲看病，剃头师傅也就成了我抢救的乡村病人。

那天夜里，村子里躁动不安，到处都在寻找剃头师傅。母亲说，剃头师傅估计是掉下悬崖了。这是我小时候曾诅咒过的，我心头一惊，来不及拿手电筒，就冲进了村庄的茫茫夜色里，沿着剃头师傅可能走过的路，来回地跑着，耳畔全是风吹落叶飒飒的声响。

"找到了，在这呢。"我赶到时，剃头师傅歪斜着躺在地上，头搁在旁边的枯枝上昏迷不醒。嘴角上流着乌黑色的血水，旁边是一担沉甸甸的稻谷，一只鞋却不知去向。从他的症状来看，我判断是脑出血了，我急促地跑回家取来急救药，给他从屁股注射进去，发动村民抬着他送往山外的医院。救治还算及时，他没有生命危险，但术后有些口齿不清，左腿行走不便。

山外传来了移民的风声，全村人都在忙着登记，紧接着像一阵风似的搬进了城。移民过后，村里东西各留着几户人家，都是风烛残年的老人。他们就像是掉队的候鸟，还得在村里坚守剩余的时光。

多少年后，我再次回到村子里时，村子里已空无一人，漆黑一片。剃头师傅和那几户村民也都埋葬在村庄的地底下，他们安详地度过了余生。

我已不再是当初那个害怕剃头的孩子，但一直保留着剃头师傅给我剪过的发式。

村庄越来越黑了。天上的星星眨着眼睛，月亮也出来了，大地一片光亮。

我站在村庄的高处，似乎听见有人在喊"雨贵"，这是剃头师傅的名字。

"我在这里。"

我隐隐约约地看见一个人背着箱子，头仰得高高的，手里拿着一根木棍深一脚浅一脚地朝村里走来。

那时，天还没有完全黑透。我稍不留意，他便不见了，像是在黑夜里消失了一样。

一条狗的失踪

走在村子里，首先听到的是狗的叫声。东一声，西一声，被风刮着到处跑。慢慢地，整个村子里都是狗的叫声。

狗叫得最多时，是陌生人来。有时候它也会对熟人发脾气，闭着眼睛，仔细听，声音像是一道光照射过来。

我领会狗的眼神，每次离开村子的时候，要么是天亮前，要么是黄昏过后。蹑手蹑脚地，一个人悄悄地走，生怕惊醒了村庄的万物，尤其是我家那条狗。我走过一段路时，狗就会飞奔着赶来，一会儿跑在前面，一会儿落在后头，太阳落在狗的头上，狗不知道天要黑了，不停地摇着尾巴，把天空摇得昏暗。

我的童年，是在村里虚度的。在我五岁的时候，一个人开始在村子里转，像个傻蛋，父亲给了我个绰号——"木牙"。"木牙"有木头木脑的意思。

一天，我在村里闲转时，见到一条被人抛弃的乳狗，于是把它捡了回来。狗好像刚刚生下来，还不会走路。母亲煮米糊给狗吃，就这样，一条弱小的狗渐渐地长大了。我无所事事地在村子里转时，狗也会跟在我身后转。我的很多心里话都会说给狗听，每次和狗说话时，它总会看我一眼，好像能明白我的想法。我的童年，是那条狗陪我度过的。

我七岁才上小学，一条弯曲的小路，从山脚下一直延伸到山头上。太阳还未出来，我就上学。晚上回到家时，已过黄昏。

我小时候肥胖，走路很慢。有天晚上放学回来，我走到半路就下起了大雨。听见林子里发出"沙沙"的声音，那声音像一阵风朝我刮过来，我居然木讷得不知道跑。立在那里，像只任人宰割的羊。我听见那声音离我越来越近，可能是一只野猪，"不要说话，蹲在地上。"我听见一种声音从山下传来。

我刚蹲下，一个黑影从树林里窜了出来。我吓得闭住眼睛，屏住气，不敢哭出声来。就在万分危急的时刻，我听见了狗的叫声，叫声像箭一样闪过来。紧接着听见厮杀的声音，等我睁开眼睛时，狗摇摆着尾巴看着我。

狗与野猪打了一架，野猪跑了。

回到家，狗躺在地上睡着了。母亲盛好饭，放在狗的嘴边，狗一动不动地躺在那里。不知道睡了多久，我不停地喊狗吃饭，狗睁着眼，头动了几下，又睡着了。母亲说，一只狗怎么打得过一头野猪呢？就在我们担心狗会不会醒来时，半夜里我听见了狗的叫声，它的声音像是从月亮那里传来的。

在山头学校上学的五年里，狗成了我的伙伴。每天早晨送我上学，晚上接我回家。狗叫声停在路旁附近的林子里，粗壮有力，直戳云霄；同时有四散的杂音，忽忽悠悠的，向外炸开。

一片稠密的林子，野猪再也不敢出来撒野了。

那时，村子里经常会有陌生人进来。三个一群，两个一伙，浩浩荡荡地走在村子里。他们是来挖竹笋的，秋天来采摘山茶子。村子里山高林陡，林子茂密，看见他们进村，隐入山林中，最后挖了谁家的竹笋，采摘了谁家的山茶子都不知道。黄昏时分，他们挑着沉甸甸的担子，从山上下来。这可都是村里的生活来源，没有证据，只好眼睁睁地看着他们挑走。这些人都是小镇上的，山里人去县城得经过小镇。生活用品都得从小镇上买回来。谁也不敢明着得罪他们，有人出面阻拦过，结果从小镇回来被打得鼻青脸肿。他们放话说，见一次打一次。所以村里人是哑巴吃黄连，连个响屁都不敢放。

狗顶风叫，风是刮不过村子的。那天晚上，母亲找狗，怎么唤也听不见声音，黄昏时分，只听见一个陌生人在半山上喊救命。当村民听见喊声，拿着棍棒赶到时，他已躺在地上奄奄一息了。村民们把他抬下山，送回小镇，医生说幸亏送得快，要不然必定会丢掉性命。医生说，他是被狗咬的。村民们都很惊讶，没见过村里的狗咬人。我担心，小镇上的人会来报复，屠杀村子里的狗。让我意外的是，那人说，他看清楚了，咬他的不是狗，而是一头黑黑的大野猪，是狗救了他的命。

村子里的狗的名气越来越大。东家西家都开始养狗，只要有陌生人进村，村子里的狗都会叫起来。四面八方的狗声，让陌生人闻风丧胆。再也没有人敢来村子里挖竹笋，采摘山茶子。

一条狗的寿命并不长，但我家那条狗活了十多年，算得上是长寿了。

我在城里上学时，狗都会送我。直到我坐上汽车，它还跟在后头，一会儿往左，一会儿往右，不停地追赶着，一刻也不愿意停下来。汽车跑远了，狗还在奔跑，一直跑进了我看不见的黑夜深处。

狗失踪的前两年，我彻底地离开了村子，真正开始了城里的生活。我离开村子后，全家都搬到了城里。城里不允许养狗，有一阵子城管扛着铁棒，四处围捕城市里的狗，只听见狗一声惨叫，四脚朝天地倒在地上。谁也不敢在城里养狗，我家的狗只好寄养在一个三伯家。从那以后，狗的日子开始胆怯，见人就叫，三伯只好把它系在屋檐下。

一天下午，三伯打电话来说，有人出两百块钱买狗，问卖还是不卖？母亲说，这狗不能卖，多少钱都不卖。每月给三伯补点狗粮钱。没几日，三伯又打电话来说，狗咬人，得赔钱。我听了，心里猛的颠簸了几下：狗怎么会咬人呢？不是系着的吗？

夜里，我怎么也睡不着。喉管里像是被一种东西掐着，连呼吸都有些困难。我帮不了狗的忙，想着它寄居在陌生的屋檐下，失去自由是多么的可怜。

早晨起来，洗好脸，我打算回趟村子，想和狗好好说说话。"狗昨天晚上失踪了。"母亲说。就在狗咬人的那天下午，它挣脱绳子失踪了。

狗的失踪让我十分不安。我问母亲，狗会去哪儿呢？母亲说，能去哪儿呢？会不会是回家了？我回到村子时，狗没有回来。我去三伯家，三伯在田里干活还没有回来。三伯母说，三伯天还没亮去的，得等到天黑才能回来。"你知道狗去哪儿了吗？"我问三伯母。三伯母说："现在村里的野猪越来越多，说不定已经被野猪吃掉了。"

我知道，很多狗贩子来村里买土狗，说山里的狗肉好吃，可以卖个好价钱。很多人家的狗都被狗贩子买走了，也有人给三伯出过高价，三伯说："狗卖与不卖得问主人，我们没有同意，他是不会自作主张卖掉的。"

我一直等到黄昏，三伯才回来。他见着我就说："你家的狗不见了。"我找到了系狗的那根绳子，不像是狗咬断的，这会不会是个陷阱呢？

三伯端着烟枪，叹着气说，这些日子狗很不自在，暴躁得很。三伯说着时，我听见狗的叫声在黑夜深处传。三伯似乎也听到叫声，他抖落了烟枪的屎，脸色灰暗下来。

我回到城里数月，三伯母打电话来说，狗回来了。

不日，我回到村里，我远远地看见一条狗，用奇怪的眼睛望着我，好像要告诉我什么，又说不出来。

我还想，是不是我家的那条狗真的回来了呢？天黑的时候，我偷偷地离开了村子。我不知道，狗是怎么知道的，缠住了我的脚。我突然停住了，用手摸着它的头，像摸着了村庄的样子。

汽车在黑夜中行驶，拐了几个弯，我听见了狗的叫声，我停下汽车，打开车门，一个人下去，看着漆黑的路，没有见着狗的踪影。

我坐回车内，车还没有发动，又听见了狗的叫声。那个声音，一直扎进我的耳朵。

我回到城里，母亲和我说："咱们家的狗，永远都找不回来了。"母亲又叹气说："要不是离开村子，狗还会好好的。"

"三伯在北院住院，打算明天回去，晚上你有空去看看他。"母亲说。我这才知道三伯患了肝癌，已经没得救了。我去医院时，三伯母去楼下结了账，我在三伯的床前坐下来，他跟我说，余下的日子不多了。他和我说起村子里的事情，说我小时候上学，要不是那头狗，说着就呜呜地哭了起来。

三伯说，那头狗是他卖给了屠夫，六百块钱卖的。他知道自己患了病，没有买药的钱。卖狗后，那笔钱，他没敢用，后来用那六百块钱重新买回了一条狗。可买回的那条狗，只养了几天就失踪了。

狗失踪后，三伯就病倒了。他说，他再也没脸面见我。他把狗失踪的事报给了派出所，警车在村子里跑了一圈，做了详细的记录，什么时间失踪的，什么颜色，体格大小，都一一记录在本子上。

三伯说，这条狗不熟悉村子的路，肯定找不回来的。他又说，也许被人烧烤着吃了。

在城里，我偶然会听到狗的叫声，忽远忽近，每次听到狗叫时，我总感觉走在回村的路上。怎么可能呢？城里不允许养狗。我看见狗朝远处跑去。

我对狗的叫声有种特殊的感觉。那声音一发出来，便在空气中出现各种形状。

我想念村庄的时候，想起我家的那条狗时，就会泪流满面。我在村子里四处寻找，可无论我怎么努力，狗的叫声仍然像个恍惚的梦。

多少年后，整个村子里的人都移民搬进了城里，再也没有人途经小镇，小镇的人谈起村里的狗却闻风丧胆。

某日，县委党史办主任说想去我生活的村子里看看。我回到村子时，正是中午过后，我看见一条狗站在我家的屋场上，冲着我们不停地叫着。

"那条失踪的狗又回来了！"我高兴地冲着朋友说。走近时，又什么都看不见了。

祖先的节气

一

布谷鸟叫黑了夜晚。

太阳从山脉起来，又从山脉落下。在这一起一落间，祖先从湖北迁徙江西已有上百年了。他们活着时我还没有出生，有关我的消息杳无音信。他们在村庄里行走着，偶尔一脚灰飞起来，我就在那细小的灰尘里。

我是个早产儿，生下来时缺氧，背上和手臂上长着黑绒绒的毛，像是个小怪物。

爷爷择吉通书后，给我取名"木"。木有"曲直"的意思。这个以农业和乡村为特点的命名，可能就是我一生的谶言和宿命。

我从小熟稔祖先的节气，能闻到他们的气息，听见他们的声音。

我的祖先从湖北南林桥镇迁来时，村子里还是一片云雾缭绕，像是沉浸在自然的春梦中尚未醒来。花虫、鸟兽，保持着原有的狂野的生活方式。

祖先来到这里后，很快就适应了这里的空气，他们嗅着太阳运行的足迹，忙着劈柴、挑水、喂鸡、养羊。

太阳从树梢跳上屋顶，再从屋顶满过山头。他们周而复始地追赶太阳，然后把村庄打理得井井有条。

忙碌让他们寻找到了生活的意义。无论怎么忙，都不会忘记娶妻生育、繁衍后代。

夜色稍昏暗的时候，村里发出春的呢喃。那声音忽远忽近、忽高忽低，像是从天堂传来的交响曲。

夜半和天明时，又会有声音响起。村里人找到了"听春"的三个时间：黄昏、半夜和天明。那声音，听得少年心里怪痒痒的。

生孩子是件痛苦的事情。有些女人屁股小，不好生养，生育时会遇上难产。在这种情况下，接生婆只好把婴儿的锁骨、骨盆折断，好让孩子顺利出生。这样既保住了大人的命，又保住了孩子的命。

孩子见着光哇哇大哭。男人抢先抱起来，来不及嘘寒床上的女人，在院子里兜圈，呜呜地摇着，不论怎么摇哭声都很刺耳。

村子里生育小孩死亡是见怪不怪的。有些孩子就算顺利生下来，也会因为后期的感染而死亡。

我祖先因这样死去的人有很多。比如我太曾祖母就是大人和小孩难产而死。我曾外祖婆，八岁时高烧，被活活烧死。

生孩子不易，养孩子就更难了。村子里缺少耕作的土地，家庭人口越来越多，超出了奉养的能力范畴。

但由于祖先非常重视香火传承的问题，所以对男孩特别的重视。村里人常说，"嫁出的女，泼出的水。"意思是女儿出嫁后，就再也没有赡养父母的义务了。

但如果只养一个男孩的话，孩子夭折的可能性非常大，所以总想多生几个孩子。

我祖辈历经七代无子。不是生育上的问题，而是生下来后都没有养成。对于一个家庭来说，的确是永久而漫长的疼痛。

村里的大人都把孩子看得很紧，十三四岁之前是不许孩子随便出门的，不让爬树，也不让下河。即便是玩，也得在大人们的眼皮子底下。

对于孩子来说，当然是憋屈得慌。他们总想着自由，像天上的飞鸟一样。

我爷爷的父亲，也就是我的曾祖父，他是个关不住的孩子，总是干着一些顽皮的事情，一不小心就会消失得无影无踪，而且怎么找都找不回来。这点让我的祖先们伤透了脑筋，把他视为调皮的无用人。

可他有理想，萌生着一个可怕的念头，他想放把火烧毁整个村庄。他想，只要把村子烧毁了，大人们的那些破规矩就不会存在了。除此之外，他还有别的奇怪想法，比如把自己变成蚯蚓，钻进大地的内部，戳穿整个地球。

他的这些想法，没有人知道。他不会说话，大人们也不懂，任由他怎么想，怎么疯长。

不过，他有自己的天赋。他天生就会默写字，扎靶子。他的字写得很好看，靶子也扎得活灵活现。

可这一切都没有人能看得见。大人不喜欢，孩子也不喜欢。

黄昏时分，村子里刮起了风。孩子们都三三两两地聚拢在一起，追赶着乡村的月亮。

可他不理不睬，用冷眼看着。眼睛深邃得像见不着底的苍穹，在那里只有他一个人长跑。

他没有真正的伙伴，他的朋友是树上的鸟、地上的虫，他会和他们聊天，唠家常。可这些，除了那些鸟和虫之外，再没有别人能听得见。村子里的人对他都另眼相看，都认为他是来村里讨债的。他不在意别人的眼光，依然干着那些无聊的事情。

深夜，村子里特别安静。劳作了一天的大人们，渐渐地进入了梦乡。村庄的上空回荡着呼噜声，还有孩子的梦话声。他还躺在晒谷场上，瞪着圆圆的大眼睛看天空，数着跑道和星星间的距离。

终于有人按捺不住了，给他取了个作死的绰号"孤败"，心想，他再牛也战斗不过地球。

在曾祖父的心里的确没有那么大的战斗野心。可在他心里有着一条恣意汪洋的河流，这条河流荡漾着村庄的前世和今生，也荡漾得他热血沸腾。

曾祖父离开村庄时 14 岁，正是可以脱离大人们视线的年龄。

爷爷说，他是偷卖了家里的农具后，害怕被挨打才逃离村庄的。

这只是大人们的说法，事实并非如此，在他的心里一直种着一团火焰，他想把那团火焰点燃。

他是第一个走出村子的少年。在这之前，村子里没有人走出过大山。他们仰着脖子望天空时，就以为世界只有碗口这么大。

他就像是一阵风消失在村子里。谁也不知道他真正的去向？他是从一条布满荆棘的山道上消失的，走得特别快，几个人都没有追回来。

他离开村庄时，我曾祖母正和村里的一个男人完婚。那也是个简朴的婚礼，没有嫁妆和新衣服。

曾祖父出走半个月后，族人结群朝山外找，回来后一个个累得像丧家之犬。

都说他死了。

开始村子里还有些议论的声音，没过多久，再也没有人提起。

太阳一溜烟从山头滑落，村子里慢慢地静了下来。

二

那年夏天，村子里的河流呼啸起来。

是的，一条野生的河流，从来都没有在大地上温顺过。

他脚下的土地与河流构成了激烈的对抗关系。羸弱的庄稼，在如猛兽一般的洪水面前不堪一击，河堤垮塌，百姓面临疾苦。

村子里开始骚动起来，人们当然不会被自然征服，更不会向自然俯首称臣。大水过后，他们依靠着自己的手修建河堤，把大块的石头从山上搬运到山下来，堆砌起了坚固的护堤"长城"。

村庄也就是在这个时候被历史记忆的。

曾祖父是洪水过后回来的。砌完河堤，村民们开始朝山外挖路。偶然会有些村民到集市上买些布料和杂货回来，也有货郎挑着杂货来到村里。

曾祖父回来时，站在村口朝村庄内敬了个严肃的军礼。

村民们用奇怪的眼睛远远地看着他。他已经不再是当初那个少年，变得高大威武、英姿潇洒。

最关键的是他身上穿着的衣服，像是有着特别的象征。谁也不知道他去山外干了些什么，还以为他在哪儿偷的衣裳，谁也没有在意他的行为。

一些天真活泼的孩子，胆怯地跟在他的屁股后头，活蹦乱跳的。他回头时，做着怪异的鬼脸，呵呵呵，孩子们就像是被风吹乱的影子，不停地来回跳跃。

村民们说，他没有变，顽皮着咧。

曾祖父回来后，教会了孩子们"老鹰抓小鸡"的游戏。在这之前，孩子们只会玩碰撞膝盖的"斗鸡"。

村民预料到曾祖父不可能屈服于生活。不久，曾祖父又干了件惊天动地的事情。这件事，把宁静的村子搅得四凌八乱。

他要和村里大他 13 岁的寡妇结婚。

这个消息如晴天霹雳，在村庄的上空响起。

"刘三元是个什么女人？她是克星。"村里的人都说，她的丈夫是她克死的。

刘三元是我后来的曾祖母。

她的丈夫意外死亡，按照村里的风俗，她不得再婚。

曾祖父根本不理会，把村民们的话当放屁。

曾祖母也保持着不可商量的反对态度。一天半夜，曾祖父像头疯狼一样踢破了寡妇的门。没等寡妇反应过来，已经撕烂了她的衣裳。

一个女人，身子一旦给了男人，她的心也就服从了男人。

婚礼比之前还简单。天地和草木为证，相互磕头，抱着一个地滚。就这样，我的哑巴曾祖父和寡妇曾祖母成了名正言顺的夫妻。鸟雀在村子里到处喊，"哑巴和寡妇结婚啰，哑巴和寡妇结婚啰！"这既像是祝贺，又像是嘲笑。

六月六，麦子黄。曾祖父和曾祖母结婚时，村子里响起了清脆的童谣，拉开了夏季收割麦子的序幕。

麦香被轻风吹得满村子跑。

曾祖父和曾祖母婚后的半年，曾祖母就生下了一个男孩，也就是我爷爷的哥哥，我的大爷爷。

我大爷爷不是我曾祖父的种，是我曾祖母和前个男人怀的。

曾祖父比画着，意思是说，不管是和谁有的，现在都是我的。

曾祖母流着热泪，躺在曾祖父的怀里。此刻，她不像大曾祖父一轮的姐姐，而是个小女人，温驯得像只羊的小女人。

曾祖母很聪明，心灵手巧，长得也十分秀气，眼睛大，屁股圆。

她会织毛衣。竹篾针在她的手里磨来磨去，变得麦黄而光泽，像是皇宫里布着的物什。

秋分刚到，曾祖母就忙着织毛衣。毛线是她用手镯从集市上兑回来的。

第一件毛衣是织给曾祖父的，第二件是织给孩子的，最后才是织给自己的。

曾祖父已是一名战士，出去一趟，得好久才能回来。

每次出行前，曾祖母都要帮他做万分准备。除了衣服外，还要捎些吃喝的东西，包括捆绑鞋子的草绳。

那年春天有点冷，村子里的杉树皮屋檐上还挂着冰凌，地上到处积着厚厚的雪。"都什么时候了，这雪还不见得化。"曾祖母自言自语地说。她是在担心曾祖父出门的行程。

炉火烧得旺。曾祖母把织好的毛衣搓洗过，借着炉火烤干。毛衣洗过后会缩水，这时才能比较出大小。曾祖父穿上后很合身。

曾祖父提着曾祖母为他准备的东西，走出了村庄。他的身影在山路上忽隐忽现，曾祖母还会远远地喊着话，"路上小心"。

曾祖父走后，曾祖母的眼皮子不停地跳。

她感觉有些心神不宁，于是拿起织毛衣的竹篾针在眼皮上来回地刺。

这次曾祖父出去了半年才回来。那次回来时，村外响起了枪声。

曾祖母蹑手蹑脚地起床把门打开，屋内静静的。曾祖父比画着，这次回来时间吃紧，明天天明时就得离开，不要告诉孩子。

曾祖母连连点头。

夜半里，曾祖父睡得很安稳。曾祖母不停地给他盖被子，生怕他冷醒。

直到天明时，才急急地完成了春欢。

漆黑中，曾祖父比画着，如果有了孩子就一定生下来，取名仪卿，名字已刻在玉佩上。然后他拿出两块玉佩，一块挂在曾祖母的脖子上，另一块留给了自己。如果日后和孩子见面，就以玉佩相认。

凌晨时分，外面稍微有丝光亮了。曾祖父穿着那套黄色的衣服，恋恋不舍地朝村外走去。

曾祖母悄悄地跟在后头。

快到马路的时候，曾祖父突然停住了脚步。他回头时，曾祖母站在暗处。他没有看见。

曾祖父永久地离开了村子。这是他们一生里的诀别。

曾祖母站在那里，就像是时光的雕塑。一直等到太阳出来，她才缓过神来。

时光慢慢地流逝着，村里没有人知道曾祖父回来过，更不知道他走了多久。也不知道他现在在干些什么，即便是有人问起，"一个哑巴能干什么？"就像风一样把问话给堵了回去。

三

曾祖父离开时正是白露。

曾祖母十月怀胎后，生下了我爷爷，是顺产。

那天中午，曾祖母在屋外搓洗衣服，突然肚子翻江倒海起来，靠在门框上，全身上下汗如雨露。她知道发动了。家里没有帮手，只好深吸几口气，慢慢地朝屋内移动。

她感觉下身要张开了，用力一使劲，痛喊一声，孩子掉在地上。是个男孩，她很高兴。

村子里有些好心人，拿着鸡蛋上门看望。也有咒骂她的，怎么又生个孽种。

曾祖父少时干过一些坏事，让村民们无比的生气。也有人说，那还毕竟是个孩子。

曾祖母谢过大家。她不愿把鸡蛋收下，挨家给退了回去。

曾祖母吃过不少的苦。这一切曾祖父是不知道的，但他能够想象得出来。

她一个人，带着两个孩子，要料理家里家外的事情，就连下地也得手里抱一个，背上驮一个，到了地头把孩子放下，让他们各自玩着泥巴。

爷爷从小就会捏泥人，捏得活灵活现。

曾祖母白天操心着孩子，晚上想念着丈夫。

日子越来越艰难。可悲的是，她又变回了寡妇。

村子里有些坏男人开始打她的主意，夜间偷偷地躲在门缝里偷看她洗澡。

只要不闯进来，想看就让他看吧，曾祖母知道，不让他看，说不定还会干出别的事来。

但是，想干出得寸进尺的事来，恐怕也是不可能的。在曾祖母的洗澡盆边，挂着一把雪亮的菜刀。刀在微光的照耀下，依然寒气逼人。

时光在不停地转着。

有一天，村子里到处流传着曾祖父的蜚语，说他在外面有了女人哩。一个威风凛凛的男人，就像头小牛犊，春风一吹就发情，他能忍受杨柳的诱惑？也有人说，他和将军的女儿结了婚。说到前者时曾祖母只是呵呵一笑，而说到后者时，她隐约感觉有种不祥的征兆。

"我家哑巴，如果真有这等好！我高兴喽。"

曾祖母最担心的还是曾祖父的安全。只要人活着，就算是背叛了她，她都没有半点怨言。

不过曾祖母也有后悔的时候，她悔恨那天不该让曾祖父走。可是，她后来想过，大家和小家比起来，她受的苦又算不了什么？想到这她就释怀了。曾祖父依然潇洒地活在她的心里，他不再是个哑巴。

爷爷没有见过曾祖父。

他问起曾祖母时，曾祖母只会挑着讲，讲他在村子里的一些事情。那些爷爷都听烂了耳朵，村民们不知道说了多少遍，但他始终不知道曾祖父是个什么样的人。

关于曾祖父的传闻后来有很多版本。有的说，他贪生怕死，做了逃兵。有的说，他早已成了炮灰。

有着这些传言的时候，村里来过解放军，村民们熟悉曾祖父穿过的衣裳，都知道他干了件大事。

有人说他是英雄，也有人说他是胆小鬼。

曾祖母偷偷地留过一张曾祖父的照片，藏在悬梁下的裂缝里，某天她掏出来时，照片花得看不清了脸。但是站立的样子还能看出来，那是曾祖父在村外带回来的照片，也是他刚刚出村时拍的，腰上系着的是一条五个星的皮带。

爷爷梦幻着曾祖父。他从曾祖母的描述中大概知道了曾祖父的模样。曾祖母说，曾祖父的眼睛特别像他，额头和下巴像他哥哥，脸有点儿锋锐，眼睛特别明亮，能看清楚夜间的事物。

四

春分接近，曾祖母就病倒了。

这时她已经是个体弱多病的寡妇，连个铁栓都捡不起来。

她已经不再挣扎了，只好把剩余的日子交给时间。

爷爷身子还很瘦小。他出生时就有胃病，吃什么，吐什么，吐得翻江倒海。曾祖母被折腾得半年没睡好，她得半夜爬起来，一勺一勺地喂中药。中药有些苦，她掏出乳头挤些乳汁在里面混着吃，孩子睡得迷糊分别不出味道来。慢慢地，爷爷吃食就不吐了。

曾祖母拉着爷爷的手说，"孩子啊，母亲对不起你，没有看着你长大。"说着眼泪顺着床沿落在地上，与地上的灰粘在了一起。

爷爷的脑袋像是装着空气飘忽着，他还听不明白母亲的话意。

曾祖母一松手，他就不见了影子。他还想着燕子在屋檐下做泥窝，想着地场上成群飞舞的蝴蝶。

那天下午，大爷爷把爷爷拉了回来，说，"娘吐得不止，她想看看你。"

爷爷又回到了曾祖母的病床前。

曾祖母的脸色发白，嘴角上还勉强挂着微笑。曾祖母不停地和大爷爷交代一些事情，说今后兄弟俩要和气，相互帮忙。

大爷爷不停地点头，随即就哭了起来。

那时大爷爷刚刚满十岁，爷爷六岁。曾祖母用手比画着，当年曾祖父就是这样和他比画着的，意思是说，爷爷再过两年就和哥哥一样高了。

比画完，曾祖母伸过手来拉着爷爷的手。爷爷感觉曾祖母的手特别的粗糙，就像是锋利的锯齿，刺得他的手心疼痛。紧接着，像是一股寒风刮来，有种钻心的冷。

她用微弱黯淡的眼神看着爷爷，仔细地瞧着这张几乎被她熟透了的脸，此刻她感觉还没看够。

爷爷看着曾祖母，内心有种异样的东西在蠕动。那个东西多少年都一直隐藏在他的胃里。

曾祖母的眼睛一直看着爷爷没有移开，直到后来彻底地闭上了。

大爷爷连喊了两声娘，不见动静，立即扯起衣角擦干眼泪，随即从床底拖出废弃的铁锅，把床头柜下一叠薄薄的火纸取出来，用火柴点燃，跪在铁锅前一张一张地朝锅里扔。嘴里不停地说着，"娘，这是给您的钱，您都要带走，这是您在路上的盘缠。"幼稚的童音在烟气里旋转。

爷爷站在旁边，见哥哥跪着，也跟着跪了下来。他不知道大爷爷在干什么？以为是曾祖母怕冷，给她烧纸取暖。

曾祖母先前和大爷爷有过约定，说她走后，不允许他哭，也不许弟弟哭，说眼泪不能落在铁锅里，这样会对她和家人不利，在外的父亲就永远回不来了。大爷爷忍着眼泪，心里却在不停地抽搐。

夜越来越深了。爷爷慢慢地进入了梦乡。睡梦中他感觉曾祖母把他抱了起来，搂在怀里给他喂着吃的，味道很香很甜。

第二天，爷爷醒来时，屋里空无一人，他还是睡在原来的床上，旁边放着曾祖母为他织的布偶。

屋外挤满了人，十分热闹。他搓揉着眼睛，想看清楚点什么，可他太小，被杂乱的身体挡着，只见几个肥大的屁股来回地荡着。

不一会儿，一个怪异的声音在厅堂前响起，"起啊"，紧接着一群人抬着一个黑色的棺木，朝对门的山头上挪去。爷爷说，那声音好似以前在哪儿听过，他的心里特别害怕。

当他爬起床追赶人群时，突然听见前面的大人说，"你这孩子是木了吧，你娘死了都不哭？"农村里有风俗，死人是必须哭丧的。随即听见大爷爷喊着娘的哭声。爷爷的脚有些不听使唤了，本来以前爷爷都是和曾祖母睡的，那天夜晚，曾祖母突然说爷爷满六岁了，不能再和娘睡了。爷爷听了曾祖母的话，每晚曾祖母都会起床给他盖被子，那时他还没有睡着。每次盖完被子后，曾祖母总要在他的额头轻轻吻一下。

娘真的死了吗？爷爷怀疑自己的耳朵。他跑回了家，推开曾祖母睡的房门，扯开破烂的蚊帐，床上空荡荡的。

顿时他的心像个气球，无限地放大起来。

"娘，娘……"他找遍了所有的房间，也没有找见曾祖母。

厅堂前的桌子上放着曾祖母的照片，上面摆着香炉，插满了香火。

爷爷这才知道，这回曾祖母真的没了。他不停地朝人群赶去，脚却没有了气力，躺在地上翻滚起来。他那撕心裂肺的哭声，像是要掀开，就连鸟雀也跟着叫了起来。村民们都说，这孩子真的命苦，没爹没娘的。好心的大婶把他抱起来，搂在怀里，可怎么也搂不住，他就像泥鳅一样甩在地上，直到哭得昏睡过去。

从那以后，爷爷就像是变了个人，像是一个夜晚就长大了。

曾祖母的头七，他跪在地上不愿意起来。大爷爷说，你这样跪着娘会不高兴的。

可他说，只有跪着娘才会回来。每次都不知道要跪多久，他多想和曾祖母说说话，多想她还能拉着他的手。

在爷爷的梦里，曾祖母是慈祥的。他开始白天晚上都昏昏欲睡，说只有在梦里才能见到曾祖母给他盖被，盖得牢靠结实，寒风怎么也钻不进来。他不停地想抓住曾祖母的手，可醒来时依然看不见那张脸。

在爷爷成长的日子里，不仅记得母亲的慈祥，还有着父亲的高大。他想看清楚父亲的脸，当他努力擦着眼睛时，却什么都看不见了。

村里人说，这孩子怕是出了问题。这么下去，会疯会傻的。有人出主意，打算把他送给条件好点的人家，也许往后不用过得那么苦。

大爷爷知道后，说啥也不同意，说："俺阿爹会回来的，我得带着弟弟等。我娘说的。"村里人听了，只好作罢。

也许在曾祖母的心里已经有了答案，可她还是想给孩子们留点盼头，那样日子就不会觉得太苦。

实际上，谁也不知道，曾祖父在离开村子的第二年，在一场抗日战争中，为了保护排长，献出了自己年轻的生命。

临死前，交给排长一个信物。那是别离时留下的一块玉佩，上面刻着我爷爷的名字。

我大学毕业时，才把曾祖父给找回来。

他和我曾祖母整整阔别了五十余年。

那些年岁里，爷爷唯一的亲人就是大爷爷。虽然村里有人说，他们只是同母异父的兄弟。可他们从没有在意过，说这是村民想拆开兄弟俩的阴谋，不可能让他们得逞。

两个孩子守着一个家，在日复一日的等待和盼望中长大。

爷爷是个心胸宽阔的人。他的内心有片恣意汪洋，从小就懂得宽厚仁慈。

在他的心里，曾祖母是个大英雄。

曾祖母其实是个悲苦的女人。可她还是完成了哑巴，也就是我曾祖父交给她的任务，为他生下了孩子，她用自己生命仅有的力量，兑现了爱情誓言。

曾祖母走后的第二个春天，整个村庄不见一点新绿。风刮到我家的梁柱上时突然停住，屋檐里的烟尘沙沙地掉落下来。一块玉佩从柱梁上掉在地上，摔成两半，那是曾祖母和曾祖父的信物，一个挂在曾祖父的脖子上，后来永久地收藏在纪念馆，另外两半，爷爷传给了我们。

家里紧缺粮食，面袋抖了几遍，灶上的锅里浮着几片菜叶，只能喝空气和水，几粒麦子要吃三餐。本来玉佩还可以换点油盐，可大爷爷说啥也不愿意，说那是曾祖母留给爷爷的念想。

不下地不行了，光靠大爷爷一个人，连粥都没得喝。

爷爷七岁时就下地了。蚊子在他的脚踝处嗡嗡作响，隔着衣服也能吸血。他一点都不畏惧，也不怕苦累，干活很卖力。大爷爷翻地，他就除草。他的气力太小，连锄头都拿不稳，可还是铆着气力干，一不小心锄到脚踝，鲜血直流。大爷爷心痛得流泪，可他却当作什么都没有发生。

夜晚风大的时候，村子里鬼哭狼嚎般叫，兄弟俩都是脸贴脸、背靠背，一直到天明。

就这样，两根草绳紧紧地拧在一起。

五

一到小暑，村子里就热得像蒸笼，四周密不透风。

大爷爷把堆放在楼板上的竹垫取下来，用黑布巾来回地搓，直到搓得一尘不染、发着光亮才肯罢手。

然后把竹垫铺在院子的地场上，这是个四合型的地场。

爷爷盘腿坐在上面，大爷爷则躺着。他俩仰望着天空下的星星，说父亲在星星上，母亲在月亮上，比谁先睡着，"睡着了娘就会给我们捎话来"。

"睡着了吗？""睡着了。"

其实这时谁都没有睡着。慢慢地，再也听不见了彼此的声音。

兄弟俩相依为命，日子难免有些悲凉。无论怎么勤劳，一年到头还是吃不上半餐肉，连饭也吃不饱。

他们只好寻找些别的粮食来补充，山里的野地菜、芹菜和梧桐叶，采摘回来用热水泡着吃。有些时候也会用荞麦做些饼，换些口味也会吃得很香。

爷爷的心中有个梦想，想通过自己的手画出父亲和母亲。他想通过这种方式，可以日夜和父母见面，担心日子久了，特别是父亲的样子，肯定会忘记。

但是他没有作画的能力。大爷爷知道爷爷思念心切，决定送他去山外读书，一来让爷爷圆梦，二来希望他将来有所出息。

村子里没有学校，学校在五公里外的另一个村子里，不能寄宿，只好早上去，晚上回来。

那天早晨，鸡开始啼叫。大爷爷把爷爷喊醒，兄弟俩爬上山包，点亮了一堆照亮黎明的篝火。

一路上，爷爷闻到了当年曾祖父出走时的气息。

学校很破烂。上学是不得安宁的。村里自然灾害频发，爷爷根本静不下心来。

学校条件也很差，一间被风穿透的教室，用土坯搭着台子当课桌。一排就是一个年级，老师进行复式教学，教完前排再教后排。

教室太破了，一到雨天，到处摆着接水的盆子，叮叮当当地响个不停。

遇上冬天，教室内就像个冰窖，冷得刺骨。

孩子们的衣裳都穿得很薄，有些半边屁股露在外面。没有地方取暖，只好靠跺脚搓手抗寒。

每次回到家时，已是半夜，脚肿得厚厚的。可他忍着，从来都不说出来。

换作休息的日子，爷爷回到家还得帮大爷爷干点农活，比如放牛、拾柴火。放牛的时间是最适宜读书的，骑在牛背上，牛走到哪儿都不会丢失。

爷爷十分珍惜这来之不易的机会，由于花费的功夫太多，中考时头发都掉得所剩无几了。

爷爷考的是奉新师范学校。那时还没有大学，国立师范学校是最好的学校。

当他考上师范时，他没有高兴地把录取通知书拿回家。

大爷爷追问时，他说还没有消息。

其实那时，爷爷已下定决心放弃学业。从小学到初中，为了他的学业，家里可谓是一贫如洗。大爷爷的肩头被磨得结上了茧子，脸上被荆棘划得到处都是伤疤，他不忍心让他再为自己操劳了。

那天晚上，大爷爷坐在黑暗中，脸色比黑夜还要黑，说："如果没考上，就送你去学门手艺吧！"

"不学了，回家种田吧！"爷爷坚定地说已经想好了。

"瞧你这点出息？你落榜了更好。"

爷爷知道，这张通知书如果永远不拿出来，大爷爷是不会死心的，有可能还会逼他回学校复读。过了好些日子，才把通知书拿了出来。

大爷爷斗大的字不识，都不知道录取后不去报名，属于自动放弃学业。他还在张罗着送爷爷去学校，可怜的是，他们披星戴月赶路，赶到学校时，肩头的一担茶油吃去了一半，另一半是留作学校的伙食费的。

一个戴眼镜的老头一再叹息："你的成绩这么好，一直不见人来，我们已经补录了。"

爷爷赶到学校时，离开学已经过去将近半个学期。

大爷爷虽然很不甘心，回来一路上宽慰爷爷说，你学到了知识，不怕无用武之地。

爷爷回到村子后，开始自办学堂，免费给孩子们讲学，后来又增设讲堂，讲《红楼梦》《水浒传》《三国演义》和《西游记》。一些玩野了的孩子，开始慢慢地坐进学堂。还有些成年人和老人，也慢慢地坐到了教室后头听得津津有味。

在爷爷的耐心教育下，村子里升起了五星红旗。

后来，国家来了政策，爷爷可以转正为公立老师了。

区教育组的意思是他可以去乡中学任教。爷爷再三考虑，拒绝了上面的好意，还是决定留在村里。他是担心自己走后，村子里的学校就得关门。

从那以后，他成了村里唯一一名老师，一个人坚守着一所学校。他在村里整整待了四十余年。白天守着孩子，晚上仰望着天空。

六

爷爷和奶奶的婚姻说来有点意思。

奶奶比她小十四岁，是爷爷的学生，属于奶奶求婚。

有一天，奶奶找爷爷说事，说她父亲没有儿子，想把她留在家里招亲，村子里没有人愿意上门来，问他愿不愿意？

爷爷开始没有答应，说这事得回家和哥哥商量。奶奶担心商量后会发生变故，干脆就跟着爷爷回家了。见到大爷爷时，她开门见山地说，她是爷爷的女人。

这突如其来的表白的确让爷爷满脸绯红，大爷爷很高兴，说弟弟能找到这么貌美如花的姑娘，是娘在天有灵。

爷爷本来还想争辩的，既然大爷爷都说到娘了，爷爷只好默许了。他知道，自己年龄不小了，大爷爷也还没有结婚，兄弟俩总不能打一辈子的光棍吧！

白露刚过，爷爷就和奶奶结婚了。婚后两人很幸福。

我小的时候，和爷爷一起上学。晚上回家时，奶奶会用蒜蒸鸡蛋给我补身子。

日子慢慢地流逝着。我长大后发现奶奶总是唠叨着什么，好像是在怨恨爷爷。

父亲知道内幕，说还是为了工资的事情。

在没有和奶奶结婚前，爷爷的工资是分成两份的，一份救济大爷爷，另一份留给自己。

结婚后就把工资分为三份，一份依然救济大爷爷，一份给奶奶做家用，另一份则留给孩子们。这是结婚前爷爷和奶奶说的约定，当时奶奶没有反对。

可后来奶奶患了类风湿关节炎，爷爷给她的那份不够支付医药费，留给孩子的那份也不够家用，所以总会有些磕碰嘴的时候。

奶奶知道爷爷的不易，闹着也就一会儿，瞬间又会向爷爷道歉。

大爷爷是个苦命人，身边没有孩子。

大爷爷有过一婚。他媳妇刚刚怀上孩子时，他从板栗树上摔下来，折断了腿，变成了残废。他成了废人，他媳妇就明着和村里的一个男人好上了。

年轻时，他还能勉强下地劳作，可也让人心酸不已。

爷爷一直想帮他找个合适的女人，无论怎么找都没有人愿意上门。

大爷爷已经不在乎这些了，他一瘸一拐地在村子里走着，想起曾祖母对他的交代，他总有些愧意。

七

那年春分，我妻子临盆分娩。爷爷奶奶知道后都跑到了医院，等在手术室的门口，脸上的表情焦急得发黑。

一会儿护士出来了，说孩子缺氧，"唉，缺氧。"奶奶着急得跳起来，"急什么？"爷爷在一旁怒斥着。

一会儿护士又出来了，说如果有问题，只能保大人。

"保大人，保大人。"奶奶说。她忽然猛地坐在地上，"这是我曾长孙。"

"站起来。"爷爷又怒斥着。

护士这回出来时说。"大人和小孩都平安，是个男孩呢。"

"快给我抱抱，乖乖。"她抢上去接过了孩子。

很快出了难题，孩子上户口时老两口争吵不休。爷爷说："这孩子得跟我姓。"奶奶说："曾长孙，应该和我姓。"

"凭什么跟你姓，他是来续徐家的香火的。对不，乖，真的像爸爸。"

两人争来争去，争得不可开交。爷爷的态度非常明确，他是上门女婿，大爷爷没有后，如果孩子不姓夏，他就没有继承香火的人。奶奶更是非常明了，她在家招亲的目的就是为了继承香火。

谁都不愿意妥协。爷爷稍占下风时，卷着被子搬到大爷爷家去了。我们去接了好几回，他都不愿意回来。这回大爷爷也偏向爷爷，说叫我们要为爷爷着想。

几十年来的夫妻，因此事闹得分离。

我给奶奶做过工作，她说没有商量的余地，除非她死了，要不然这个主她做定了。

爷爷也是铁了心要斗到底。他说，孩子不姓夏，他死后都不会和奶奶埋葬在一起。

他还动了真格，提前看好了墓地。

奶奶的脸气得灰白。

那时计划生育抓得紧，还没有放开二孩，想再生个孩子是不可能的。我只能宽慰爷爷，如果再生孩子，无论是男是女都跟他姓夏。

我们生下孩子的第六年，奶奶突然离开了人世。

奶奶走后，爷爷搬回来和我们住在一起。他经常会去奶奶走过的巷子里徘徊，还想寻找到一些奶奶的足迹。

很多个夜里，爷爷都不得入睡。我们都不知道他在干什么，看到了什么。

爷爷和我们在一起住了两年。那天晚上，母亲给我打来电话说，爷爷连着几个晚上都呕吐得厉害，吐的全是黑便样的东西。

我送他去医院，他说啥也不愿意去，说自己这般岁数了，没有必要再折腾。

后来，全家人做工作，他去了医院，检查结果很快就出来了，胃癌晚期。医生开始说还可以动手术的，可他说什么都不同意。

那天下午，爷爷把我叫到医院的楼下，和我交代着一些事情，说他可能要走了。"孩子的事情就随了你奶奶吧！否则我见到她时还不得交差。"说着抱着头呜呜地哭起来。

我们都以为他还在为孩子的事情伤心。

这时国家放开了二胎。我说，再生的孩子一定和你姓。

他摇了摇手说，"姓什么不都是我的孩子吗，是我老糊涂了。"我们这才明白，他是真的是想奶奶了。

夜已深了。爷爷躺在床上，口里的鲜血不断朝外喷。他已经不能说话了。

爷爷的手突然伸了过来，紧紧地抓着我的手，再也不愿意分开。他的眼睛不停地搜寻着来人，我猜测是不是还有没见的人。我只好像哑巴猜谜，一个个地问名字。他不停地摇头。说到大爷爷时，他点了点头。

我说，大爷爷不能走了，你走后我去把他接来一起住，他竖着拇指，然后又摆了摆手，意思是让他一个人生活。

接着，爷爷从胸前的口袋里掏出 300 块钱塞给我，示意我转交给大爷爷。

长兄如父，在爷爷的一生里，他没有见过父亲，早已把哥哥当成父亲了。

在我幼小的年岁里，他经常会选择一个好天气，站在高高的山巅上，眺望起伏群山的深蓝天空，高喊曾祖父的名字，会看见天空下缓缓移动着的银色帆影，我以为那就是曾祖父归来了。

我奶奶呢？站在门槛上遥望了一生，她是替爷爷在遥望的。爷爷经常说着梦话，在他的梦里有他的父亲。

门槛被踏成了半圆状，我坐在扁的地方，闻着香炉的烟，嗡嗡地诵经并灌进耳朵。我奶奶喜欢这种声音，说这声音有形，能够传到地底下去，祖先能够听得见。

爷爷走了。他没有埋葬回夏家，我们把他和奶奶埋葬在一起。这也是他临死前留下的遗言，他说奶奶怕黑，怕蛇，怕虫蚁，死后还得守护在她身边。

我把爷爷留给大爷爷的300块钱给他送去。他见着我，已是泪水涟涟。

"卯啊，怎么走在我前面呢？"卯是我爷爷的小名。大爷爷说着就呜呜地哭得像个孩子。

八

走着走着，村子里就黑得不见人了。

爷爷奶奶都走后，村里最后的几个老人也走了。一群到村外的年轻人逐渐在外面过上了安稳的生活。

我爷爷和奶奶走后，名正言顺地成了我的祖先。他们在另一个世界里，享受着后人的祭拜。

村子里就只剩下风和月亮，还有不计其数的萤火虫，以及我祖先的坟墓。他们像是某种脉系，灌进了村庄的内部。

我爷爷在世时带我认过一次祖坟，窄窄的山路，四周一片青绿。

山高路陡。那时，我还是个幼小的孩子，光靠年少的脚力，不可能完成那次行走。爷爷把我驮到背上，每朝前走一步，脚就会朝后搓一下。

坟墓被荆棘掩埋着，根本找不到位置。爷爷用刀把毛草割开，直到那个矮小的坟堆露出来。坟头已塌，墓碑倾倒。我数了一下，少说也有几十座吧！

我的手被刺了一下，是一棵铃铛刺。

我突然觉得，爷爷是做给我看的。他想着，当他成为祖先后，我还能照着他的样子，把这些事情传给后代。

又到清明节，当我试图找到那些坟堆时，我儿子已经超过了我当时的年龄。我努力地在记忆中寻找，想找到爷爷给我的路线，就连那条上山的窄路都找不着了。一片深密的丛林，遍布着枯枝烂叶。

我没有勇气像爷爷当年那样，不顾一切地砍出一条路来。我没有将孝心送达，只是象征性地烧了点香纸。这片林子已经有很久没有下雨了。周围的毛草太深，只要起点风就有烧毁森林的危险。

我儿子站在路旁对着林子撒了泡尿，只听见哗啦啦的响声，尿水很快就不见了，一股烟雾朝林中跑去。

许多年后，我回想起这条迷失的路，怎么也忘不掉村子里的生活。

我仿佛看到曾祖母抱着孩子，裸露着乳房在给孩子们喂奶，嘴里反复地喊着爷爷的名字。

那时，我已离开了村子，在外面四处求学。

有一天晚上，我失眠，不得入睡，拿着爷爷给我寄来的学费，想着他读书时的情形，内心五味杂陈。那是我人生中一个漫长的长夜，我努力地想在黑暗中寻找光明。

我有过回到村庄的念头，但是始终没有勇气回去。

爷爷可以放下所有，不追逐福禄虚荣，过着微云淡月的日子。但我却做不到，我知道，我的梦想很难在村子里实现。

我大学毕业后，回村支教了一年。

村庄的天空很洁净，水清如明镜。我坐于水边，用天真的眼睛看水流的样子，感觉看到了生命的本体，看到了村庄存在的真理。只有村庄才能还一个人的乡愁，圈养着一些鸡鸣狗吠。

和我一起长大的孩子，现在都已离开了村庄。为了实现理想，他们去了四面八方。不论走得多远，小寒过后都会回来，走在村庄的路上，说着外面的光鲜世界。

回首村庄里的岁月，或明或暗，将人生的许多悠长变得缥缈。

那串祖先留下的长长足印，在节气中慢慢被封冻，又慢慢地壮阔起来。时光割不断村庄的情感，也割不去人事的悲欢。

我想让我的时光回到童年的村庄里，点着炉火，像往常一样，听爷爷讲故事，奶奶站在灶台前，铁勺和瓷碗摩擦着，发出叮叮当当的声音。

麦地的长度

　　立春前夜，我醒来时，一根木棍躺在东墙，一副慵常的样子。我看见一个目光，停在暗淡处，像是从缝隙处向外偷窥，极不情愿地瞄着旧色的时光。"我太清楚那个地方了。"不过这个地方再也没人了，自从去麦地里回来，第二年麦地便成了荒地，地上长着芒花，风吹过，一片棉絮般的白，白得耀眼。

　　村子的南北都是黑黑凸起的山，一层一层的，山上插着一些杉树、松树，还有一些无名字的树，长得特别高大。村里的人经常聚在树下说着话，忙碌着更远的日子，淡淡的云朵在树叶婆娑间，像是在辩着明天的天气。

　　空气是湿润的。一滴滴水珠从叶子上落下来，落在黑色的泥土上，一束雾气从腐烂的叶子里钻出来，朝着林间跑得无影无踪。

　　夜晚，村子里寂寂的，没有风。密密麻麻的夜空里，挤满了村里人的梦。他们的呼噜声和动物的梦话攒在一起，像一个乡村大舞台，各自领受着月光，表达着各自的想法。只有月光是不得清闲的，一夜一夜地把银白的月辉浸到事物的背面。

村子里的光景，在阳光的反复来去中，有些人就找不着了去向，他们就像是人间蒸发了一般。祖先从黄河迁徙到湖北，又从湖北迁徙到江西。在这个叫罗家窝村的山角落里，少说也生活了上百年。那些年岁里，他们就喜欢这种清白的日子。男人耕地，女人搓着针线。我来到村子里的时候，村子里的人们又去了远方。他们背着行囊，一个个朝外走，有的去了小镇，有的去了县城，还有些人去了更远的地方。他们的脚步，抖落了村庄的泥沙，后来过的是另一种生活。

而我呢？人也跟着远行的脚步走远了，可心还活在这里，还活在那个时间的那块地里。我始终没有从那个时间里走出来。那是我儿时的一块麦地，每隔几天我就得朝着那块麦地跑，我得借着风把麦地翻个遍，等到春天来的时候，重新把种子种下去。

那天，我回到村子，顺便去看一个叫桃英的女人。我小的时候，她经常会给我缝补衣服，给我吃的。其实我们没有丝毫的关系，可我还是会经常往她家跑。我不知道她是从哪儿来的？什么时候来的？我只知道，她在村子里活得艰难，家里没有男人，也没有孩子。屋里的事、屋外的事，都得由她一个人完成。我知道她是个特别的女人，在她的心里装着不被人所知的事情，但她从来不会告诉我真实的想法。

她不知道我心里的大事情已经完蛋了，还在一遍一遍地和我说着："你道别村子以后，就把村子里的事情都忘掉吧！

那样，你会寻找到远方。"我还不懂她说的远方的样子，不知道到底是什么？

在村子里活累了的时候，人们都想着朝山外走。大概是去寻找一种新的生活，但我明白那是一种潮流，也是一种希望。

某年的一天早晨，一群村民结伴走出了村子。这种离村的方式，在让很多人兴奋的同时，内心却满是焦虑和不安。离开村子的人，有些没过多久就回来了。回来时，显然比在村子里时更潇洒。也有欠账回来的，连路费都是和别人借的。我上屋的谷山叔却一直没有回来，村民说在半路走散了，至今都没有人知道他的去向。

接下来的几年，大概是有人在山外做成了事。出去后，再也没有回来。但他们和谷山叔不一样，即便是没有回来，村里人还是会经常议论着他们在山外的事情。

我有我的想法，我的想法自然与放牛没啥关系，也与赶驴没啥关系。但我喜欢那块麦地。喜欢麦地里的事情，喜欢在地里捡麦粒。

天一黑下来的时候，我还是被人晾在路中间，我看见来来往往的人，可是谁都没有理会我。我指着那块麦地，问有没有人愿意去那看看，"这块地够一家人吃的粮食。"没有人对这块地感兴趣。粮食这个时候已经不值钱了，我还没有做回真正的农民，麦地就被人抛弃了，人们对种麦子没有了兴趣。

我记得桃英刚到村子的时候，像是一阵风刮来的。那时她在村子里走，去了东家又去西家。在她来村子里之前，还来过一群人，他们都是来做凉席的。他们在村子里走走停停，遇到大风，便日行数百里，她就是做顺风买卖的，后来他们去了哪，我也不知道，像是凭空消失了一样。

桃英呢？她就像个等风的人，我终日无事的时候，看见风刮着树叶在地上跑。桃英像知道风的方向，她张嘴的时候，风又返回去了，像一匹野马独自向连绵的群山跑去。

其实，那时村子里有很多的规定。能在村里落户的不外乎三种人：一种是嫁到村里来的，另一种是来村里招亲的，还有一种是从小被村民收养的。除了这三种人外，村里不收留外来的人口。桃英是那群人落下的，村里人自己都解决不了温饱，怎么会让她留在村里呢？

母亲说，她没地方去，就让她留在村子里吧！"留着给你儿子做媳妇啊！"族长说得慌的时候，就这样堵塞我母亲的话。我母亲想问题简单，就把我家的牛栏填了出来，以前可以关两头黄牛的，两头黄牛中一头被人盗走了，另一头也被人推下悬崖杀死了。我祖辈是有遗训的，再穷也不杀牛，不吃牛肉的。可两头牛的结局让父亲再也没有勇气养牛。牛栏一直空着，倒是收拾得干净。

桃英就住在这里。桃英住进去后，父亲在门口系着一个牛铃，不要说人，只要风轻轻一吹，就会叮咚叮咚地响。父亲说，"只要有人来犯，你就拉响牛铃，听见牛铃的响声，我和你嫂子就起来。"父亲那时是生产队长，村里的人还是会忌讳他几分。

我家门前长着的一棵橘子树是桃英来村子里时栽种的，我以为她的故事也是从那棵橘子树开始的。"谁家都没有空余的田地，一个陡峭的地坑不碍事吧！"母亲决定让桃英把橘子树栽在地坑上。一个女人，只有把树栽在村子里，树根长在村子的泥土里，她才算得上是村子里的人。

土地是一寸都不许分给她的，父亲也不愿去打破村子里的规定。桃英栽橘子树的时候，母亲和父亲商量了一个夜晚，考虑橘子树长高长大的时候，叶子会不会挡着阳光，会不会影响到旁边土地里的庄稼。

栽棵树是件容易的事情，可栽下去会不会惹麻烦呢？这是父亲担忧的事情。果真，树没栽多久，村里的很多光棍就找上门来，说非要娶了桃英不可。只有父亲知道，桃英不是个普通的女人。她识字，还会干精细活，这样的女人，恐怕村子里没有一个男人能配得上。

我天天看着那棵树，一点一点地朝上长。直到有一天，村子里的孩子都往树上爬，越爬越高，"快点下来，小心被鹰叼走了。""看老鹰来了。"孩子从树上跳下来了。那个年龄一过，村子里就空荡荡的。

我记得是个寒冬的半夜，一群人冲进村子，树上的乌鸦扑哧扑哧地飞着。我还悬着睡在梦中，感觉有一双翅膀，像只老鹰把我背着飞到天空。地上到处是星星点点的火光，紧接着听见惨叫的声音。我记不得那天晚上，我在树上呆了多久，有人说我是被老鹰叼走了。

多少年后，我一想起那个场面就惊恐，脑壳就发麻。她举着火把在村子里跑，后面的火光就像是天上的流星，朝着她倾泻过来。

我开始以为村子里的人会这样一成不变地活下去。慢慢地，我发现村子里的人们把生活都过虚了，桃英成了村子里唯一的外来人口。人们却没有再留恋村子的生活，而是拖着长长的影子离开了村子。再回来时，仿佛都像是变成了另外一个人。他们走路的架势和脸上的笑容，都一改往日的模样。

我大概知道桃英的身份是许多年后，在一处烈士陵园，我知道她的爱人是一名抗日战士，她们仅仅是心灵相爱，没有见过面，彼此间通过书信往来。那名战士死后，她就来到了村子里。让我不解的是她怎么会选择来我们村子，那天晚上冲进村子的人又是谁？我却一直都不明白。

她给我讲过故事，我记不清了。我只记得她讲故事的表情，有时一讲就是半天，讲到天黑就不说话了。夜晚她是不会讲故事的，即便是要讲，也会点亮一盏灯，这样讲出来的每个故事都是亮的。

我还想听她讲下去的时候，结果一歪头睡着了。在梦里，我感觉有月亮涌出来，遇到一场风，我就飞到了别的地方。

我回到村子的这个季节，麦子早被割光了。桃英早已不在了，她是村庄最熟悉的陌生人，可她从不为自己辩解，仅仅是村子里的尘埃，活过又走了。

每个人都有截然不同的人生，桃英只是活在其中的一种。不同的是，别人是生在村子里，最后却活到了别处。而她呢？是从别处活到了村子里，成了最后一个守望麦地的人。

我还记得，在那个冬天的半夜，桃英的咳嗽声把村民惊醒。人们醒来时，村子里被照得透明。从那以后，再也没有人提起她的名字，她就像从来没有来过。

可是，我总以为她的灵魂还活在村子里，还居住在那个牛栏内，和村子里的万物有往来。

再次离开村子的时候，我站在村前的山坡上，久久地看着眼前的村庄，它就像是被人抛弃于荒野中。人的说话声、动物的叫声、铁锹的碰撞声，像是从远远的历史深处传来。

我多么希望，还能听到她的声音，哪怕是极其微小的一声。

有只狐狸看月亮

　　我一个人在村庄里走着，天黑之前，再向四周看一眼，我白天的时候，没有顾及它们。只有在天黑前，再看它们一眼。夜晚的月亮挂在天上，我发现在村庄某个低矮的角落里，有只狐狸昂着头，一双明亮的眼睛，在黑夜里凭空而出，看着亮堂堂的月亮，撕裂的嘴巴露出洁白的牙齿，发出嗤嗤赫赫的声音。

　　那时，我白天都在梦里追梦，不知疲倦，经常会遗漏最重要的事情，遗忘最重要的故事。我醒来的时候，它们早早地消失在黑夜里。或许它们会觉得，我一点都不在意它们。如果在意，就会表达出来。所以它们总是加快离开我的脚步，一声狂叫在大地上回旋过后，声音自然地消失了。

　　事实只有我自己明白，多少年来我一直都生活在那个时间里，那个声音就像是一首凯歌，在我的心里来回荡漾。现在，我要做的事情是，每天早晨早早醒来，再望它们一眼。

　　此时此刻，我就是一个人，孤单成了一件事情，我感到莫名的寂寞。那种寂寞在内心彷徨，像是一鼎没有回音的铜钟。我始终沉睡在儿时的梦里，经常会走在一条坑坑洼洼的路上，半空的阳光亮闪闪的。

我的耳朵里突然听见一个熟悉的声音，这个声音像是被风吹歪了。看不见它的形状，它跑得极快，瞬间就见不着了影子。我怎么喊，都没能把它喊出来。

我记得它穿着的衣裳，记得它喊我时的样子，记得它在后面追着我跑时，撕扯着我的衣角。

各种各样的风经过村庄时，把地上的树叶都吹走了，屋檐上的尘土也被吹得干干净净。村子里的一些人也在这来来往往的风中不见了踪影。我熟悉的那个人呢？我也不知道她的去向。

那时我还是个孩子。我认识她时，仅限于我的童年。"世木。"我听见一个声音在喊我，那个声音垒得很高，一字摞一字，一句摞一句，越摞越高。我醒来时，天突然黑透了，夜晚的路可不好走。放学前的半节课我睡着了，在做一个长梦，梦见村子里的毛驴会说话了。毛驴动了歪心思，想把我家的狗推上屠宰场。我一歪头，差点儿栽在桌下。

太阳早已落山了，教室里空荡荡的。天色渐渐地昏暗了起来，一会儿就黑得什么都看不见了。我回家还得走几里的路程呢！我背着书包朝回家的路上走的时候，感觉那头倔强的驴想吓住我，一会儿在前，一会儿在后，趁我不注意的时候，就挡着夜晚的月光。一个黑夜投递在路上，我吓得两腿打战。她担心我走黑路害怕，就不停地喊我。开始声音不大，慢慢地，声音像是要把黑夜胀破似的。黑夜也不见了踪迹，我活蹦乱跳着跑回了家。

她可能不知道，实际上那时我对她怀有很深的敌意。她上课的时候，总是站在我的身后，不能让我好好睡觉。每次我睡得香的时候，就被她扭着耳朵。所以，我把睡觉的时间都挤到了最后一堂课，这是一堂地理课，给我们上课的老师是个瘦老头，他戴着老花眼镜，在村子里教了几十年书，说着一口的土话，说话时唾沫飞扬。同学有叠飞机的，有涂鸦的，我什么兴趣都没有，趴在桌子上呼呼大睡。

我睡着的时候，有同学放响屁。"是谁放的？"他们在问话的时候，"不是我。""不是我。"只有我趴在桌子上做着梦。啪的一声，班长挥舞着老师的教鞭，落在我的头上。"你还偷着睡觉，偷着放屁。"我一冲动，血往咽喉涌，嗓子里像有一头发情的驴在狂奔。可我又不敢还手，只好乖乖地趴在桌子上，没一会儿又睡着了。

我被人欺负的时候，就连鸟屎也会拉在头上。因此，我总是想着自己能飞起来，飞得比鸟还高，把鸟屎拉到欺负我的人头上。

我开始用铁铲追鸟，飞舞着，鸟就站在那儿一动不动，我急切地扭着铁铲的时候，鸟刷啦不见了。

我真正醒来的时候，就再也想不起了那扇门的形状。

那天下午，教室里议论纷纷，说新来的女老师惹事了？别的事情我都不感兴趣，有关她的事情，我却是打破砂锅问到底。

听说是村主任要征用教室几天，她不同意，她又不是校长，她说的话不算啊，可她还是说了，而且据理力争，说孩子的课一天都耽误不得。村主任的脸气得红一块，紫一块，找她谈了几次，可她还是反对。她说，教室只能用来教书育人。村主任发怒，"让你嘴长乱叫。""让你屁多胡放。"

不知道是谁出的馊主意。有人向我告密，说因为放屁的人是她，我才被同学欺负的。甚至有人把这话传到我母亲的耳朵里，说她放屁，我还被她用教鞭敲打了头。母亲气得牙齿咯咯地响，这还是教书育人的地方吗？母亲知道，是有人在给她穿小鞋，说她有放屁不出声的本事，目的就是村主任想让自己只有初中毕业的侄女回来代课，得把正式的老师赶走。

这之后，我憋了几天的屁都没敢放出来，我害怕一放出来就会被人抓着机会。所以我只好等着起飞的时候，看着炊烟往西边吹时，才敢痛痛快快地放个响屁。

一个月后，她还在教室里。我听到那扇门后有人在议论，说她又惹大事了。她天天面对着一群孩子，能惹出什么事呢？

门突然被人踢开，一个屠夫拿着刀恶狠狠地冲进来。她认得那把刀，那是村民用来宰驴的。看来这次可不是嘴上挨条，而是脖子上挨刀了。她眼睛一闭，脖子一伸，就等着挨刀了。

"谁敢宰她。"一个瘦小的男孩不知道从哪来的勇气，站到那把亮堂堂的刀前。教室里顿时哄闹起来，几名学生家长都冲进了教室，抢下了刀。屠夫被扭送进了派出所。中小来找她谈话，可她还是没有离开孩子们的意思。对她来说，那就是一场幻觉，一场惊魂不定的梦，就是那把刀把她牵走的。

"世木，你跪直点。"我感觉后面有一阵凉风飕来。屁股像触电似的抖着肌肉，她只是做了个姿势，鞭子落在墙壁上。再看她的脸，红红的，像个苹果。教室里哈哈地笑了起来。

我的身体可以肆意地生长，我的胳膊和腿越来越粗，就连胆子也越来越大。我第一次感觉，我的寂寞是她带来的。

每年都有几场大风经过村庄。风来的时候，人都不能自主。能做的事情，就是风停下来后，把吹倒的植物扶直。风来过后，村子里的植物和动物都变得稀奇古怪的。整个村庄再也不是原来的样貌，只有那些粗壮的大树才不会理会，多大的风都动摇不了它。我们村子里的几棵大树，不知道得罪了谁，一棵接着一棵被砍倒了。天空是若无其事的，大地也是若无其事的，只有人的命运莫名其妙地被改变了。一个人被风刮到村子里，又被风刮到了另外一个地方。

我是个不愿意长大的孩子，我只愿意活在那个时间里。我只想听她一字一句地给我们讲课，小心翼翼地回答她的问题。有时候，也会围着她做"老鹰抓小鸡"的游戏。

一天早晨，我看见一个黑影，慢慢地朝着村外的路蠕动。我有点担心，村子里的人说，有一批支教的老师要离开镇里了。我有点急了，泄尽了全身的力气，朝着那个黑影追去，没跑几步就气喘吁吁地瘫坐在地上。我不停地喊着。她还有很多的事情没有做完，就像一个没有收尾的人，撒手就什么都不管了。她走以后的几天，整个学校空荡荡的，好像教书成了她一个人的事情。成群的鸟都飞走了，只有一只还在上空飞来飞去。不时还能听见孤独的声音，只是声音沙哑了。

世木到底是个什么样子的人？连我自己都不知道。村里人说我是个傻子、呆子，木头木脑的。我也承认自己是个傻子，是个呆子。说实在话，我特别讨厌自己。书读不进去，成天在教室里"坐飞机"。

她就像是被风刮到教室里来的，我听见一个清脆的声音像是落在脑门上。那个声音从此也落在了我的生命中，落在了村子里的阳光、水土、空气中，而且很快就和我们混迹在一起。我就是在那个春天复苏的，在我的眼中，她就是春天里的花朵。她似乎知道我心中隐藏的秘密，我也会问她一些奇奇怪怪的问题。可我贪睡的习惯始终没得改变，父亲说，我是个一条路走到黑的人，不会有什么希望的。可是，那时谁都不知道，其实我在干一些别人不知道的事情。

我经常会在放学的时候，一个人留在半路的麦地里，利用黑夜的时间，帮助食堂的工友张大爷割麦子。我知道，他一个人就靠这几块地过日子。他一个人干不了这么多农活，我得利用放学的时间帮他干点事情。

她离开了村子里的学校。对我来说，村子里就只剩下黑夜，我的白天永远不存在了。我每天都面对孤独，不愿意看书，甚至不愿意坐在教室里。

　　某一天，我收到一封从山外寄来的信，是父亲去小镇时带回来的。我认识她的笔迹，字迹写得工工整整的。她在信中鼓励我，叫我好好学习，考到县城的学校里去。

　　我使尽了各种招数，可还是没能考上城里的学校。不过我的学习成绩有了明显的变化，我已经改变了那个贪睡的习惯。

　　许多年后，我毕业分到了县城里。我开始四处打听她的下落。有一次在乡下调研时，才得知她已去世了好些年。我有些恍惚了，一个如此好的人，怎么就走了。得知她是在一次洪水中救一个孩子被洪水冲走的，耳朵嗡嗡地响着，好久都没有缓过神来。她终究是为了孩子丢掉了自己的性命，孩子被救了上来，她连尸首都没有找到。

　　我又回到了村子里，笔挺着静坐在那间破旧屋子里，闭着眼睛，静静地让时光回到童年时的教室里，我逐渐看见她走进教室，活泼得像个孩子，教室亮堂堂的，窗户外是卖场和田地。

　　我还听见了鸡鸣、牛哞，天地间各种复杂的声音响起。黄昏的时候，我一个人背着书包回家。狐狸的声音不时划破了寂静的夜空，它还隐藏在村庄的某处角落，仰望着天空，天上的月亮圆圆的，那时村庄里空得见不着一个人。

树上树下

一棵树和一个人一样，都有自己的人生，有自己的世界。

一个人的白天，所见的全是树上的事情。夜晚的事情，都躲在树下。

一个人活着的时候，只能看见树上的事情。死后，树下的故事还会源源不断地流出来。树上和树下是一棵树的前世今生，也是一个人的前世今生。

树上树下是人的上下。上面是过去的日子，下面是未来的生活。

我在村子里生活的时候，对门前的一棵树感到好奇。树是不会说话的，但它能够辨识白天和黑夜。它能看到一个村子的过去和未来，也能看清楚人们往后的生活。谁想要过怎样的生活只有树知道，这是树的本领，可树不会说出来。

人可能是最讲究感情的，在感情面前，树上所表现出来的比较日常，那都是人们所熟悉的事情，比如东家的闺女出嫁了，西家的汉子结婚了。生孩子喽！是男是女，都是天气，天气即天意。当然，村子里重男轻女的风气还是根深蒂固的，谁家都想生男孩，感觉男孩是能够在村子里立起来的。

日子在驴叫的声音中起落，一个早晨，一个黄昏。来来去去，去去来来，这就是日子。日子过简单了，说到底就是一日三餐。再干点力所能及的活，没别的事，别的事太费心了。不是不愿意干，在村子里干着的也都是重复的事情，每天都一样，没有一点新意。

树下过的必定是另一种日子。这种日子，村子里的人是不愿意去过的。他们过惯了原先的生活，觉得那才是好的生活。

她的到来，打破了乡村的秩序。夜晚，有人听见了窃窃私语，听见了春风的声音。好听，年轻人坐不住了。"别去，那是人间禁地。"一块地，被一个传说禁锢了几百年，大家都遵守陈规。她想干吗？一个弱女子。她挣扎着，拼命地挣扎着，她感觉自己被绳索捆绑着。就在她拼命挣扎的时候，鸡鸣叫声四起，天亮了。

一些蠢蠢欲动的少年，按捺不住春心，嘴角上挂着唾液，还在喊着"你别走"的话。

她醒来时内心胆怯，村子里的夜晚又黑又长。一夜到天明静得可怕，有时候三更半夜醒来，听着一些风吹草动，背后感觉凉飕飕的，白天村子里的气温比山外低，晚上就更低了。一整个夜晚，她辗转难眠。有一种声音像是风吹进来的，在屋里来回地跑。

一个女人该过怎样的生活呢？她不是没有想过，可是真正过起来，又发现那不是她想要的日子。

就这样，她一个人，乐意活在村子里，做着一件无声的事。她也渴望着，总有一天，她的声音会在村子里爆炸。就是这么一个瘦小的女人，在寂静中潜移默化着乡村。在习惯着寂寥和孤独的同时，适应着一个接一个的日子。

村子里流传着一股歪风，这股歪风是顺着树叶落下来的，在村子的地面上反复横跳，始终没有被风吹走。

她站在地场上的时候，叶子围着她的裤腿跑了几圈，又朝着屋檐下跑去。

活着的人连饭都不得饱，得给死去的人做七日八夜的斋。

一支披麻戴孝拉得老长的队伍从屋里跪到屋外。张家去世的张细菊已是九十七岁高龄，她生了十一个孩子，十四岁生的老大，十五岁生的老二，十七岁生的老三。现在老大、老二、老三都是八十岁以上的老人了，连走路都要人扶着，跪跪拜拜的事老人干不了，"干不得也得干，为人子就得干"。几天下来，老大一命呜呼，酿造了一曲悲剧。可这是没有教训的悲剧，不会因此而打破那些旧的规定。老大走了，老二得接着跪下去。

老二跪下去的时候，她刚刚从城里回来了，上前把老二拉扯了起来，"大爷，只要作个揖就可以了，累了叫儿子孙子代，您老回家休息吧！"她是哪家的女人？族长瞪眼看着她，扎着个马尾辫，皮肤黑黑的。这是历来的规定，哪有她说话的份儿？可她说了，说得在理，就有些人跟着叽咕起来，"这破规定也该改了。"

"她又不是村子里的人，管啥闲事？"族长拿出一副高高在上的架势。"娘死了，没了老大，还有老二，就算是死，那也得跪，哪有不跪的孝子。不跪可以，清理出户。"被族长一阵教训后，老二又服服帖帖地跪下去了。

她还想说点什么，族长的架势更大了。一个外来人哪有说话的份儿？站到一边去，不要碍手碍脚。她站到了边上，见老二跪下去，站不起来的时候又上前拉了一把。

"这是村里的事，你不要说话。"母亲怕她生事，拉着她就走。谁也不知道她的来历，她是从山外来的，在村子里以做凉席为生，住在我家屋头的空房子里。

经历这件事后，她开始做村民的思想工作，说这是一件劳民伤财的事情，得把这股歪风改了。

想改的人没有话语权，大多数人都不想改。不说别的，七日八夜只要去张嘴吃饭就行。村里好多人穷得揭不开锅，能白吃白喝几天谁愿意跳出来反对。

但是任何时候，任何事情，只要有人反对，事物就会发生本质的变化。慢慢地，这股歪风悄然无声地发生了变化。

一个女人如果想要在村子里活下去，没有男人是不行的。没有男人，一个女人如果就得承担男人所要干的事情。可她偏偏一个人生活，村子里没有配得上她的男人。媒婆说媒的不断，每来一次都会罗列一大堆的优势，说张家的公子个头高，说李家的公子力气大。她听得耳朵怪痒痒的时候，起身就走了，一个人到处转，谁找她都不回来。

她不是不想结婚，是没有相中的人，她不愿意随便找个男人过。

她也有迷失自我的时候，性格顽劣得像个孩子。一个人穿着男人的衣服，戴着一顶黑色的帽子，在村子里走，一不留神就见不着她的影子了。

风打破了原先的惯例，从天上掼下来，从南边刮到北边，从北边刮到西边，很快整个村子全乱了。羊圈，草垛，转眼不见了去向。

母亲说，她迟早都是要离开村子的。慢慢地，她在村子里的时间久了，大家都视她为村子里的人，偶尔离开村子后，村子就变得空荡荡的，好像整个村子就是为了她过的。她没来之前可不是这样的，那时人们过的是一种怎样的生活呢？没有人愿意提。可是这些都是树上的事情，即便没人愿意开口，大家心里也都明白。

那她和五叔的恋情算不算是树下的事情呢？五叔当兵回来时，已经是一个五岁孩子的父亲。五叔是村子里长得最高最帅的男人，女人们见着都流口水。五叔回来的那个下午，村子里的年轻少女动荡了芳心，都跑去村头看。她蹲在地上正在做凉席，不为所动，扁着嘴说："有什么好看的？"

有一个晚上，半个世纪没有闹过事的村子，一下子炸开了锅。"你这千刀万剐的，回来没几天你就和那个小妖精好上了，你出去几年，我们孤儿寡母在家不知道受了多少罪，现在好了，回来就干这种风流事。"说着就呜呜地哭了起来，生怕村子里的人听不见。这可不是小事，当兵回来是要提干的。这事张扬出来后，村子里再也没有平静下来，上面的调查组来了，调查她和五叔的关系。

村民们的脸黑得像块铁。在村民们的心里，她不是那种人，五叔更不是那种人。可五婶认为她就是那种人，五叔不是那种人，五叔是被她勾引的。

调查组把她、五叔和五婶三个人叫到一块时，五婶突然发疯似的冲上去，揪着她的头发挥舞着拳头。"你想干什么？"五婶不听，一拳打在她的眼睛上，顿时眼圈青紫起来。"我们是来处理问题的，你激动什么？赶紧松手。"五婶不听，"我要打死这小妖精。""再动手，先把她铐起来。"调查组呵斥住了她。

她没有还手，也没有说话，像只可怜的狐狸，眼睛不打转地看着。五婶还在耍泼。"同志，你看，这是证据。"这是什么证据？大伙瞪着眼睛看。一个女人的内衣，粉红色的，还有一瓶花露水，半瓶洗头液。"这是你的吗？"五婶恶狠狠地问。她没有回答，低着头什么话也不说。调查组想说句话，又被五婶炸雷般的声音压住了。五婶个头不高，但声音特别洪亮。平常她可不是这样的人，女人一旦发起飙来，那是十分可怕的。调查组见状，只好将三个人分开谈话。他们先和五婶谈了几个小时，五婶对处理的结果不满意，说一定要她承认和五叔有奸情。"有没有奸情，要尊重事实。"族长来了，做着手势，意思是让五婶先出去一下。五婶不理，"别劝我，今天不是她死就是我亡。"

调查组找了好几个村民谈话。其中一个是我母亲，她是长居在我家的，母亲自然会护着她的。"她昨天晚上出去了吗？""好像出去了。"母亲如实说。"知道她去干什么了吗？"母亲知道他和五叔有往来，故意说，她帮我洗衣服去了。很快调查组就回来了，说母亲说谎了，"怎么会说谎呢？我是从来不说谎的。"调查组说，她去和五叔见面了。"那也是洗衣服的时候去的。"母亲狡辩着。母亲在想，她想干什么呢？难道是要承认她和五叔真的有奸情吗？落个不好听的名声不说，就连五叔的工作都泡汤了。

调查组来村里的第三天，她和五叔的故事热度不减，依然被传得沸沸扬扬的。"村子里除了五叔外，还真没有能配得上她的人。"

五叔的脸色青一块紫一块的。调查组的处理意见很简单，她和五叔断绝往来就可以了。可五叔不同意，偏说没做亏心事。最后处理意见做了修改，只写了五叔和五婶家庭闹矛盾，只字没有提到她。"你可以走了。"调查组对着她说。五婶站起来，扯住了她的袖子。她本能地甩了一下，五婶一拳头挥过去，被五叔挡住了。"你想和我过下去，你就让她走。"五叔气得牙齿咯咯地响。本来五叔是可以去城里工作的，通过这件事后他彻底地放弃了。有人说，他是受了这件事的牵连。也有人说，他不去城里是因为她。接下来的日子里，她还好好地活在村子里。还有人说，她和五叔还有往来，只是五婶变得安静了。

村子里的事情还在源源不断地发生着。村里的人有说她坏话的，也有说好话的。她似乎都听不见，别人爱怎么说就怎么说。

村子渐渐变了模样。树上的事情都是眼睛能看得见的，树下的事情都是大地的声音散发出来的。

我小的时候，经常会爬在树杈上望。整个晌午，我家的烟囱都孤零零的，像一截枯树桩。院子里挺热闹的，一只母鸡带着一群小鸡在抢食。

一个夜晚我起床撒尿，听见地底下轰隆隆的声音从远处翻滚而来，我赶紧喊醒了母亲，"这是什么声音？"母亲吓得不知所措。她也爬了起来。"赶紧喊醒对面的村民，后山发生泥石流了。"母亲着急了，外面的风这么大，声音怎么也传不过去。情急之中她想起了家里还有把响铳，"嘭"的一声巨响，全村的村民都惊醒了。在黢黑中，村民们朝着树的方向跑去，树的左右是一条深不可测的水沟，没过几分钟，山体崩塌了，一些房屋连同牛棚一起被撞击冲进了水沟。

是她救了村民的命。村民们没有感恩于她，只是那一阵子大家对她另眼相看，没过几天就把这事忘得一干二净了。说救村民的人是我母亲，得把这笔账记在我母亲头上。母亲想说点什么，却没有说出来。

村子里的故事没有停滞，这些故事看似与她无关，却一直与她勾连在一起。

那年，村子里下了一场雪，只落在她一个人的心里，村子里谁都看不见。所有人都窝在自家的屋子里，外面的风雪太大，谁也顾不上屋外的事情。那个冬天她是孤独的，一个人过冬。实际上，在村子里的时光越长，她孤独的时间就会越长；在村子里活得越久，时间就会变得越慢。

她有些呆滞，脸色变得灰暗的时候，村子里又发生了一件事情。有人说，村头的那座坟墓被人挖了。这座坟少说也有百余年了吧，挖人祖坟的事情是干不得的。一连数个夜晚，村子里一直闹鬼。半月后，一支穿着公安衣服的队伍浩浩荡荡地来到村子里，几个挖坟的人不打自招，交出了里面的几件铜器。"算不算国宝呢？盗墓是要坐牢的。"这事和她没有关系吧？几个村民都做了交代，说她来村子里就是主宰盗墓的。"这可不是闹着玩的事，话不能乱说"，母亲说。村民们一口咬定就是她主宰的。这回她真的惹上大事了。

她到底来村子里干啥的呢？她没有告诉过别人。有人猜测她是为了谋生，谋生会是一种生活的本能。还有一种可能就是躲避，躲避一种生活。猜测不无道理，但猜测不一定会是真相。她在村子里生活，在人们看来那是另一种架势，她过的生活和别人不同，她的存在干扰了很多人。

她在村子里生活的点滴只有树记得很清楚。她是一个人来的，来的时候空着手。来到村子里，她凭着一把刀，把一棵竹分成两半。其中的一半削得很细，用作凉席，另外一半还可以有其他的用途。她的手艺是自己带来的，一双灵巧的手，干着一件漂亮的事。

其实她就是个普通的人，来这仅仅是想过一种普通的生活。她每天在村子里来回穿梭，一个人在村子里生活，有些时候会站在门口，用毛巾搓揉那刚刚洗过的头发。屋内的事情谁也看不见，但狗是看得见的，不管是谁家的狗，到了她的屋子里会赖着半天都不愿意出来。她和村子里的任何一个男人都没有关系，很多男人打她的主意，那也仅仅是个主意，大家更愿意呵护着她。只有一些别有用心的人，会在她的身上做文章。在她的心里的确藏着一个男人。可她不想和他见面，因为他和五叔一样是个已婚男人。男人想和她在一起，可被她拒绝了。

那天下午，村子里刮起了一阵风，朝着树上刮。树一不留神，大地忽然昏暗了下来。她被几个外来的人带离了村子。树伸长脖子，朝着四围到处找，没有找着她的踪影。她的身影就是在那个夜晚消失的，村子里再也没有了她的音讯。这种偶然的消失会让人们很不习惯，他们还会在时光里等待。我还在想着法子，能否记住她的样子，哪怕不会太久，哪怕在来年的一场雪中鸿飞融化，尽在忽然间。

后来听说她被判刑了。但我始终不敢相信，在我心里她不是坏人。

她离开村子以后，村子发生了巨大的变化，几天的狂风从早晨一直刮到夜晚。树的命运也发生了改变，村民要盖房子，说立在前面的树挡了阳光。"这树不能砍。"有人反对。

"一棵树立在村子里上百年，砍去实在太可惜了。""这树又不是你家的？我砍自家的树与你何干？"那时，村里的树还没有规定不能砍。树没有砍倒，树枝被砍光了。只有树明白，她是无辜的。树托梦给我，可我还是个孩子，孩子的话大人们不会听。我告诉了母亲，母亲说他们有证据。就连五叔都没有站出来替她说话。

多少年之后，当我再次走进村子里时，树已经枯死了，它已经全部活在了地下。我方明白，一个人和一棵树一样，一旦走丢了，我们再也找不回来的是此刻和往后的全部生活。当我们记起一些被遗忘的生活中的细微场景，贪恋着童年时的半句话、一个眼神时，我们回过头去时，便对生存有了更加坚定的热爱和耐心。有一棵大树靠在背上，天地间还有哪些事情想不清楚呢？

一棵树倒下了。过了好几年，在那棵砍去的树边上重新长出了一棵树。只是后来的树没有那么听话，长得歪歪扭扭的，一年四季飘着树叶，撒遍了整个大地。

好吧，也许这就是一棵树的命，没有人想过日子还会重来。可树呢？即便消失了，变成了灰尘，依然好好地活在地下，和村子里的人过着另一种生活。

我听着大姨的故事长大

　　我几乎忘了，小时候大姨和我讲故事的情形。每天日落时的黄昏，茶饭过后，一盏微弱的灯，把一天的光亮和夜晚粘连在一起。她一边讲着，一边顺着我的问题应答。我的问题生硬，见不着方向，她回答起来清脆，掷地有声。她的故事十分鲜活，像是从土壤里生长出来的，会开花，会结果，还能闻到一股扑鼻的香味。我竖着耳朵，蹲在墙头仔细地听着，感觉那些故事像只壁虎，在屋子里的墙壁上爬来爬去。

　　我感觉大姨的每个故事都和我有关，每次在开始一个新的故事前，总会反复问我一些问题，这些问题都与人生理想有关，那时我哪知道什么理想呢？只知道大姨的故事精彩，像是一个五彩斑斓的世界。

　　前几日的一个黄昏，我突然听说大姨的病重了，皮肤发黑，口吐鲜血，她可能即将死去。听到这个消息时，正是深夜，外面刮着风。

　　我去医院看她。一路的街灯有些昏暗，稀疏的几个夜行人，匆匆地赶回家。这时已是深秋，天气还不是很冷。我感觉就像是遇到了小时候的冬天，我看见，大姨牵着我的手摇摇晃晃地走着，风一吹就找不回来了。而我呢？可能就卷在那片叶子里。学着叶子在空中飞舞着，就这样又回到了村子里的童年。那时的大姨年轻漂亮，只有二十来岁。很多时候，我就像个跟屁虫，跟在大姨的身后，她走到哪儿，我也走到哪儿，她不时地回头张望我走路的形态，又走走停停，生怕我跟不上来。

我跟着大姨的脚步慢慢地长大。某天我突然发现，我过的是一种顺流而下的日子，到达的是一片模糊不清的天地。很多时候，我在村子里走的时候，脚会踩空，会落在尘土上。那时，不光是我，连村子里的孩子都玩得不知去了哪儿。大姨的喊声像是停在半空中。这时，我会听见童年的喊声，没完没了的。声音像是从风里卷来的，回头时，没有看见那些孩子，村子里只剩下孤单的我一个人，我四处寻找，找什么呢？我不停地搜寻着，什么踪迹都没有找着。也许他们长大后全都走了，到底去哪儿了呢？我确实一次次地围着村子绕来绕去，可我前面已没有了人。

数不清大姨和我讲过多少故事，我没有做过统计。她有着超人的讲故事能力，总是讲着讲着就会进入梦中。仿佛在梦里，还能听见大姨的声音。我发现大姨的故事适合在夜晚讲，每句话都像是一盏灯，越来越明亮，亮堂堂的，再黑的夜晚都不会觉得害怕。

大姨也有害怕的时候，她就会紧紧地抱着我。我感觉她的心跳得特别快，门"吱呀"一声，像是被人推开的。我回过头时，发现那是风。风不停地闹着动静，带劲地摩擦着门框。我听见了大姨的埋怨声，接着，渐渐地平缓呼吸，夹杂着东一句西一句的梦话。那时，我还是个五岁的孩子。我特别希望自己一夜间能够长大，可以保护大姨。

第二天一早，人们还在睡梦中。大姨背着我出门了。大姨说，头天晚上西边天际悬着一块云。说不定过不了两天，就会迎来一个漫长的雨季。夜半风刮得厉害，天空是铅灰色的。

我站在村子里的早晨，阳光还没有出来。大姨仿佛是和薄光一起挡在苞谷地的。大姨像是有忙不完的事情，苞谷叶比她的头还高。我的个头太小，立在那里就像个麦秆。大姨把苞谷倒在簸箕上，我刚刚睡醒，只看见镰刀挥舞着，不时还会听见她喊着我的名字。

果然没过几天，秋风起，雨来了。人们忙着抢收，早出晚归，一些苞谷被吹得东倒西歪，就连头上戴的草帽，也被吹得不知去向。

雨过后，地开冻了，没有收回来的苞谷，就变成了烂泥。大姨说，这是她的经验，这个经验是她小时候学会的，没过几天，我家地里的苞谷被大姨一个人收了回来。我大概明白，大姨懂得的道理很多，这些道理可能在别处没有用，可在村子里却成了生活的一部分。

我在慢慢认出童年里陪同我的大姨时，她已经认不出我是谁。她闭着眼睛，像个熟睡的孩子。我的泪水在眼眶里转动，我又看到了我在村子里四处奔跑的情形，大姨就跟在我的身后，不停地追赶。我听见她喊我的时候，耳朵就会发亮。

很多个沉寂的黄昏，当我一个人玩得忘记了回家的路时，我看见一个黑影从村的东头缓缓地移动到西头。我的影子就像根缰绳抓在大姨的手上，无论我怎么跑都被她牢牢地抓着。

我小的时候，父亲在山外教书，母亲那时体弱多病，只好把还未出嫁的大姨请到家里料理一切家务，实际上地里的活也都是大姨干的。从那时开始，我就形影不离地跟着大姨，她朝前走一步，我就跟在后头走一步。她说的每一句话我都记得，我哭鼻子的时候，她就给我讲故事。她似乎能讲出村子里的所有人和事，那时，我还不知道我是谁，更不知道粮食是朝地上落的。我成天仰着头看着天空，看着云朵慢慢地变成弧形。我以为云朵上住着人家，会有和我一样大的孩子。

"木牙，你回来了，好久没有见着你了。"我被村子里的开门声唤醒，可能那是个黄昏，我从外面回来了。那时大姨起早贪黑，忙死忙活地干着活儿。

"天气变冷了。"大姨说。"今天的狗叫了一天。"大姨听见狗叫就跑出来看，外面的风越来越大。那天，大姨和我描述村子里的事情，描述她的生活。日子过得有点难，风吹着窗台的报纸沙沙地响。

我发现大姨走路的架势和以前不一样了，脚步走得很轻，生怕踩到地上。我低着头看着大姨的鞋，是双布鞋，那是大姨自己一针一线做出来的，都已经穿破了好几个洞，她又缝缝补补了几次。"这几天没法干活了，苞谷不收回来，就会烂在地里了。"大姨还是和往常一样，很健谈，说着村子里的牲口、买卖和收成。她悄悄地和我说了个计划，打算把两个孩子都送去城里学手艺。计划只说了一半，她的话像是悬在半空中，好久都没能落到地上来。

我觉得对不住大姨，要是我能帮她搭把手该有多好。

我会去干什么呢？我发现我真的很笨，生来就木头木脑的，什么都不会。我真有点怨恨父亲，不该给我取个"木"的名字，成天只知道睡觉，一场又一场的睡眠，天昏地暗的。我喜欢沉醉在梦里，做着星光月光的梦。在梦里，萤火虫布满星空，还和我做着游戏呢！那时，我就感觉到像是活在云朵上。

还记得村子里的冬天特别寒冷。进入冬天的时候，我的脚趾就会奇痒，肿胀得发黑。所以我总会勉强自己做着各种各样的梦，我希望我会冬眠，醒来时就是春天。冬天里的事情和我没有关系，也和大姨没有关系。

大姨好像能读懂我，好像知道我害怕上学的原因。那时去学校的路很远，穿的衣服也很单薄，我最害怕的就是冬天，每到冬天脚就会生冻疮，开始奇痒，后来就会腐烂。大姨说，没有暖的鞋，深冬脚掌还会冻坏。她翻出了母亲抽屉里的破布和棉花，在煤油灯下一针一线，给我做了一双布棉鞋。我穿着大姨做的棉鞋，既惊喜又高兴，那个晚上我走进了大姨的梦中，我发现梦里的事情，想怎么安排就怎么安排。

我上学的时候，个头长得老高了。我很会长，那时村里有人讥笑我，说我长得和读书不成正比了，说我只会吃饭，不会读书。我特别不愿意长大，走路都不愿意抬头。我的学习成绩不好，座位是根据高矮次序排列的，我在学校里无论是哪个年级都是个头最高，我还是个二年级的学生哩，在班上坐在教室的最后头，放学排队时站在全校学生的最后头。我真恨不得比别人矮一截，哪怕是个瘸子，我都愿意。可是我越恨，身体就越不听使唤，长得越快。很快，我就追赶上了老师。但我一直在"坐飞机"，不知道老师都讲了啥。那天老师点我名提问，我站起来时耳朵嗡嗡的，根本没有听清楚老师的问题，然后之乎者也地回答了一句。也不知道是老师听混了，还是我蒙对的，老师居然说我回答得正确。大姨开始表扬我，说我是块读书的料。慢慢地，我信以为真，小学毕业时我考得了全校第一名的好成绩。我的个头比老师还高，并没有感到羞耻。

我十一岁时，小学毕业了。我得准备去山外的学校里上中学。一个晚上，我听见门的响声。后来看见一个人影进来，但我很快就通过他的身高辨别出了他是我未来的姨父。我八岁的时候就没和大姨睡了，她找着各种借口说，男子汉就得自个儿睡。姨父偷偷摸摸地爬到大姨的床上，那时我对大姨产生了恨意。

姨父比大姨矮半截，头发稀稀疏疏的。大姨结婚时非常简单，把村里的亲朋好友喊在一块儿，摆了两桌酒席。我哭闹着，差点儿把一张摆满酒席的桌子打翻。我看见大姨脸色发白。

我离开村庄的时候，依然还是个孩子。我还习惯性地在路上寻找着大姨的脚印，离开村子前，大姨和我说，有本事的人都走出了村子。我那时坐着一辆破旧的班车，朝着村外跑。我家的那头黄狗不停地追赶着，后来那种感觉一直跑遍了我的全身。

　　大姨躺在病床上，她的鼻子上插着氧气管，就像个熟睡的孩子。我双膝下跪，嘴凑在大姨的耳朵上，就像小时候和大姨说着悄悄话，你放心，医生说你的病情一定能好起来的。大姨躺在病床上，连动一下都不可能。

　　通向村子的路都已经荒掉了。我怯怯地，不敢再走半步。我努力地搜寻着大姨的故事，回忆着她讲故事时的情形。现在，我对大姨的记忆越来越明亮，她的声音不停地在我的耳背绕来绕去。然后，我站在病床前喊着大姨，一遍遍地重复着她和我讲过的故事。

　　医生说，大姨这病不可能会有奇迹。她已是尿毒症晚期，所有器官都衰竭了。可我依然不愿意松开大姨的手，我发现，我一松开时，大姨的手会越攥越紧。她仿佛在等着我把她重新拉起来，那时她还会有新的故事讲给我听。

一个人的颜色

外婆没有见过春天。她的眼睛生来不见光，不知道春天的样子。

外婆想象不出世界的颜色，在她的印象里，春天的颜色是叽叽喳喳的，冬天的颜色是呼呼的，春风的颜色是温柔的，狗的颜色是悠长的，鸡鸣的颜色是白色的。一年四季，各种各样的颜色，在外婆的耳朵里上蹿下跳，颜色悠远飘忽。鸡鸣五更天，狗吠十里地。村庄的颜色在外婆的耳朵里一点一滴地做着记号。几十年来，做着各种比对。

村庄的春天，是在外婆的颜色中开始的。鸭子顶风呱呱叫时，颜色能把春风唤回来。风在村子里跑，外婆很快就弄清楚了，那是春风，春风来了，村子里的牛羊都会喊叫，那时草木也该长芽了吧！

村庄的颜色也是从春天开始的，在外婆的耳朵里兜兜转转。几十年前，外婆的耳朵特别灵，能从风里辨识出天阴还是黑夜，从风向里辨别出春天的颜色。外婆对春天的颜色非常敏感，春天还在路上的时候，她说，村子里的水已经醒了，眼睛惺忪地注视着前方。"今天该是立春了。"外婆就是外公的日历，翻开时，外公就赶着黄牛下田了。

外公在日历上颠倒黑白。一听见春天的声音，晚上就没有了瞌睡，一刻也停不下来。村庄的半夜里，"嗦——嗦——"，到处是他犁田赶牛的声音。

一头黄牛，包揽了整个村庄的田。东一块，西一块，都是月亮丘。"叭，叭"，一坨坨泥巴，把整个夜晚甩得噼啪响，泥巴的形状和颜色很快就被抹平了。

外婆是天亮前起床的，她也是闲不住的人，一天到晚得瞎摸着烧两壶开水，外公回来得喝半热的茶，还得把腊肉切两块放在米锅里混着煮，这叫油饭，吃起来很香，干起活来也带劲。外婆不会炒菜，她只能用这个法子来帮外公减轻负担。

外公拒绝吃，也是意料中的。"你多睡会儿，不要起床。"每次，外公出门前总是叮嘱外婆。可外婆说，她的脑子里已经亮了。

我小的时候，经常在外婆家住。外公不在家时，她还会给我点亮一盏灯。她一个人在黑夜里四处晃动，一切障碍物都会为她让路，她记得屋内的摆设，嘴里自言自语地唠叨着，我啥也听不懂。

天上云一聚，满村都是唤狗唤鸡的声音。动物是听得见主人的声音的，外婆的声音一落地，鸡狗就飞扑而来，在脚下打斗着，发出咯咯的声响。

拖拉机的叫声是没有颜色的。它的身躯是铁的，它的皮是绿的，也有红皮的、黑皮的、黄皮的，跑起来似乎有生命，有时候比人还跑得快，停下来就是堆废铁。外婆辨别不清楚，她在心里比对着，始终不明白这是哪种颜色。外婆问我时，我也形容不出来。因为我不知道，在外婆的心里到底有没有颜色的概念。我多说两遍，她就会"哦，哦"，似乎明白了我所说的话。

很多时候，人的声音和动物的声音混杂在拖拉机的声音里时，外婆会说，这是草木的颜色，柳条该长出来了吧！外婆又愣了一下，隐约感觉到那个声音在村子里跌跌撞撞地回响，像是燕子在天空盘旋。那是一种什么样的颜色呢？外婆把耳朵紧贴着风再听，听觉被扰乱了。

外婆说，她以前没有见着过这种颜色。在外婆的耳朵里，颜色是有生命的。哪怕是村子里的一声虫鸣，她也能辨别出颜色来。我明白，那是外婆心里的颜色，那种颜色也许在现实中又会是另外的样子。可外婆活在她的颜色里，一样有亮光，一样会感觉到温暖。

记得那天一大早，我还在睡梦中，听见一个陌生的声音由远及近，慢慢地像一阵风灌进了我的耳朵。声音里的颜色渐渐地清晰起来，慢慢地在我的耳朵里像放大镜一样放大。那一刻，我看见外公，躺在竹椅上，却没有了声音。

"忠德，忠德。"这是我外公的名字。外婆连喊了两声，不见回应。她黑着脸问，是歇下了吗？

现在，听不见外公的声音，外婆的心乱了起来，连续喊了几声，她感觉眼前哗啦地闪亮了一下，又黑了下来。

外婆还不相信，外公真的走了，她以为，外公是睡着了，过一会儿还会醒来。

外公没有醒来。他被掩埋在外婆的黑色里。外婆一辈子都没有见过外公，在她的心里只有一个声音，那个声音时长越久，就变成了一种颜色。那是一种啥样子的颜色呢？外婆反复地惦记着那个声音，她害怕哪天就真的听不见了。

外公病重时，吃啥吐啥，就连米汤也喝不下时，母亲才知道的。母亲带他去镇上看医生，做完检查后，医生把母亲喊到边上，说这病没得救了。医生给外公开了方子，叫他住院治疗，外公还有点糊涂，说不浪费钱了，把方子还给了医生。外公从未想过，这病会要了他的命。他还想着，能拖就拖，再拖几天没准就没事了。

当他明白的时候，哭得像个孩子，说自己没了就没了吧，可他心里放不下外婆。

在余下的几个月里，外公憋着疼痛，不停地往下沉，沉到一个很深的地方。太阳不见了，风也没有了，外面的声音也远了，脑子里黑黑的，一望无际的黑。他仿佛看见了外婆的世界，他想跳起来，拿把铁锹，刨挖一个天洞，让黑暗处照几天太阳，把阴气照走。他死劲挖着的时候，发现没有了力气。他咽下了最后一口气，这就是他的命。

外婆烧了几张纸，磕了几个头，对着那个黑暗处喊了几声，她还想把外公喊回来。这个声音像个更深的颜色，朝着黑的深处跑去，再也听不见回音。

外公走后不久，村里躁动起来。很多村民都往外跑，只有在年节间才回来热闹几天。外婆的田土和村子里闲置的田土都由村里统一承包给了私营老板，每年给外婆付点租金。这之后，村子里经常会响起拖拉机"嚓嚓"的轰鸣声。发动机的声音粗一声细一声，细的时候好像没气了，好像已经熄灭，突然又一声怒吼起来。紧接着，一会儿向南，一会儿向北。

在外婆心里，外公还活在村子的某个地方。她真希望，外公能像没气的拖拉机，某天突然怒吼起来。她偏着头，耳朵朝地，她还想听见那个朝着她走近的声音，可什么都没有听见。

"妈，跟我去奉新吧！"舅舅央求着说。

舅舅是外婆唯一的儿子，外公去世前两年，舅舅举家搬迁去了奉新。他大女儿嫁在那边，说奉新城里兴办起了工厂，厂里干一个月的工钱，好过在村里种一年的田。外婆开始不同意，可外公说，外面的日子好，就得走。

外公走后，外婆一个人待在家里，哪也不去，说活在村子挺好。"我晚上能听见你爸在地下说话，天亮时就会喊我。"外婆说。

舅舅知道外婆是放不下外公，太想外公了，只好让她一个人留下来。

倒是母亲担心，外婆一个人在家寂寞，生活难以料理，怕她憋出问题来，就勉强把她接到城里来，可她很不舒服，说在这还不如村里，除很不习惯不说，还嫌弃母亲的菜炒得不好，说米的口感不正，有时候会一个人忽忽悠悠地在街上乱走，喇叭"叭叭"地响，她说那是驴的叫声。母亲一着急，又把她送回了村子。

刚到村头，嘴里就喃喃地说，回来啰，回来啰！哪也不去了，哪也不去了。外婆说，她喜欢活在村子里。沿着牛印，她就能找到家。她喜欢跟在牛的后面走，感觉牛屁股一扭一扭的，调皮时，会用尾巴扫她的脸。

"牛是什么颜色的？"我问过外婆。"黄色的。"外婆说的是老死的那头牛，外公去世的头年，黄牛先走了。外公不吃牛肉，更不剐牛皮。牛贩子出五百块钱买黄牛的皮，说这牛是老死的，一张牛皮可制几面鼓。外公不同意，说这牛是累死的，得把它埋在田埂上。

外婆说，外公也是累死的。外婆是个盲人，不能帮外公搭把手，里里外外的活都是外公一个人干。外婆生了四个孩子，外公还领养了一个孤儿，一家总共七口人，几十年来串到一块，孩子们的喊叫声在屋子底下弯绕一圈，哗啦地闪亮一下，又黑了。

天有不测风云。一天夜晚，外婆家的房屋突然着火。火光照亮了村子，母亲以为外婆没有逃出来，哭喊声从天上直灌下来，外婆被风救了，她沿着风的方向，逃到了山背面外公生前挖的薯洞里，在薯洞里，外婆听见外面呜呜的声音，她看到了火光的颜色。

火光过后，外面是黑黑的。外婆这才意识到恐惧，她爬出洞时，怕火没有熄灭，又爬了回去。她在洞里待了三天，吃的都是洞里的生薯。

村里人都以为，有了这场劫难，这回外婆必定会离开村子。可外婆还是不愿意离开，还是哪也不愿意去，即便是短暂的几天，她也不愿意去，她害怕这一去就再也回不来了。"妈，现在咱们家的房子没了，你待在这里怎么活呢？"舅舅一直在劝外婆。外婆不愿意走，谁也劝不动，拿她没有办法。最后，还是村子里的好心人，借间房子给她作为临时的居所。我发现，被这么一折腾，外婆老了不少，头发掉得只剩下几根，眼睛也越陷越深了，看起来像两口枯井。外婆也意识到，自己和以前不一样了，眼前全是黑乎乎的，像生活在薯洞里，手臂一使劲便有刨土的冲动，两只手往外刨，两只脚往外蹬，仿佛自己变成了一只老鼠，变得十分微弱。不要说是刨土，就连薯也啃不动了。牙齿也掉得所剩无几，连说话的声音都变了调。

外婆一个人在村子里住了十五年，十五年后，她连一日三餐都料理不了了。很多时候会把白天和晚上倒了过来，白天睡觉，晚上爬起来在村子里走。这个时候她失去了方向，风是从哪里来的她也不知道。耳朵也没那么好使了，就连人的咳声都听不出来。

舅舅回来了，说这回一定得把外婆接走。外婆不愿意去，舅舅说，不去不行了，非要把她接走。

"往年这个时候，镰刀就闲不住了。割麦子，割苞谷。"外婆嘴里不停地说。外公在前面割，她跟在后头收。她摸着外公的腿，把麦子堆放在一块儿。舅舅坐在一旁不说话了，村子里的人几乎都走光了。可外婆还是不愿意离开，她习惯了这里，想着能在这里多待一天是一天，也许再待几天就可以和外公埋葬在一起。"等过段时间吧！等到明年春天。"外婆说。

外婆的耳朵里一直闲不下来，她还想着在屋头的菜地里种上一大片的棉花。这块地她最熟悉，这也是她唯一种过的地。那时，外公带着她到地头。开始是她坐在那里听，后来就学会了放种子。

外婆的耳朵里有四季，可这回，到了秋天，地里全是白色的，冬天不见了。

春天刚刚过去，舅舅又来了，"妈，搬到奉新去吧！那里生活条件很好，还有肉吃。"外婆皱着眉头，唠叨着，"不能把东西随便扔在地上。""什么东西？一个破旧的皮箱，里面装着几件缝补过的衣裳。您老人家，身体不好，一个人待在这，我不放心。"舅舅央求着。

那天早晨，外婆离开了村子。离开的时候，村子里的鸟雀都叫了起来。狗和狗咬在一起，缠着外婆的脚跟。"她好似觉出了什么！"刚走到村口，外婆就后悔了。她说，还想在村子里趴着睡一晚，得和这些熟悉的事物说说话，看看村子里的颜色。"要是黄牛叫，我定会最先听见。"外婆说。看见外公赶着黄牛从田里回来，还挑着满满的一担稻谷。"现在是什么季节？"我问外婆。"春天。秋天。"我知道，外婆真的老了，不认得了颜色。

过了一会儿，她又说，现在的村庄是蓝色的。她把这句话丢在村口，春风从上头吹过，我听见有人把牛的声音都学了出来。

外婆真的能分辨出颜色吗？我问过小姨，小姨说："傻孩子，外婆怎么会看见颜色呢？""可是她怎么会煮饭呢？""没有办法呀，外公一个人要养活那么多人，外婆只好慢慢摸着做。"

在奉新，外婆幻想着村子，幻想着村子里的颜色，她说她的耳朵还好使，那些颜色还装在她的耳朵里。她想把那些看不见的颜色一件件地掏出来，但是除了村子里的人，谁也不明白那些颜色的样子。

外婆说，她看见村子里的人一直在等着她回来。她像是看见了那头黄牛，那条她熟悉的路。可是她已经回不来了。外婆说着时，天渐渐地暗了下来，纹丝不动，什么颜色都不见了。

一个人的乡愁

　　爷爷去世后，我就有个想法，我要回到祖先的故乡去，所以，那个时候在我的文学里，故乡就成了我的领域，我在这块土地的表面盘旋，聆听地底下久远的回声。

　　在我的童年印记里，故乡就是个遥远的梦想，不太清晰，有着许多样貌。对文学而言，至少对一个作家来说，故乡就是从我的童年出发的，我一直以为童年就是故乡，童年离我远去的时候，在时间的意义上，它始终停滞在那里。当我真正回到祖先的故乡——湖北通山南林桥，站在祖先脚下生活的土地时，我发现故乡其实是一片令你内心沉寂的土地。

　　"我们是从湖北通山南林桥来的。"爷爷奄奄一息时，还不忘和我说起他的故乡。这是一个令他魂牵梦绕的地方，在他的记忆中有太多熟悉的事物，这些事物构成了他故乡最原始的样貌。那里的一草一木、一山一水，都是故乡亮丽的风景。这种风景，经过时代的变迁，在爷爷构建故乡的记忆里，飘到天空的尘土慢慢回落。最后，故乡的天空就会变得干干净净的。

　　我时常想着回到祖先的故乡去，我知道，祖先的那段生活是我永远都不得明白的，那是我永远不能得到的生活。一个人，无论你走得多么遥远，童年的兴趣是不会忘记的，而对童年的好奇，恰恰成了我回到祖先故乡的理由。

小的时候，我经常一个人陷在麦田里。我看见镰刀在天空挥舞着，麦子一粒一粒地落在粮仓里。天黑下来的时候，一片黄熟的麦子割完了，大人们收工，挑着沉甸甸的担子回家去了。我一个人被晾在田边上，没有人理会我。风倒是不小，像是要把田径上的叶子都吹干净。我翻个身醒来的时候，感觉天空低低的，连星星也能触碰到眼睛。我喊着喊着，喊到最后一句时，整个身子像一座桥一样坍塌了下去，然后又睡着了。

醒来的时候，我躺在麦秆上。我听见鸡鸣狗叫声从村子里翻过来，太阳一下子就跃到了树梢上。在我睡着的旁边还有一堆牛粪，像个磨盘死死地贴在地上，我的脸也死死地贴在地上，大地就像是一床棉被，紧紧地裹着我，一点也不觉得冷。我好像心里清楚，这块麦田就是我的故乡，我还想着多睡一会儿呢。一条狗蹲在我的旁边，也和我睡着同样的姿势。

我喜欢这样的童年生活，也喜欢活在童年里。这样的童年我是无忧无虑的，我想怎么活就怎么活，有些时候，为了做一个完整的梦，我会睡上好几天，醒了又接着睡，做的还是那个梦，在梦里我能弄清楚村子里的许多事情。在梦中，我过着另外一种生活。

我发现村子里的生活是在别的地方没法过上的。比如，村子里的人和马车不会朝西边走，无论走多远，阳光都不会出来。我离开村子时坐在马车的后头，那时树木和房屋都还在一片阴影中。我不知道马车会走向何处，就这样它把我拉到了另外一个故乡。我离开村子后，在城里安家，生儿育女，每天晚上在浮桥上走来走去。我习惯性地过上了另外一种生活，这种生活里再也听不见牛羊的叫声。

有好些年，我都在围着村子里的树打转，绕着一圈一圈地转。我看见男人和女人成天坐在树下。他们偷偷地聊着夜晚的事情，聊着男女间的秘密。那时，我的年龄还小，我听不明白。

我就像是一粒尘土，落在他们屁股后面，他们好像看不见我，谁一跺脚或一拍巴掌，我就会飘起来。村子里的生活始终在我的梦里。我也不记得做过多少这样的梦，我居然连自己都不记得了。

我家安在村子里的一个早晨，一个太阳不向中午偏移的早晨，安在一棵孤孤单单的树下，母亲生了一群孩子，想让我们长大后相互照应。母亲不知道，她生的孩子，一个个长大后都分别去了不同的地方。没出生时，这些孩子都在母亲的体内，出生后，一个个离得那么遥远，每隔一两年才能见一次面，那也是过年的时间。一个去了广州，一个去了湖北，还有一个去了墨西哥。某天，母亲说，你弟弟就要回来了，你到路口去接他。这个时候，我们都已经离开村子好些年了。

我长大后，朝着南北东西不停地奔走，我渐渐地发现，我不断地行走，其实就是朝着大地的故乡行走。我在走先人的路，在走世界故乡的路。我开始想象着先人离开故乡的理由，他们也会像我一样，探寻着四面八方的街角，想象着好的生活会在某一个地方等着，担心好的日子都会被别人过掉，于是去到了一个带着无限希望的地方，让那里成为孩子们的故乡。

我的祖先离开故乡的时候，什么值钱的东西都扔掉了，唯独没有丢掉的就是他们的孩子，我原本以为故乡就是一群孩子，就是孩子们你追我赶地奔跑。故乡是一朵白云，停靠在村子的上空。故乡是一道东风，风也会让人懂得好多道理。仿佛一个人只要认识了故乡就认识了天下。这个地方的房屋、篱笆、草垛，低矮的星空，还有人的叫喊和梦，都是故乡里的风景。

在一个陌生的地方，生活无望的时候，就让女人怀孕，孩子出生的时候也没能遇上好年景。我也是和好多孩子一样，在祖先的脚步中流落到路旁的，后来这些孩子一个个走进了村子，找到了家和亲生父母，找到了锅和碗。夜里常常会听见树叶的敲门声，声音很细。

那时候，我在母亲的肚子里还没有长出脚和耳朵。我听见一个模糊的名字，我不知道该不该应答。就连我的母亲也不敢确定是不是生下了我。我就像是一片树叶，在天空中飘着。

当我稍微有点意识的时候，悄悄地寻着先人的路，保守地回到故乡，我回故乡是在重新认识故乡，也是在寻找自己的来处。只有故乡才能让一个人心安，然而，此处心安吾故乡，这也是先人再没有回到故乡的理由。我忽然明白，原来大地无处不是故乡。

一个人朝前走的时候，其实他就是在回故乡。每一个脚步都朝着祖先的方向，那是生命里有着无限追求的脚步。白天在不同的路上走，追逐树叶和风，晚上寻一个踏实的安眠之地，呼呼噜噜地睡上一觉，那些脚步从不交叉，又似乎总在重叠。

当我重新认识和理解祖先的故乡时，我想用毕生的时间去丈量它的长度和宽度。离开是为了一种生活，回归又是为了另一种生活。我回到祖先的故乡，我回来后又走了，现在我又回来了。慢慢地，我在故乡间来来回回。

故乡特别的安静，一个村子的狗叫时，怎么也喊不醒。

一场一场的睡眠，没明没暗的，老人做着屋顶下的梦，年轻人在星光月夜下畅想。喊声被风吹着悬挂在云上，影响着今后的生活和梦想。

大约是我写作的青年时期，我创办了修水县溪流文学社，在我的心里，溪流文学社也是一条河流，当一片树叶掉在河流里，我会时常想着树叶在河流里的形态，它最终又会走向何方。我的思路一直跟着树叶走，我以为它最终会走向大海，但那也仅是我天真的想象。我对远方的想象，一次次在脑海中行走，我以为一切都会如落叶的远行，畅通无阻。我似乎觉得，河流的故乡就在我开始的溪流里。而溪流也恰恰是一个作家梦开始的地方，梦想如游丝般穿行在石缝间，它会带着我翻越崇山峻岭走向远方。

每次回到故乡，我就像个半年没有睡觉的人，一进门，一头栽在木床上，咕噜大睡。小时候的习惯，一直没得改变。那个院子，那个房门，那张床，就像是一个悬在屋顶上的梦。在梦里，反复演绎着一些童年的事情，模模糊糊地回答着祖先的问话。

我发现，我的爷爷给自己开了块地，种上了粮食。大概在我说着梦话的时候，他已经把农具磨得锋利。也就是从这个时候开始，我知道故乡的夜里还生长着另一些粮食。它们单独地生长着，养活着我的祖先。

当我创作故乡题材《南墙北墙》的时候，我脑海中有条朝着群山深处走的路。在我的记忆里，爷爷就是从那条路上消失的，他去的方向是祖先的故乡。那条路到底有多长，我的内心没法测量出来。

"嗨。"只一声，我一回头，看见三喜站在北墙的墙根下望着我。我看见那一半墙，坍塌得所剩无几了。旁边的树正开着花，三喜对着我笑着。我猛然间泪流满面，故乡真实的生活被我看见了。

我离开村子的好些年，就是这样被三喜的"嗨"声喊住的。我的影子留到了脚底，哪也没去。一个人在村子里远远近近地走，没事的时候数星星，和着风一起追赶着树叶。从南墙追到北墙，三喜不知道什么时候，从墙缝里溜出来，跟在我的后头。我就这样过着自己不知道的日子。

我以为生活会这样不变地过下去。三喜"嗨"着，父亲赶着黄牛下地干活。

直到有一天早晨，我听见爷爷的咳嗽声。爬起床时，是一个冬天的早晨。那时爷爷早已不在了。他回来的时候总是夜晚，在我遥远的梦中，我听见他说话，甚至看见他拿着放大镜看书，醒来时依旧看不见他的人影，也不知道他的去向。

村子里的大部分是按照我的童年安排的。村子里的每一个人，每一棵树，都遍布在村子的角角落落。

我明白，故乡是我内心寻找的世界。我回到南林桥的那天，看见挤成一团的大树相互粘连在一起，树下三三两两的人，看上去每个人我都认识，又觉得那么陌生。树的根在地下埋了几十年，人搞不清楚的事情，树都明白。从那一刻开始，我真正感觉到我回到了祖先的故乡。那也是我爷爷时刻惦记着的故乡。我在辨认着祖先的同时，也在辨认着自己，黑黑静静的夜晚，一屋子的梦话，我的耳朵里出现了两种声音，在它们中间，我辨认出了自己。

当我听遍祖先故乡的声音的时候，我看见我家的大门敞着，月光一阵阵地往院子里涌。橘子树睡着了，它的影子如梦游般在地上来回晃动。我不敢走近它的影子，我侧着身，沿着树影的边缘，走到院外。我静静地听着那些梦话，想听清楚他们在说什么，有没有说到我。

夜更深了。树像翻了个身，喃喃地说着：我们都在等你回来，就差你一个人了。我在院子里走着，麦粒落在地上的声音碎碎地拌在风里。

祖母的老

祖母躺在床上，谁都看不清她。

一天早晨，她突然说起村子里的树，讲起来来往往的人，说村子里只剩下一棵老树了，那棵树的寿命长，叶子黄了又绿，绿了又黄。

父亲站在床边："娘，你在说什么呢？""你走，我还死不了，赶紧去学校，别耽搁了孩子的课。"父亲一走，祖母又唠叨起来。滔滔不绝的，像是要把村子里的事一下讲完。

祖母说到大伯、二伯的时候，突然停住了。阳光从正门移到了侧门，屋子里慢慢地暗下来。墙边的矮凳上放着一个洋瓷碗，碗里装着半碗热气腾腾的鸡汤。她一口也没喝，以前是舍不得喝，把鸡汤都留给了老人和孩子，有得喝的时候，她一口都喝不下了。不过，她已经不在乎吃什么了，一双眼睛直愣愣地看着门口，像是要把刚才的话又说回来。

她在心里反反复复地说着村子里的事情，点滴她都记得。我们村里人的生活，就这样如同一场梦，依旧实实在在地留在村子里。

门半掩着，一时半会儿不会有人来。门像是动了一下，一只老鼠从门底下的缝隙里溜了进来，气势十足地看着祖母，祖母想用脖子和头驱赶，脖子僵硬着，她就使劲，一直使劲，可无论她怎么努力，还是僵在原来的地方。

此刻她除了脑子清醒外，其他部位都等同于植物人。她还想继续说点什么，感觉一张口，声音就被风刮走了。除了她自己，谁都听不见。

以前在农村，是见不着这么大胆的老鼠的。祖母养了一只肥猫，猫守在房屋的某个角落，老鼠只要一露面，来不及发出一声惨叫，就会死在猫那锋锐的尖牙下。没有猫的地方，老鼠会肆无忌惮地在屋子里跑。

自从祖母病倒后，照顾祖母的责任全都落在了母亲身上。父亲照顾不了祖母，祖母也没指望他，能说话的时候，就隔三岔五地给他打电话，说的也都是些鸡毛蒜皮的话，这些话平常不知道重复过多少遍。

叔叔是不管祖母的，他和祖母闹了几十年。祖母说的话，他从来不听。和祖母吵闹的时候，他说他不是祖母的儿子，祖母也不是他的娘。祖母病倒后，他不仅不来照看，还背地里指责祖母偏心。祖母从不计较，说叔叔还是个孩子。祖母说这话时，叔叔已经四十好几了。

实际上，我也没有照顾过祖母一天，除了隔三岔五地去看看她，帮她买点药外，好像她的走和停也只有风知道。

每天母亲会去给祖母喂饭，来回要走一个小时的路。

母亲还有一堆的事情，她已经是一个有着十年糖尿病病史的患者，糖尿病并发症的时候会肚子疼痛，眼睛充血，严重时走路会眩晕，会忽然倒地。

她个人的困难从来不提起，依然很有耐心地照顾祖母，一到饭点就往她那里跑。

说是喂饭，其实是喂米汤，几粒米沉在碗底，只有浑浊的米汤。开始时祖母还责怪母亲汤里米太少，说能吃的时候，就得让她吃饱。擦身子的时候，也是这里不如意，那里不如意，总说母亲擦重了，痛得咬牙切齿。祖母卧床快一年了，屎尿都拉在床上，屁股上到处长着褥疮。

母亲知道，像祖母这种病，不论如何服侍，祖母都不会如意，自己得耐烦。白天除了一日三餐，晚上还得给祖母送点鸡汤。哪怕只喝一口，母亲也还得再跑一回。就这样，无论是雨天，还是雪天，母亲都是准时到。

那天中午，祖母笑着对母亲说，"你以后就不要再往我这里跑了，家里的事情不少，你身体也不好，跑了大半年也够了。"母亲听了，眼睛就湿了："娘，你这是哪里的话，是不是我服侍得不好？"祖母无力地摇着手。

这也是祖母最后的话，说完这些话，祖母就不能进食了。有时候会费好大的劲，勉强把嘴张开，有时候又不愿意张开，紧紧地闭着，连气也不让出来。一年后，祖母的情况越来越严重，母亲去的次数更多了。

母亲离开后，屋子里也就祖母一个人，她的眼睛直直地看着楼板，不让任何人来陪，也不想让任何人看到她现在的样子。

她在心里和母亲对话，意思是"不用再喂了，让我早点走吧"。母亲不忍，用毛巾帮她把嘴角的米汤擦干，然后又用温水帮她擦洗身子，擦干净没几分钟，满屋子里又是臭味。祖母彻底成了废人，一个轰动一时的民国美女，如今变得像只牲口，这是她自己最不想看到的。她想死，可动不了。她能说话的时候，对母亲说过，她想死个痛快，不想半死不活的。没想到，偏偏是这个结果。母亲见她痛苦，不停地安慰她。母亲开口说话，她就流泪，后来母亲干脆不说了。医生说，像祖母这种情况，没那么快死的，少说也能活好几年。母亲不相信，说人不是铁打的，熬不了些许日子。

祖母想住套好点的房子，哪怕干净舒适点也好。可她再怎么想，也只能是想想，就像一个空荡得见不着头的理想，那个理想如梦幻一般。

在祖母这间房中，窗户的玻璃已经很久没擦了，玻璃上有厚厚的油渍，黑黑的，挡住了窗外的光。母亲把窗门打开，让风吹进来。等里面的气味稍微淡点的时候，又把窗户关得严严实实的。前些日子，母亲老远就听见祖母喊痛。祖母听见母亲的脚步声近了，嘴巴立马停了下来。母亲推开门时，她仰着脖子，用微笑的表情看着母亲，好像什么事情都没有发生一样。"饿了吧？"祖母摇了摇头。"半天都没有喝一口水了。"母亲端起碗，用勺子在碗里舀了半勺汤，用嘴吹了吹，朝着干裂的嘴巴伸去。

　　刚刚碰到嘴唇，祖母就把眼神收了起来。她实在不愿意张开嘴，母亲用勺子朝嘴唇上压，祖母这才不情愿地张开嘴。还没喂两口，祖母就用舌头顶着勺子。"吃点吧！再来一口。"母亲像哄小孩一样哄着祖母。那时，祖母除了头部还有意识外，身体的其他部分都没知觉了。实际上连头部也不能动了，但嘴还能哆嗦，舌头还在朝外顶。大概的意思，母亲也明白。"再不要朝我这儿跑了"。母亲放下碗，又帮她擦了擦嘴巴。纸巾在嘴角上擦来擦去，怎么也擦不干净。祖母可是个爱干净的人，她的性格有点倔，她在城里过的日子总是挑三拣四的，租个房子总得找很多个地方，黑的不要，楼层高的不要，价钱贵的不要，离菜市场远的不要，房东不好说话的不要，找来找去总是找不着。母亲帮她找过几个地方，不要说光线好的，就连黑的也不愿意租给她，说她腿脚不便，撑着棍子走路时像划船一样，要是不小心摔倒了，死在谁家的屋子里，连房子都租不出去了。祖母说，"我是吃斋的。"祖母说的吃斋是每逢初一、十五吃没有动物油的饭菜，实际上不算是完全吃斋。租房子的人可不会理会这些，他们只想着把房子租个好价钱。

　　现在母亲真的后悔了，后悔没有帮她租个好点的房子。祖母刚到县城时，腿脚还算利索，还能到处走路。最早租住的地方在城南县三中后面，那是一栋茶科所的公家用房，离学校就一步之遥。那时，城南还没有开发。那块地上只有茶科所那栋宿舍，附近还有一所老牌中学——修水县第三中学。她租住的那栋楼很破旧，比村里的房子稍微好点，村里的房子挂在悬崖峭壁上，泥巴筑的，杉皮盖的，下雨的时候满屋子漏水。这个房子是瓦盖的，虽然也有漏雨的地方，可比起村子里的房子要好得多。关键这是砖瓦的房子，建的地块平整，不像村子里的房子那样是建在山脚下，下大雨的时候还得爬起来观察。山体滑下来埋掉屋子是常有的事情。村子里有一户人家，半夜后山崩塌，他听见声响后爬起来，刚走到地场，山体倾泻下来，将房子推倒，老母亲、妻子和两个半大的孩子全部被活埋。因为这场灾难，村民在选地基的时候会尽量选一个宽敞的地方，可还是难以避免灾难。一场大雨过后，到处是山体崩塌。祖母觉得那屋子好，住得安心，关键的问题不是别的，还是离三中近，那是祖母在县城住得最称心如意的房子。我叔叔的女儿在三中上高中，叔叔很不争气，成天游手好闲，还经常和婶婶打架。婶婶决定离开叔叔时，对三个孩子十分不舍，便来找母亲，意思是叔叔如愿意与她和好，她就算吃再多的苦都不走了。那时，叔叔不知道是中了什么邪，有脾气就往婶婶身上撒，还时不时地拳打脚踢。一个女人，怎么经得起他这般折磨。

一天中午，祖母把叔叔叫到家里。饭吃到一半的时候，祖母劝他，他不仅不听劝，还像个孩子般把饭桌打翻了。一罐鸡汤洒得满地都是，祖母伤心了，那可是她杀了家里唯一的老母鸡炖的汤。

婶婶铁心走了。走后半年，邻村来了个男人，找到我父亲说，他想和婶婶在一起，想和叔叔谈谈。"谈什么呢？"父亲问。

父亲找过叔叔，让他去把婶婶找回来，可是他晃着脑袋说，这个女人我不要了。他的性格谁都知道，决定了的事情，驴都拉不回来。其实，那时候叔叔还是个孩子，他是被祖母惯成这样的。婶婶不久便和那个男人走到了一起。

我听说当年叔叔不愿意和婶婶过还有一个原因，婶婶去广州打工，叔叔觉察到婶婶和一个老男人有往来。这种往来，激发了叔叔的愤怒，几乎成了条件反射，使他失去理智地在婶婶身上不停地施暴。

也就是这个原因，叔叔的女儿，也就是我的堂妹，后来与祖母一起生活。

几年后，我堂妹考到县三中，祖母决定到城里生活。我父亲开始是反对的，她在农村生活了几十年，一辈子没去过县城，县城的生活可不是一个乡下人适应得了的。她要来谁拦得住？当时母亲有点受气。你这把岁数了还往城里跑，县城的车到处乱窜，出了事谁来过问？祖母可能真没想那么多，她只想着眼前这几年，说主要是让孩子有个照应，说到底就是烧菜、煮饭、洗衣服。她最早的计划也就是那三年，等堂妹高中毕业后，她就搬回村里。可是后来，时局完全变了。我毕业后分到了县城的单位，我母亲也三天两头地往县城跑，送些柴米油盐之类的东西来。那时我的工资低，连房租和正常的生活都难以支撑。每次来，她总会去祖母那看看。母亲说，她活在城里气色比村里还好。祖母喜欢过城里的生活，她喜欢去公园散步，喜欢去老年运动场看打门球，有时候遇上一场老年健身操，她也能站半个小时。那时她的类风湿关节炎已经相当严重，几根脚趾都交叉在了一起。

祖母偶尔回趟村里，老远就在山背喊葵叔公、春英叔婆、青奇伯。其实这几个人的年龄都和祖母不相上下，有大两岁的，也有小两岁的。祖母还是毕恭毕敬地按照辈分来，从不直呼其名。大伙见她回来了，表现得格外的热情，像是好多年没见一样，其实最多也就隔了三四个月。大家搬来凳子，自觉地围坐着，她便开始滔滔不绝地和大家说城里的所见所闻。

其实一些东西她自己也不知道是什么？只是见着就描述，用途还不见得是她描述的那样。村里的人去过城里的少，她说什么大家都爱听，听着也开心，她就讲得津津有味的。她总觉得活在城里是件脸上有光的事情。祖母除了讲那些所见所闻外，还会讲在城里怎么活的问题，不去城里生活是想不通的，城里人有十块钱当二十块钱的活法，当然也有二十块钱当十块钱的活法。她讲她的房子，租金是六十块钱，面积是三十平方米，公共卫生间，厨房就摆在门口，晚上把一些坛坛罐罐搬进来，早晨起床又搬出去。这点和村里不同，在村里，东西摆在地场上都没人要；在城里，放在外面的东西眨下眼睛就不见了。"城里的治安就那么差吗？"有村民瞪大眼睛问。"这不是治安的问题，一些人进城找不着工作，锅桶什么的都用得着，能省点钱。""把别人的东西占为己有，这可是不道德的啊。""这点就不如咱们村里的人，他们也是被生活所迫的，当然干这事的人是少数。""在城里活不下去就回村里啊，总不能靠偷鸡摸狗为生吧！"

　　村里人最熟悉祖母的性子，当年日本人打进中国的时候，她的两个儿子，也就是我的两个伯伯都参加了革命。我祖父是上门女婿，祖辈七代无子，要么是招郎上门，要么是带子传宗接代。到我祖母这一代，连生了两个男孩，而且长得眉清目秀。村里人都说，这下麦克有后了。麦克是我的祖先，他是从湖北南林桥迁到江西来的。可是，让村民万万没有想到的是，祖父把两个孩子都送上了战场。一个在秋收起义时，被活捉砍了头颅；一个死在抗美援朝的战场上。我大伯死后，二伯才去当兵的。这让村里人很是费解，死了一个，剩下的这个可是独苗了。大伯去当兵的时候，祖母算得上是深明大义，村里人敲锣打鼓地一直送到镇上。二伯去的时候，村里人都拦在路口。可祖母铁了心肠，说孩子想通了，他要去就让他去吧！好男儿就该血洒疆场。这次是二伯的主意，祖母拦不住。二伯死在战场上好多年，祖母都不得音讯。太想念儿子的时候，就从夏家过继了我父亲到门下。她以为自己不会再生了，父亲十来岁的时候，叔叔便来到了人间。也许是祖母觉得亏欠大伯、二伯太多，对叔叔格外溺爱。这种爱，让叔叔变成了另外一个人。

　　祖母在城里搬了几个地方。每次都神不知鬼不觉的。她搬家的时候，我们一点信息都得不到。搬了好些日子，她才会告诉我们换了个地方。搬房子实际上是很麻烦的事，她从不表露出半点的烦躁。

祖母在北门新桥旅社住了八年。堂妹高中毕业后就搬到新桥旅社来住，这是我们村隔壁一个被开除的校长盘下来的。祖父在村里教书的时候，校长和我家有过来往。祖母说，校长是个好人。我也相信校长是个好人，他是多生了一个小孩被副校长告下来的，不仅校长职位没了，连工作也没了。校长也知道不能超生，最主要的问题是没有避孕措施。那时农村违反计划生育是常有的事，怀上了就不想去打胎，毕竟是条生命。校长的孩子生下来后就送人了，他老婆躲在娘家待了大半年，按理说是神不知鬼不觉的事，可还是被传了出来。

校长找不着事干，就来县城将新桥旅社盘了下来，租了几间给在城里生活的同乡人。祖母在那里租住了八年，住在二楼，一个三十平方米的屋子，日子过得还算平稳，房租也一直没有涨。

校长后来患了脑出血，把旅社给退了。祖母的腿脚越来越不好使，再也爬不上二楼了，就重新租到靠近我住所的胡同楼下。房子里的灰尘很多，她又特别爱干净，买了些花油布垫着。她说靠着我住安心。可住在楼上的小孩每天晚上吵到半夜，她实在熬不住，住了半年又重新换了地方。这次搬得比较远，从城南搬到了城北。她很不高兴，说这个地方太破了，老鼠跑进跑出的。在村子里，见着老鼠在地上跑是常有的事。可那阵子她像是变了个人，一会儿说见着了老鼠，一会儿说窗台的风太大，一会儿又说屋子里有臭味。总之，事情特别多，经常给我打电话说这说那的，忽然又温柔地说，好久没有见着我了，让我有空去她那里坐坐。我至今还记得那个声音，声音不停地在我的耳朵里跑来跑去。

那天傍晚，母亲给我打来电话，说祖母中风了，手不听使唤了。我去的时候，她坐在床沿上，一只手像是在荡秋千，不停地晃来晃去。我叫她把手停下来，她说手已经不听使唤了。我感觉她是在发泄情绪，手不停地晃着，是在向我们抗议，说她不想在这里住了。父亲的意思是就住在这里，进出方便，就是房子破了点，但无论如何都比村子里的好。她就像是个任性的孩子，无论如何都不愿意住。那时，我有点不太理解祖母。

其实，祖母是个顺风的人，一辈子不顺风的事不做。她刚嫁给祖父的时候，就住在屋头的牛棚里，也没有说过半句怨言。现在她整个人像是变了，变得让人不认识了。当然，我知道祖母嫌弃的不是房子，而是缺乏爱，住得远就和我们隔着距离。我也曾对她说过，让她搬到我那里，住在一起，她说："你的房子太高了，得背上楼去，还得背下来，整天见不着阳光，实在受不了。"她还想着每天到户外晒晒太阳，呼吸呼吸新鲜的空气。

现在身体出现了问题，她更想和我们住得近点，她害怕她哪天走了，我们都不知道。我想这才是祖母不愿意住在这里的原因，可偌大的一个县城，的确找不着一个可以让祖母安心的地方。

父亲站在祖母的床前，还在做她的思想工作，可她把头扭向一边，说这屋子里半夜有怪异的声音，墙上还写着字，这屋子里不能住人的。"写在哪儿呢？"父亲问。祖母指着墙壁说："在那儿，你没有看见吗？"我觉得祖母可能精神出了问题，送她去医院做了检查，医生说情况还好，像是有中风的迹象。医生说，她那手不是不听使唤，如果她自己不愿意停下来，是停不下来的。

祖母似乎不想停下来了，只要见着我们，手就一直疯狂地晃着，不见筋疲力尽的时候。她的脸上是那种虚弱的疲惫。

祖母终究还是中风了，这回倒下后就没能站起来，躺在床上，连翻身都不可能。她还想着给我打电话，想让我帮她找个好点的房子。她连拿电话的力气都没有了，渐渐地，她瘦得只剩下一个骨架。我去看她的时候，她的嘴巴歪着，嘴已经合不拢了，喝什么都会流出来。可她的舌头没有停，还在和我说着什么。我努力地听着，始终不明白她要表达的意思。她的手不停地抓着我，我感觉她真的有话要对我说，这回绝对不是说租房的事情。祖母嘴里不停地哆嗦着，哆嗦着。

我怎么也不敢相信，祖母会变成现在的样子。我记得小的时候，祖母是特别爱打扮的，在我祖父面前她就是个淑女，几十岁的人了，可还是有模有样的。祖母比祖父小了十五岁，她总是以她优越的年龄差在祖父面前表现着她的体面。祖父是村子里唯一的书生。在祖母心中，祖父不仅是书生，还是她英俊、挺拔的男人。她在夸祖父的时候，声音特别大，生怕村里的人听不见。可她对祖父也是苛刻的，说到了晚年祖父不能比她先走，要是先走了，她就会变成丑八怪去找他。我发现她特别依恋祖父，超出恋人本身的情感。一开始她还能喊出祖父的名字，每喊一声都像是割着我们的心。我想让她静下来，可是不可能。

祖母的声音是慢慢消失的。一点一点，像迷失在县城里。

说起来，我是有愧于祖母的。小的时候，有段时间祖父去山外教书，祖母一个人留在家里，每天晚上，她喊我去做伴。其实，我不是最听话的。我是图她晚上做的面条宵夜，还有面条里的两块肥肉。另外，我晚上怕黑，祖母整夜点着灯，生怕我醒来看不见光，半夜总是为我爬起来挑拨灯芯。

我上初二的时候，成绩在班上倒数几名。加之家庭特别的困难，父亲在几个孩子中做了考量，认为我是最没有希望的，决定让我回家放牛。我知道这个消息后，哭着鼻子找到祖母，把父亲的决定告诉了她。祖母从容地和我说着话，然后从箱底的油布包里掏出八十块钱来，说这是她一生的全部积蓄，先借给我上学，等我毕业后再还给她。实际上，也就是祖母的这八十块钱，彻底地改变了我的一生。那时我觉得祖母是一个无比高大的人。

后来我才知道，祖母上过私塾，读过《增广贤文》《幼学琼林》。她懂得读书的意义。祖母是村子里唯一读过书的女人。父亲说，有一年县委书记去村里调研，祖母居然和他讲起了古人的道理。县委书记竖起大拇指，夸赞祖母非常了不起。

我听了也非常惊诧，不知道祖母是怎样上学的。追究缘由，还是曾祖父没有生男孩，把祖母带在家里，加之祖母好强，所以才得以上学。祖母嫁给祖父虽不说是门当户对，至少可以说是郎才女貌。祖父是国立师范学校毕业的，在村子里也只有祖母配得上。

我祖父退休的时候，根据政策可以安排一个人顶替。父亲那时已经是一名木匠，会打木桶，一担木桶可以换回好几斤盐。叔叔刚刚初中毕业，祖父的意思是让叔叔顶替。祖母思来想去，决定把父亲喊回来商量。父亲坚决不同意，他说，祖父祖母为了他已经吃了不少苦了，他本来就是个过继的孩子，应该把这个机会让给叔叔。就在祖父打算让叔叔去顶替时，祖母反悔了，她说，无论如何也要让"牛牙"去。"牛牙"是我父亲的小名。祖母怎么也不会知道，叔叔就躲在门后，此刻已经是一个泪人。亲生的还不如带来的，叔叔的心里有了一道不可愈合的伤疤。

说实话，我觉得自己是最对不起祖母的人。那天下午四点，我在办公室写稿，突然接到母亲的电话，说祖母走了。我眼前一黑，仿佛整个世界都塌了下来。我以为祖母没有这么快走的，她却偏偏走得这么匆忙，临行前没有向任何人告别。在她的床头桌子上，陪伴她的是母亲送的半碗鸡汤。母亲说，那天她有点事就离开了一会儿，说过会儿就会回来的。祖母看着她，眼里还流露出坚强的意志。母亲去之前，我还给她打过电话，让她对祖母说，我下班后就去看她。母亲说，她把我要去看她的消息也告诉了祖母。其实，只要再过一个小时我就下班了，就能和她见最后一面了。我见着她的时候，她已经安详地睡着了。她那顽固的性格、硬朗的脾气，就像是蒸发了一样。整个人变得面无表情。

我站在床前，还想听她唠咕，可是再也不可能了。任凭我怎么叫她，她都不再醒来。我跪在祖母的面前，知道今生今世再无祖母了。

"不能闹动静，要是房东知道祖母在屋子里去世，必定会找我们麻烦，也会让她走得不安。"母亲一边流着眼泪一边不停地交代我。我明白县城房东的规矩，租房前就已约法三章，如果住有老人，必须在老人咽气前搬出屋子，否则是要赔钱的，赔钱是小，关键是还会闹事。祖母去世的消息，除了我和母亲，并没有告知其他人。

母亲说，得等到黄昏才能送祖母回村里。祖母先前留有遗书，要求走后将她安葬在青龙嘴。那是埋葬着我先人和大伯、二伯的地方。祖母还留了一张存折，里面有六万块钱，是留给叔叔交房款的。密码是叔叔的生日。祖母在最困难的时候，省吃俭用地把这些钱留下来，用来弥补对叔叔的亏欠。

我点燃了一支蜡烛，放在祖母的床头柜上。我记得，她就是这样点着油灯照着我长大的。白色的光在她脸上晃来晃去，她就像个熟睡的孩子，一声不吭地睡在那里。我用手轻轻地抚摸着祖母的额头，额头冰冷得有些刺骨。

黄昏后，我抱起祖母，把她放在我的车后座，然后折了一个白色的灯笼罩住车里面的灯，把她送回了村子。一路上，我仿佛听见她絮絮叨叨地说着往事，比如不要过于劳累，中午睡觉时一定不能晾着肚子……她的话一遍遍地在我的耳畔重复着，我的眼泪流了下来。

祖母的坚强其实也是脆弱的，她每张一次嘴的时候，其实就在向生命发出挑战。她做好了最坏的打算，做好了接受命运伤害的准备。

祖母真的走了。我知道祖母时刻思念着儿子，从她身上掉下的肉，她能不心疼吗？遵照遗嘱，祖母埋葬在大伯、二伯的坟墓旁。

在我们面前祖母却始终没有提起过大伯、二伯。"娘，如果你想我的时候，你就抬头看看星星，星星离我最近。"这是二伯离开村子时对祖母说的话。

祖母走后，叔叔像是变了个人。一个不懂事的孩子，一夜间就长大了。他跪在祖母的坟前，不停地磕着头，说着一些远远近近的话。

祖母走后的许多年，我一直没有动笔写有关她的文字。我一直在辨识祖母，我想客观地观察她到底是一个怎样的人。祖母的死从表面上看与她的顽劣有关，实际上却不是。在她的骨子里，顽劣只是一种生活方式。我想，即便没有那个租房的过程，可能也会有别的原因，她还是会在那个时间段离开我们的。她似乎是在选择一种离开的方式，这种方式彻底毁灭了她在我们心中的形象，这种形象也会形成我们对她的偏见。我跟着祖母长大，怎能不知道她的良苦用心。

祖母老去后，我独自回过一趟湖北通山老家，在族谱上找到了我的名字，那不是我现在的名字。这个名字我自己也不知道，这是祖父和祖母为我取的——鼎春，备注我是子明之子，子明是我父亲的名字。族长笑着说："你是一人鼎两门的。"果不其然，后来我在夏氏族谱上，就是我祖父的族谱上也找到了鼎春。我在祖母的族谱上姓徐，在祖父的族谱上姓夏，名字都是鼎春。我查看了族谱记载的日期，是祖母去世前的两年，那时她还可以行走。族长说，这是祖父祖母在世时统一的意见。"那次回来，她住了三天，看着我们把庄稼收完才走的。"族长说。

我记得，祖母每次回湖北通山老家，总会被随便的一件小事挽留一天。能留人的事多着呢。她离开的时候，老是回头望，总是恋恋不舍的。老家在她的心里是一条长长的路，没有尽头。

这回，祖母真的走了。

青奇叔公

不记得这是第几次回村子。虽然已是春天，可村子里还很冷。空气里湿漉漉的，鸟儿叽叽喳喳地喊着。

这次回去，和以往显然有些不同。以前回去时老屋还在，那时我还能真切地感受到，村子里还有我的家。家在我的心里大概就是那栋被柴米油盐熏得漆黑的泥土老屋，虽然十分苍老、破旧不堪，可它在我心里还是完整的。所有在屋子里生活过的人，我总感觉某天他们还会回来。

奶奶在世时说，这栋老屋住了四代人。实际上，到我这是第五代。我是在老屋的厅房里出生的，这个厅房就挂在石头砌的石坑上。一个不大的窗子外长着两棵树，一棵是橘子树，另一棵是蜡树。蜡树的叶子从窗户上伸进来，叶子上还沾着鸟粪。

十三四岁后，我就成了老屋的客人，第一次离开老屋，是去一个叫石坳背的地方上中学，学校起初叫上庄乡中小学，后来由于撤乡并镇，改名为围丘中学，我先后在这所学校念过一年小学和两年初中。我家离学校大约有十多里的山路，那时是一个星期回一次家。后来，离开这个学校后，我就去了更远的地方读书，一般是半年回家一次，再到后来，参加工作后，偶尔回去一次，隔得久的一次，间断了两年没有回去。也就是从这个时候开始，渐渐地，我离老屋越来越远。移民后，老屋被彻底拆除后，儿时的老屋就成了我生命记忆的风景线。

青奇叔公的故事，也就是我一点一滴地在记忆中打捞出来的。他属于整个村庄记忆中的一部分，没事的时候我就会说他的故事。可是，我该说什么呢？其实，我对他不是很熟悉，甚至没有说过几句话，我只记得他老了的时候，就像个孩子，在村子里走的时候，也是特别的慢。

记得那夜极其寒冷，鸟声刚刚叫出就冻在树杈上。干枯的冬天，树杈是挂不住的，咔嚓一声落下来，随即冻在空中，起风的时候，又被大风吹着硬生生地撞在我家对面半山腰上青奇叔公家的矮墙上，撞出了噗噗的声音。

青奇叔公心疼那堵墙，不停地咒骂这该死的天气，仿佛墙上那些坑坑洼洼都是鸟造的孽，都是风设计的阴谋。不过，没几分钟他就消气了。回到屋里，拴上房门，他又担心起树上的鸟来。风太大，鸟窝会不会刮下来，会不会窝里还有小鸟，能不能熬过这个冬天？想着想着，他又开始叹气了。

外面的风越刮越大，像是要把整个村子翻个底朝天，像是要把几十年前的陈年旧事都翻出来。看来鸟也是受害者，只有风才是令人讨厌的。

"唉，真的老了。"他自言自语地说。他说的话，只有树上的鸟雀听得见。很多时候，他也就只能和树上的鸟雀说说话。看着鸟雀在树上飞，他倒是挺开心的。

火炉里的火光有些暗了，他拿起铁火钳，想把烧散的柴火堆积到一块儿，他发现手臂用不上力气。他想再使点劲，可发现火钳根本不听使唤。"真的是老了。"他又说了一遍，不停地用力夹着柴兜朝着中间拖。夜晚越来越冷，他还没有半点睡意。

村子里的老人大多我都见过，也都熟悉，他们都能喊出我的名字。

村子不算小，住着零零星星的几户人家，虽然都隔着山，但大多数都会有往来。青奇叔公家只隔着一条深沟，站在屋门口可以说话，走路大概二十多分钟，算是村子里离我家最近的人家。

在村子里，青奇叔公是我心里最敬重的老人，虽然我没有和他说上几句话，但他却一直留在我的心底。

第一次接触到青奇叔公，大约是我七八岁的时候。那段时间，我患有扁桃体炎，咽喉肿痛，连稀饭都吃不下。村子里的医生只能治感冒病，吃了十来天的药不仅没有消肿，反而越来越厉害，连话都说不出来。

那天，母亲决定带我去一个叫石坳背的地方，说这个地方能治好我的病。母亲开始打算等父亲回来带我去的。可是父亲一直没有回来，我的病却不见好转。

我得强调的是，我小的时候都是跟母亲过的。父亲在山外的学校教书，所以家里的大事小事都落在她的肩上。

"石坳背"这个地名我算是熟悉的，不止听大人说过，就连小朋友也常常挂在嘴边，说谁谁谁又去石坳背了，谁谁谁从石坳背回来了。听到这一去一来的消息，会让孩子们激动一阵子。

　　从石坳背回来的人，不仅会带回来食物、布匹，还会带回来故事，说是见着了耍猴戏的，还观看了《世上只有妈妈好》的电影。猴子我只在课本中见过，电影就不知道是什么东西了。村子里连电视都没有，谁还能够凭空想象出电影来？

　　大人讲什么，我们都听得好奇，说猴子会钻火球，还会走钢丝。所以，我总想着去石坳背看看，可是一直没有找着机会。石坳背到底是什么地方？其实就是个乡政府的所在地。

　　那天，天还未亮，母亲就起床准备早饭。天刚刚亮就出发了。

　　我开始跟母亲走路，走了半天，弯弯曲曲的路盘踞在山间，走了一段，还有一段，山越来越高，路越来越陡。我实在走不动了，就在路旁的石头上坐了下来。母亲说，才走了五分之一哩。我又站起来，勉强跟着母亲走了一小段，就再也走不动了。头上冒着豆大的汗珠。母亲又让我歇了一会儿，再走一段，我就不愿意再走了。石坳背的神奇，此刻变得麻木起来，内心瞬间讨厌起这个地方来。

　　母亲弓着腰，把我从地上背了起来。我发现，她背着我的时候，比自己一个人走时更快。没一会儿就爬到了山顶，母亲指着山那边的一个山坳说，你看，那个地方就是石坳背。我远远地看见，那里的房子是白色的，房顶是平的，好像还看到有人在上面走动。这是我第一次远望石坳背，第一次看到比村子更新鲜的事物，第一次见着不一样的房子，仿佛我所去的地方是另外一个世界。那种激动，至今都深刻地印在我的脑海中，就像是一块固定的画板，清晰地复印着每个高低的角落。

青奇叔公那时大约五十来岁，是乡政府的锅炉工。我和母亲走到乡政府的所在地时，已是下午两点，我趴在母亲的背上睡着了。母亲把我轻轻地放在医院门口的长凳上，但我很快就醒了过来。我听见母亲在和一个男人说话，"你这姑娘，来了这，嫌弃什么麻烦，赶紧把孩子抱到我床上来，别在外面着凉了。"

医院就在乡政府的一楼，只有两名医生，门口顶上挂着卫生院的牌子，还没有到上班的时间。

青奇叔公就住在政府的楼梯下，几块砖头上放着一块铺板，这就是他的床。青奇叔公在乡政府做锅炉工少说也有十多年，所以我出生以来一直没有见过他。在迷糊中，我看见一张瘦瘦的脸。

"我给你们做饭去。"

"不麻烦了，青奇叔，等木牙醒来，带他去店里吃面。"

"都几年没见了，还麻烦？我做饭去。"

其实，在这之前，我在村子里没有见过青奇叔公。也不知道，村子里还有这么个人。青奇叔公在乡政府做锅炉工期间，很少回村子去。他干的这个活，一般是走不开的。整个乡政府就他一个锅炉工，就算是放假的时候，乡政府还是有人值班，所以怎么都走不开。

我记得那天中午，青奇叔公是用炒菜的锅煮的饭。我这还是第一次见这么煮饭的，饭熟后，下面是一个很大的锅巴。不过这样煮熟的饭很好吃。

这大概就是青奇叔公留在我童年里的记忆。在这之后，我记住了他的样子，也记住了这么个人。

后来，我再次见到青奇叔公时，那是我到石坳背读书的时候。我会经常往他那里跑，特别是冬天的时候，我经常会去打开水。他总是笑嘻嘻的，一点都不觉得烦。

他回到村子里的时候，已是一名年过七旬的老人。他回到村子里好几年，我才知道他活得悄无声息，像是躲在某个地方，而不是有意去找他，很难在某个地方碰上。由于他独立的生活习性，很少有人说起他。我问母亲，青奇叔公活在哪儿？怎么很少看见？母亲说，他就活在家里，每天都在。

"那他依靠什么生活的？"我问。

我以为青奇叔公有退休金，所以长期蜗居在家里，不与村子里的人往来。

"他不是不与村里人往来的，在石坳背待了几十年，村子里没有做过人情，所以他也不好意思往来。"母亲说。

某天母亲指着对面半山腰上说，你看到那个影子没？我看见一个瘦小的老人，弓着腰，背上驮着一捆柴。"他每天都手不停的。"

我这才知道青奇叔公干的是"临时"锅炉工，退休后没有工资，连补贴都没有。本来像他这种帮政府干了几十年活的工人，多少也会有些补贴。退休前乡长找他谈过话，可他说都吃了政府几十年，不愿意再拿政府的钱了。回到村里，只能依靠自己的劳动而生活。

我倒是好奇，青奇叔公是怎么干上锅炉工的？那时乡政府是吃大锅饭的。用锅炉烧火煮饭的，说到底他就是个纯粹烧火的人。饭是在蒸笼里蒸熟的。他只负责烧火，就连柴火也都是乡政府后勤统一购买的。其他的事跟他没有半毛钱关系，所以他捞不到一丁点好处。

我觉得，他真的活得窝囊。在乡政府上班的一点微薄工资，他也基本上没有留着。

听母亲说，他不是村里人，是我们徐姓的一户人家带的孩子。我们村子里徐姓的祖先是一户人家，所以延续下来，大家都是当亲戚走动的。青奇叔公来村里的时候念过私塾，后来又去石坳背读了两年，算是村里最早的初中生，当时乡政府进人哪怕是个临时的锅炉工都是要通过考试的。当然，青奇叔公看中的不是这个事业，而是后面附加的条件，意思是干了两年之后，就可以参加事业单位的转正考试。乡政府招聘的一些其他人员，陆续都转了行。有些直接找上级签字，拿到了铁饭碗。青奇叔公没有去找人。就这么一拖再拖，拖到后头就变成了纸上谈兵。再后来，他的事就再也没有人提起了，上面也取消了这项土政策。青奇叔公没有怨言，他说命中有的自然有，命中无的莫强求。这个事情也就算是告一段落。

刚去石坳背的时候，乡政府的妇联主任找过青奇叔公，有天晚上还特意请他去她家吃饭，说她的外甥女在县城做生意，问他有没有对象？青奇叔公那时才十八岁，村里根本没有合适的姑娘。不，也许在青奇叔公的心里有那么一个，毕竟到了情窦初开的年龄，可他还是一直没有机会说出来。见着此场景，青奇叔公的心里有些胆怯，想想自己的家庭，村里可都是讲究门当户对的，恐怕连彩礼钱都付不起。那顿晚饭，他的喉咙里像是卡着鱼刺，怎么也说不上话来。

没几日妇联主任又来找他，说她外甥女回来了，叫她晚上去她家吃饭，顺便见个面，能不能谈成都要看缘分。平日里妇联主任对他格外的照顾，他想不去肯定是不行的。黄昏的时候，他看见妇联主任家点着蜡烛，桌子中间还摆着蛋糕，一个穿着牛仔服的女孩坐在左边。妇联主任见青奇叔公来了，高兴地迎了上来，她让青奇叔公坐在女孩的右边。然后一个劲地夸青奇叔公，夸得他满脸通红。

那餐饭他的脑子里糊糊的，看不清楚桌子上的菜，筷子在上面划来划去，最后还把自己的筷子和那姑娘的筷子搅在了一起。看到这种情形，妇联主任特别的高兴，说青奇叔公和那姑娘是郎才女貌，天上的一对，地上的一双，说得青奇叔公晕晕乎乎的。

出门的时候，妇联主任说，你们出去走走吧，年轻人要多接触才好。

外面的月光朦朦胧胧的。这种光亮倒是挺适合谈恋爱的，他和姑娘走了好一段路程。姑娘主动伸手来拉他的手，他感觉就要拉到的时候，把手缩了起来。

姑娘说："我妈说过，只要你和我结婚，她就会想法子帮你解决工作问题，以后会把你调到城里去，我是独生女，城里有房。"

女孩说的这些话他一句都没有听进去，但是"我妈说"这三个字他听得很清楚。

"妇联主任是你妈？"

"是啊，是我妈。"

他这才明白，原来妇联主任是在为自己的女儿找对象，或者说，她是想为自己谋个未来的女婿。

第二天，妇联主任再找他时，他就没有再见面了。不过，他干活的激情像是高了点儿。他也有意无意地在脑海中盘算着自己未来媳妇的样子。他想得最多的还是简单的生活，理想是找对一个自己喜欢的人，活成自己想要的样子，到底是什么样子呢？他还暂时说不上来。

青奇叔公结婚的时候年龄已经不小了，他错过了最佳的结婚时间。他一个人实在过得憋屈的时候，就是人们用奇怪的眼神看他时，说他的性格有问题，性别有问题。有什么问题呢？连他自己都不知道，如果真有问题，那又会是什么问题呢？这个时候他还能找对象结婚吗？不要说是未婚的大龄女，就连一些年龄小的女人也对他还有兴趣。可他没有半点想要结婚的想法。

有一回，我奶奶去石坳背，回来后她就眼圈红了。那时，我父亲都有了十来岁。可是谁也不会知道，青奇叔公一直暗恋着我奶奶。但是，奶奶早已嫁给了爷爷。而爷爷是村子里唯一的一名师范毕业生。

情感这东西，绝对是没有答案的，有着特定的因素，不会因为一些事情而改变的。青奇叔公后来结了婚，可是婚后没有生育孩子。不知道是女方的问题，还是他的问题。那个女人和他在一起生活了大约十来年，又改嫁去了别处，改嫁后生了三个孩子。他去看过那几个孩子，但是女人却生活得非常艰难，他又把全部的积蓄拿出来救济他们。

青奇叔公的主动的确让人不解。自己本来就是个孤家寡人，留点钱给自己养老有什么不好？为什么非要拿出去做人情呢？何况那个女人已和他没有了关系。这只是一些人的看法，也许在他的心里可不是这么想的，甚至他以为这就是他的义务。一日夫妻百日恩，他总觉得是自己没有尽到做丈夫的责任。那几个孩子倒是嘴甜，见着他就喊干爹。他的心里也是酸溜溜的。想想，自己要是有这么几个孩子该有多好，要真是这样就儿孙满堂了，也不会愧对养育他长大的养父养母。有时候，想着这些事情，他也会潜然泪下。

青奇叔公回到村里的时候，我奶奶已经不在村子里生活了，她已经随爷爷去城里陪我叔叔的女儿读书了。偶尔回村里，俩人会拉家常，聊一些村子里共同所见的往事，也会聊一些远远近近的生活。比如，如何治疗风湿病，讨论治疗的一些法则。其实，谁都没有学过医，谁都不懂。我奶奶患了几十年的类风湿关节炎，吃遍了全国各地的药。

"好在夏老师，要不然你这病……"

他下句没说，奶奶也知道他要说什么。

"是啊，要不是他我的坟头草都不知道有多高了。"

然后又举例谁谁谁，患的也是这个病，都死了好些年了。村子里患这病的人不少，但寿命长的也就六十来岁。我奶奶活了七十八岁，算是幸运的了。

奶奶去世很突然，我把她送回村子时，我们全家都已搬迁到了县城。实际上，在此之前村子里的所有人都已经移民到了山外。青奇叔公哪儿都不愿意去。他说，自己在石坳背待了大半辈子，到了晚年就想留在村子里。说到底，这把岁数的人了，活在哪儿不是活呢？还是村子里自由。可是，现在村子变成了空壳，连个说话的人都没有了，不闷吗？他倒是不在意。我的耳朵聋了，搬到山外别人说什么我都听不清楚，也不想听清楚了。一个人无牵无挂的，活在哪儿不是活呢！

我奶奶病重的时候，和我们提起过青奇叔公，她说，这老人倔得很，等我不在了，你们要抽空去看看他，他实在太可怜了。

奶奶去世时，我们回到村子已是深夜。奶奶还没有入殓，放在里间屋子的床上。在漆黑的夜空中，我老远就听见一个老人的哭声，朝着我们这边靠近。我定睛一看，是青奇叔公，此刻我感觉他的个头比以前更小了。

"中阿走了？"

"走了。"我说。

我不知道他是从哪得到的消息，村子里没有了人，奶奶去世的消息还没有散播出去。他跟在后头，喃喃地哭着，一边哭着，一边说着话。他说了些什么，我居然一句都没有听懂。

第三天，我看见他坐在我家老屋的门口。奶奶的棺木停放在堂前的右侧，他的目光注视着奶奶的照片，一刻都没有移开。爷爷从口袋里掏出五十块钱，让我给青奇叔公，并且送他回家。我把五十块钱放进他的口袋里，他又掏了出来，塞在了我的裤兜里，反复好几回，说他现在还能活得下去，说啥都不愿意收。这大概就是我和青奇叔公的最后一次交往，这之后我没有再和他见面。

青奇叔公去世的时候，依然是夜晚，那是一个寒冷的冬天。我听母亲说，青奇叔公走了。听到这个消息，我的咽喉像是被什么东西刺中了，像是扁桃体肺炎又复发了，咽喉肿痛，眼泪就滚落了下来。我感觉，像是失去了一位亲人。

听说，他是走后的几天，猎户无意闯进他的屋子，才被发现的。他是怎么走的，谁都不知道，可以肯定的是屋子的门是拴着的。他就没打算被人发现，准备就这么长眠下去。可还是有鸟从被风吹破的窗户里飞了进来，在屋子里扑来扑去。他就像是睡着了一样，面部表情镇定且安详。

有时候，我依然会想起和他生活过的那个女人，想知道她后来的消息，可是怎么打听好似都不存在，那几个孩子也不知去向。我想，无论如何他们都应该照顾下青奇叔公的晚年，不应该让他一个人孤独地离开。不知道是青奇叔公的原因，还是有别的缘由，始终没有见着他们出现。

后来，我有过猜测，不过没有真凭实据。估计青奇叔公帮助女人是瞒着孩子们的。

青奇叔公埋葬在村子的什么地方，我并不知道，母亲告诉过我大致的方向，每次回到村子，打算去看看他的坟墓时，总不能如愿前行。也许，冥冥中就是他的意思。

我在想，也许此刻他躲在某个地方，活得自在，那种生活只是我们不懂，要不然他怎么会选择这样一种人生？但无论如何？我还欠他一个人情，那天中午的饭，我始终忘不了那种味道。这种味道一直伴随着我到现在。

我得感谢那个与青奇叔公相遇的童年。村子里的生活就像是一场梦，我似乎看到了那些老屋，似乎听到了那场风声。

一个叫罗家窝的村子，我感觉离我越来越远了。我在这里悄无声息地度过了童年，这里的点点滴滴都压缩在我的脑海中。我想起青奇叔公的时候，内心便更加柔软，我会更加懂得珍惜今天的生活。

我把村子里的时光最终都归结于那场风，我知道，以往的东西都必将废失，唯独那场风却留在青奇叔公的一生中，踏踏实实地迈上了虚无之途。

南北十里

你不要不信，人的一生走不出南北十里。

我意识到，一个人的一生有些路是可以走完，有些路是走不完的时候，已经是个半大的孩子了。

对我来说，南北十里就是我一生要走的路。

我朝南走十里，又朝北走十里，我走的路始终在南北十里之间。我本来可以朝着一个方向走的，这样我就能走得更远。可是我又能走到哪儿去呢？我走累了的时候，停歇下来的时候，发现天就黑了，我又回到了原来的地方。第二天，我重新选择了另一个方向，可是醒来时还是回到了原点。我朝南走十里，又朝北走十里，我的轴就在南北之间，我的命就在轴上，我是走在轴的南北，也是走在一生的南北。轴能看得见我来去的方向，也能看得见我的未来。

我走得烦的时候，哪儿也不去。我就在村子中间的那棵大树下，站在那个豁口处，风猛烈地吹在我的身上，不停地撕扯着我的衣服，然后发狂地要把我推开，我死活抱着树干。

许多年前的一个深夜，我就像一个疯子，不顾一切地来到村子里，这是风一次次地把我推开的情形。

我不知道为什么要来这里。那个黄昏亮着阳光，一条羊肠小道，风在身后追喊着。麦子收过了，两旁的田埂上堆放着草人，不远处鸡鸣狗吠。

我趴在一只黄牛的背上睡着了，牛的头在地上晃来晃去，牛铃咚咚地响着。我只睡了一会儿，就看见太阳落山了。我又听见有人在喊我的名字，我的乳名，村子里的人都习惯喊我的乳名。风把我从牛背上推了下来，把我一生的念头摔进了泥土里。牛还在若无其事地咀嚼着田埂上的草，一股子烟很快就把村子变成了黑夜，我隐隐约约地听见了天上的开门声，还有我奶奶摔瓷碗的声音。

黑开始包围着村子，整个村子渐渐地安静了下来。所有牲畜的头都贴着地，声音不再朝村子的上空跑，所有的声音都深陷在地底下。只有风是朝着天上跑的，从屋檐上跳上树干，很快就不见了踪影。

"请告诉我，去山外的路。"问路的人是四喜。

每到这个时候，四喜就会发出激昂的叫声，头高扬着，情绪便开始高涨。

四喜是一个瞎子，在村子里走了几十年，用心感受着村子一年四季的味道，谁也不知道他内心的想法。

四喜问出这句话的时候，无疑会让村民们诧异。村民们张大着嘴巴，不知道如何应答，只好用黑洞洞的眼睛看着他，竟没说出一个字。

四喜意识到，村子里的路都是给有眼睛的人走的时候，风牵着他找到了另一条路的方向。这条路，只有依靠嗅觉、听觉和灵魂才能找得出来。

那些呼呼的风刮过村子的时候，四喜把身体转向了西方，那是一片丛林的方向，他跟着风不停地朝前走，就再也没有停歇下来。

四喜离开后，有人断断续续地朝着村外走，但没有走多远又回来了。每次不是走错了，就是走迷路了。有些人走回来后，又重新开始走，大多数人一辈子都没有再走了。他们大概和我的想法一样，横竖都走不出南北十里时，索性停了下来。

走的人又要走到哪里去呢？在村民的心里，连去哪儿都不知道。只是听说，外面的世界挺好。朝南走，朝北走，累得实在走不动时，就瘫坐在地上。实在没地方走的时候，就歇息一个晚上，再沿着原先的路走回来。

见着大人们兜兜转转地走，孩子们嘴里开始唱起了歌谣，兜兜转转，转转兜兜，走到北，又走到南。这首歌听得五味杂陈。

后来，放不下脸面的村民们选择太阳还没出来的时候，就朝着太阳的方向走。当他们走到中午的时候，太阳升到头顶的时候，就迷失了方向，当村子里的各种声音响起时，才知道，其实一直在围着村子绕。

说实话，四喜不仅喊出了村民的心里话，也喊出了我的心里话。每个人的心里都有远方，都有梦想，只是藏得太深了，不知道怎样才能喊出来。

我真的想着离开了，村子里没有了我的事情，也不见有人出来挽留我。他们好像看清楚了，我与村庄无关了。可我哪儿也不想去，哪儿也不愿意去，我就想活在村子里，睡在牛背上，慵懒地享受着阳光。

可是我发现，眼前的一切都变了。动物的声音变得熙熙攘攘的，驴瘦了好多，就连五叔的胡子也花白了。有一种声音在驱除着我，好似只要我走出了南北十里，这里的一切又可以回到原来的模样。

我不走的时候，所有的动物都从我的身边走了。我总想着，它们还能停下来和我说几句闲话。我看见一头驴，甩了下尾巴，跑过去很远才慢慢地停下来。我发现它停下来时，再也走不动了。

我一个人站在路旁，它们似乎都没有看见我。我以为我能改变一些东西，改变它们的流向以及消逝，我顽固地阻挡着，让那些脚步停留下来，我发现我止住的仅仅是我的内心。风一阵一阵地刮着，我的那些日渐淡忘的记忆，被风一点一点地剥削着。可是，就连这个世界都无法留存的东西，在我的心里却存放得严严实实、完完整整的。我走的路，迎的风，都还是原来的样子，我熟悉那条路，更熟悉那些风，它们赶走了一些人，但没有赶走我。我连同那些草木、阳光雨水和脚印，连同夕阳的黄昏，连同那个圆得像饼的月亮，一直照在我的心里。

那时，有两个声音一直在我的耳根处说话，我伸手朝边上摸，又没有摸着人。那声音异常熟悉，仿佛是从我的体内发出来的。那些话和我说过千百遍，闭着眼睛记得很清楚，睁开时又什么都想不起来。

没有人相信我的过去，我会对过去的一切产生怀疑。那是我曾经有过的生活吗？我真的听见了一种奇形怪状的声音，从一个夜晚叫到天亮。我真的想沿着一条黑寂的路仓皇奔逃，可我发现背后有一个人直接跟着我。我朝着南边走的时候她在南边，我朝着北边走的时候她在北边。我真的愿意把自己变成一棵大树，变成一棵可以拴牛拴驴的树。树可以挡风，可以领受月光，可以为迷失方向的牛羊指明回家的路。

我一个人在村子里走的时候，没有人认识我的生活。我只能把那一场又一场的风留在梦中，那时我是一个既无力又无助的人。在我什么都干不成的时候，还是那一场又一场的风证实了我的内心。我得把村庄里大大小小的事情都留在我的一生中。

我离开村子以后，树不再长高了，人们在月亮的念想中拒绝了所有的食物，除了我喜欢的酒。

我忽然明白，在人的一生里，有一个以轴为中心的地方，这个地方是你一生都走不出去的。它的范围就在南北十里之间，这是你一生中必定得反复去走的路。落叶归根，当你走到人生的最后头时，你还得走回来。

在城市里，一个人与另外几个人，只要你相隔几年不见，就会变得陌生，熟悉的人陌生过后，就再也不愿熟悉。村庄里的人可不一样，无论你隔多久不说话，心里还是熟悉的。村子里人们的那种无法摆脱的勾连，却像是铁钉一截一截地打在墙上。

说来话长，整个村庄里就我一个人没有长大。伙伴伸手拉着我长大的时候，我偷偷地躲在巴掌大的地方看着月亮，沉迷于月亮上的那些隆重的酒宴。

我离开村庄后，又悄悄地跑了回来，在风雪之夜，电闪雷鸣时，没有人知道我的行踪。我就这么反复无常地在村子里跑，风一次次地把远路上的敌人吓退。

我走得看不见的时候，那是一年的春天，一场又一场的雪下着，我知道，它是为我而来的，那时我是个走失的孩子。我本来是可以和村庄一起长大的，一不小心便成了村庄的孤儿，走丢在童年的白天的黑夜里。我抬头时，天地间一片茫茫的白。

我真正离开村子的若干年后，我给村庄写了一封信，是请风寄去的，写的是我的童年，是万家灯火的童年，写给我脚下的生灵，写给我的爷爷奶奶。

我得学会走路，学会干一些事情。不管多大的风，我都要把那些倒塌在泥土里的东西找回来，记录在薄薄的纸上，感受着时间的分量。

星光开始照着我，我想，天亮的时候，没准四喜又走回来了。

我醒来的时候，精疲力尽。我听见一路上的声音，是我爷爷奶奶生前喊出来的，当喊出了我的名字的时候，我回望他们时，他们和蔼可亲，那目光一直注视着我。生灵就在我的脚跟处，不停地挽留着我。

我明白，南北十里的路，就是活人有气、有光、有梦、有想法的时候。无论你身在何地，在某个早晨和黄昏，你喊一喊，隐约便能听见童年的回声。

我家房后有一棵樗树

房后的地窝处长着一棵樗树，朝着东南方向，斜着身子。夏天，村民们坐在阴凉的树下，不时张望一眼我家矮小的房子，看一眼路人。

即便是在春天和冬天，走过的人也会在树下停会儿，放下肩头的担子，缓几口气。一只黑猫蹲在树杈上，样子气哼哼的。

日子久了，走过的路人的名字，要去哪儿？走多远？什么时候回来？有些人走久了，连自己都不记得什么时候走的。有些人，走后就再没有回来。人把时间忘记的时候，树都记得清楚。

那年的一天，一个瞎子高一脚低一脚地走进了村子。他手臂上挎着一个长长的布袋，布袋沉沉的，头朝天上昂着。父亲、母亲都下地了，妹妹躲在床底下，我和姐姐爬到樗树上，朝下张望着。奶奶在堂前切割猪食，爷爷光着膀子在巷子里吸着旱烟，烟筒里咕噜咕噜地响着。烟叶很快就变成了一个火团，被踢出的烟枪在地上翻滚，很快就滚得不见了踪影。

那个瞎子走到树下，突然停了下来。他用棍子敲打了几下地面，又朝着树上看了几眼。他手中的棍子好像长着眼睛，好像看见我们躲在树上。我吓得浑身发抖，紧盯着他手中的棍子，生怕他拿着棍子朝树上敲，然后把我和姐姐从树上敲落下来。瞎子朝着树上望了几眼，举起棍子，愣了一会儿，突然转身朝着巷子敲打着走过去。他的脸上不时露出一副不苟言笑的样子，不咧嘴，也不露牙。

连着几年，村子里的人都在半夜背着行囊偷偷摸摸地往外跑，脚步走得很轻。在镇子上那个不大的车站，每天拥挤着好多人，有的站着，旁边裹着一个蛇皮袋，里面装着半袋沉重的红薯；有的蹲着，屁股下垫着一条长长的扁担；村里几个人六神无主地看着，没有人见着他们上车，去哪儿都得买车票，没有钱哪儿也去不成。奶奶说，他们是趁售票员不注意从窗户上爬上车的，车上的人一半是买票上来的，另一半是爬窗上来的。司机当作没看见，只要车能挤得上来，就让他们挤着。遇到路上交警查车，一大半人得下来走路，一走就是几公里。司机还得在前面等着，或者遇上老实的走路人，还会主动停车喊上来。"捎你一程，上来。""不坐了，没有车费。""不要车费，上来。"有些性子硬的，不要车费也不坐，宁愿走几十里路。有些只要司机，一挥手就爬上来了，脚下走起了几个泡，估计也实在是走不动了。

村子里的人都快跑光了。他们都在想着法子往外跑，一天也不想在村子里待下去了。每天早晨起来，有些房屋就锁上了。有些是锁了正门，侧门是开着的，扔下几个老人留在屋子里。夏天的中午，热浪袭击着村庄，树下见不着几个人影，有时候会有几个老人，或者小孩。

人走了，大片的田地就无人看管了。刚有人离开村子的时候，谁家的田地都没有撂荒，至少会栽种好一季粮食，他们想着，是不是几个月就回来了。实际上，即便是不如意的人，回来没几天又重新出发去了别的地方。田地里的收成，是需要漫长时间照看的。没人照看，全部变成了荒野。

某天晚上，奶奶说，她也没打算在村子里活下去。她得去城里，好不容易在村子里磨蹭到晚年，村子里也就只剩下几个老人，老人都不愿意往外走，都走了，几代人的家业就无人看管了。奶奶却不想把命丢在这里。数不清多少个日子，没有粮吃，人都饿慌了，饿成了傻子。那时奶奶没有想过离开，可现在她想走了，她想去城里过一段自己想要的日子。到底是什么样的日子，她心里也没数，只有过过的人才知道。

走之前，奶奶想把坟地先找好，死后还是要落叶归根的，说着说着眼睛不由自主地转向青龙嘴，那块地上孤零零地散落着一些坟。坟的外面长满了草，里面躺着我的祖先。到底有多少人？我没有做过统计。反正，我出生后只增加了一座。有些没有立碑，有些碑上的文字不见了。有些我知道喊什么，但大多数都不知道。奶奶和那一茬子人在一块儿生活了好些年。她活着的时候说，坟地选得近，想念的时候可以走近看看，说说旧事。但真正埋在地底下的时候，却一声不吭了。那些过去的事，奶奶记得很清楚，但很少和我们说。

奶奶在村子里的日子愈加消寂，其中两段是刻骨铭心的。一段是我外曾祖母去世，另一段是她离开村子后，选好的墓地被人摧毁了。

奶奶一辈子是未出嫁的，我舅公七岁因饥荒逃去了湖北，一个人走的，开始走了几次，都没有成功，走到半路又跑了回来。家人都以为他还会回来的，这一走就是几十年，外曾祖母想起他的出走，心里就像麦芒一样锐利地支棱着，鸡窝里的几个鸡蛋都是留给他的。他还留着长发没有剪，剃头师傅几个月都没有来过。

舅公走后，外曾祖母只好把奶奶留在家里招婿上门。这由不得奶奶同不同意，晚上，大人们议论着她的事，嘈杂声一直持续到半夜。奶奶站在门背后，不敢出来，偷听着大人们的对话。她在想，自己又不是牲口，自己是人，自己的事情为什么不能自己做主。其实，那时爷爷隔着一道门，就站在她的背后。奶奶开始与外曾祖母搏斗，终日躺在昏暗的房间里，眼泪缕缕行行地流下来。前几日，她和外曾祖母吵过一架，然后把自己反锁在房间内，把半瓶农药搁在窗台上示威。"你给我听好了，要是你敢喝农药，咱们全家就死在一起，一个都别想活着。"外曾祖母恐吓着奶奶。

奶奶知道，家里确实需要一场实实在在的喜事，这从外曾祖母焦急的神情里可以看得出来。可是她不愿意，想着拼命逃跑的法子，她发现没有可以去的地方。

舅公不是我外曾祖母亲生的孩子，是她带来的，带来时还不到两岁。舅公家穷，生育了五个孩子，外曾祖母没有生育男孩，所以想带个孩子来传宗接代。不过带来的时候，外曾祖母就说过，如果孩子长大不想待在这里，随时都可以回去，当作亲戚一般的往来。

外曾祖母去世的时候，奶奶的哭声惊动了村子。"我对不起你啊，我对不起你。"奶奶和外曾祖母不是一直斗得吃紧吗？这一走，她倒不是摆脱了束缚，她习惯了那些呜呜嚷嚷。

外曾祖母去世后的第三年，舅公回来了，跪在外曾祖母的坟前烧纸，嘴里喃喃地说："娘，我回来晚了。"外曾祖母去世前，和我父亲说过，如果舅公回来，千万不要为难他。舅公这次回来后，就再也没有回来了。

我爷爷在还未去奉新国立师范读书时，奶奶就偷偷地和爷爷私订了终身。外曾祖母自然不知道这个事情，要是知道了，奶奶就算是爱上了孙悟空，都不可能逃过她的金刚掌。她是个守妇道的女人，对那些约束性的钢条丝毫都不会更改的。

那时，爷爷已经是个大龄人。爷爷是戊辰年（1927年）出生的。奶奶是己卯年（1939年）出生的。爷爷比奶奶大11岁。当时，外曾祖母帮奶奶物色到了对象。山外地主王粱贵的儿子王庆福，长得眉清目秀，还精通了几样手艺。爷爷赋闲在家，除了写一手好毛笔字，再无别的特长。

外曾祖母决定做主，把奶奶的婚事定下来的时候，不出几个月，奶奶意外怀孕了。这件事情让外曾祖母急火攻心，她简直想悬梁自尽，一死百了。面对着重重压力，她的脸面没地方搁。"这简直是欺人太甚。"王粱贵吼叫着。"我家庆福又不是找不着媳妇。"声音不大，可很快就传遍了村子。

"哪还有颜面？"外曾祖母牙齿气得咯咯响。可她想，就算是她死了，这个残局也没人收拾得了，只会让这家子人永远在村子里抬不起头来。想到这，疼痛就在全身止不住地蔓延。

外曾祖母想把奶奶肚子里的孩子父亲挖出来，甚至想着把还未长成的生命扼杀在奶奶的肚子里。奶奶呻吟着，痛苦着，死活都不肯说孩子是谁的。家里的气氛变得异常的奇怪，外曾祖母气得牙齿咯咯作响，拿瓷碗朝着地上猛摔。奶奶还是无动于衷，蹲在地上一声不响。她也想到了死，可她舍不得肚子里的孩子，她得咬牙把孩子生下来。在奶奶最痛苦的时候，爷爷没能跳出来保护她。她想着孩子的生路，那些排山倒海的痛苦就显得那么微不足道了。

一家子人，能帮奶奶做主的人也就只有外曾祖母。外曾祖父是不管事的，每天只顾下地劳作，一双干裂的粗粗的手，面部僵硬，好像是被泥水刷过一样。"儿孙自有儿孙福，死活让她自己过吧！"就在没有任何对策的时候，外曾祖父说出了他袒护奶奶的话。有些人开始安慰外曾祖母，一些态度也在悄然地变化。

奶奶的劣质性格脾气可不是外曾祖母传给她的，她是自己从小长成的。外曾祖母明白，奶奶读了几年圣贤书，这几年书在她身上发生了作用。

孩子肯定不是王庆福的，王庆福连奶奶的手都没有牵过。没出嫁前是不许同房的，"孩子到底是谁的？"这可是败坏门风的大事，全家人急得像热锅上的蚂蚁，最后还是善良的外曾祖父想出了法子，把家里最好的田赔偿给了对方，才将此事平息了下来。

虽然此事勉强平息了下来，可外曾祖母还是难以忍受旁人的言语以及异常的眼光，她决定将奶奶扫地出门，以此来消除内心的悲愤，遮挡世人的异样目光。外曾祖母做出这个决定的时候，她感觉内心有把匕首掠过，直接刺在她的心尖上。她希望奶奶能够坚强地活下来，或者和她的男人离开村子，另寻一条活路。可是奶奶并没有走，硬是在世人的目光中把孩子顺产了下来。生完孩子的那天晚上，奶奶抱着刚刚生下来的孩子，坐在樗树下摇荡着啼哭的婴儿。她的眼泪一滴一滴地落在地上，她发誓无论如何都要把孩子养大。后来这个孩子就是我的父亲。

奶奶没有房子，就在樗树下搭了个木棚作为栖身之所。由于地盘太小，在搭棚的时候，挖断了一支有人腿粗壮的树根。每到冬天，树就不停地发抖。一些不愿意落的叶子，也极不情愿地坠落下来。点点片片的枝头上，还是有些叶子一直坚持到来年。

奶奶的脸上很平静，没有任何表情，给予她的只有篝火，火炉里每日重复烹煮着一颗失了味儿的土豆。

奶奶生我父亲的时候，爷爷正在奉新国立师范读书，那时他已经在村子里小有名气，而且是村子里唯一一名考上师范的学生，也因为寒窗苦读，所以错过了结婚的黄金年龄。可谁也不知道，这个头顶着皇冠的男人，就是我奶奶暗度陈仓的丈夫。如若不是我奶奶一个人承受着这份彻骨的疼痛，当时抖搂出来，爷爷必定会受到牵连，不可能有机会走出山外读书。所以，爷爷的成功和奶奶是分不开的。奶奶的深明大义，不仅拯救了我父亲，还拯救了我们，拯救了村子。奶奶顽劣的性格，后来被我认为那是女人的骨气，由于骨子硬，奶奶才坚定了自己。

爷爷师范毕业，安排在县里土改队工作，本来可以风风光光地在县城上班，可他不愿意，非要回乡教书。其实，那时谁也不知道爷爷已经私订了婚约，而且已是一个孩子的父亲。

应该是秋天，爷爷奶奶结婚了。这个婚姻让村民不得理解，也不能理解。一个知识分子，怎么可能娶一个有孩子的女人？在这一点上，爷爷没有向任何人解释过。

结婚并不风光，只是在头上盖了块红布，点燃了两根红油烛，拜过三拜。没人闹洞房，也没有人庆贺，只有爷爷奶奶心里明白，这是他们追求的生活。

婚后，爷爷筹了些钱，在樗树下盖几间房子，瞎子左敲敲、右敲敲说，这根得锯了，否则房子的朝向不能坐北朝南。那是一条粗糙的根，从木棚的炕底穿过，朝着南边延伸过去。"这根绝对不能动。"爷爷说。爷爷的坚定，外曾祖母是看得见的。其实，在外曾祖母的心里，她不是求荣华富贵，而是想着要把这条血脉延续下去。

日子在慢慢地朝前走，开始有一些议论的声音，渐渐地变得没有了力气。再过几年，那些拒绝和爷爷奶奶往来的亲戚也开始串门，他们小心翼翼地说着话，向爷爷请教一些事情。爷爷耐心地讲，奶奶在旁边泡茶。有人说，奶奶是命好，倔有倔的好。外曾祖母听着当然开心，她在为奶奶高兴时，怎么也不能原谅过去的自己。一股憎恨涌上心头，落下一个腿脚不便的毛病。她晚年走路离不开一根棍子，性格也悄然大变，经常会对着奶奶发暴脾气，有时候甚至拿着棍子追打孩子。奶奶对她的行为很不理解，就把她锁在屋子里，成天不让她见阳光。有几次，外曾祖母求着奶奶把她放出来，奶奶怕她出来又打孩子，没有答应。不久，外曾祖母去世了。去世后，奶奶见着了外曾祖母的遗书，才知道是一场误会，她是想着法子让奶奶恨她，以此来弥补往日的过失。看着遗书，奶奶哭得昏天暗地。

一个人的命运是紧握在自己手中的，与外曾祖母又有何干？她的立场和做法，仅是发自她内心的关爱。而奶奶坚定自己的内心，是她自己的决定。

外曾祖母去世了。她是念过三年私塾的，仁义礼智信能倒背如流。村里念过私塾的女人，除了她就是我奶奶。我奶奶念了三年半，背熟了《增广贤文》。

可是在那个知识缺乏的年代，在那个封闭的村子里，一个女人没有任何办法来摆脱乡人的眼光，那种根深蒂固的乡间处事方法，终究是把一个女人逼上了绝路。

作为村人眼中的美女，奶奶无视他人眼光的性格，恰恰给了她幸福和光明。而外曾祖母的去世，给她带来了漫长时间的疼痛。这也是她选择离开村子的一个原因，另一个原因则是去县城陪我堂妹读书。她已经在村子里变得没有力气了。堂妹考上了县三中，叔叔和婶婶离婚了，离婚后叔叔不知道去了哪，婶婶和别人组建了新的家庭。奶奶像是看清了余生的一切，她想用余生来做件事情。

我记得那天下午，太阳斜着，影子在地上越扯越长，我感到了疼。我看见天上的尘土犹犹豫豫的，不知道该往天上跑还是落下来。风突然停在榉树上，不见丝毫动静。我恍恍惚惚地站在树下，看见奶奶走出村口。她每走几步就回头看几眼，再几步又探出个头来，我闻到了空气里难闻的刺鼻的味道。

多少年，我想起这一幕时，眼睛仍然是湿漉漉的。我看到奶奶脚下的路，看到她年轻时的样子。我站在村子里眺望的时候，久久地望见了多少年前的生活。

等奶奶回来时，村子里的一切都结束了。村子里一片寂静，所有的声音都停在村子的上空。

奶奶走后的第五年，她住过的屋子变成了废墟，种过的麦地也变成了荒野。那个瞎子也死在了几年后的黄昏，有人想把榉树砍倒卖钱，父亲却坚决不同意。

我离开村子的好些年，半夜醒来，似乎还活在树底下。辨不清楚是树在说话，还是地底下的虫子在说话。我意识到我住在几层高的楼房内，才明白那些声音是从时光里穿梭而来的。

樗树立在村子里抢了名头。它虽然是孤立地生长着，可它的根和叶子，却有着自己的风姿。

粗树根是我家最硬的地皮。劈柴砸东西都垫在粗树根上，只要一砸树就会动，树上的鸟就会扑扑地飞。

我想起了在村子里生活时，下雨天水会从门的底部灌进来，门口打着一道防水的埝子，下大雨的时候，房子里到处是积水。冬天，大雪会封门，一尺多厚的雪，但是无论多大的风雨和雪，都不会对樗树有影响。树会挡着风雪，遇上大风大雪，连茅草棚都不会掀开。

有一年，后山塌方，一个硕大的巨石朝着我家的屋飞来，发出一声惊雷般的巨响。巨石被樗树阻拦住，并服服帖帖地填住了一个地窝。要不是樗树，恐怕全家难免于难。有了这次惊险的遭遇，我们全家都把樗树当成了树神。年节间会给树烧香烧纸。

也就是在这一年，我对着树许下了一生的愿望，秘密地在树下种下了理想，我发现，理想就像种子，会在春天里发芽。但好像总是长不高，也长不大，长着长着就被动物啃掉了，旁边还留着一串蹄印。

我在树下生活了十多年，听到了树的全部声音。树也听到了我家全部的声音，我在半夜的梦话里说出了自己的心事，不知道它会不会为我保守秘密？尽管我知道树的很多秘密，可从来没有说过树的事。很多年前，有一个女人吊死在树上，风摇摆着她的身体。活着的人发出了一声声叹息,风经常会驱逐那渐渐变得虚弱的叹息,在风的驱赶中,那声叹息渐渐地消失在了村子里。

女人就埋在树下,没有立碑。奶奶认识那个女人,也见过那个扛着铁锹的男人。

奇怪的是第二年春天,樗树没有长出新的叶子。村子里的人都在忙碌着自己的事,只知道春天来得太迟。

奶奶在县城生活了十五年,目睹了许多村子里的生生死死。村子里的牛瘦得没有力气耕田,没有人为它找到一条生路。牛死在了春天,尸骨腐烂在荒野上。

另一个春天,奶奶像是看见了自己的死。她想回去看看坟地,父亲用无助的眼神看着她说:"现在政府提倡火葬,你选的那个坟地坍塌了。"奶奶顿时感觉屋子全黑了,想喊,却没有喊出来。恍惚着,想着自己好些年没有回村子了。"村子里没几户人家了吧!""一户都没有了。"父亲说。"大家都在赶着走,村子里哪还会有人。"奶奶这才意识到,是该回去了。她像是看到了空荡荡的村子,刮风了,樗树上没有一片叶子,天空也是干干净净的,见不着一点飘飞的东西。突然,村子里就只剩下一棵树、一个人。

那个人是谁呢?我以为,她是奶奶。当我仔细朝前看的时候,我看见爷爷在巷子里抽烟,看见瞎子又来我家了。母亲坐在火炉前纳鞋底,桌子上堆满了碗,人都没有散,我和姐姐坐在左边,弟弟坐在右边,还有萍妹、红妹、花妹坐在中间,素妹戴着一个小帽子，一张红得像苹果的小脸蛋，愣愣地在想着事情，突然昂起头，笑着和我说，"大哥，我也想爬树，爬到最高的地方。"

奶奶去世后，我把奶奶送回村子里。我听见村子里发出嗷嗷的声音，朝着这边跑来。我没有听过龙宝和凤宝的声音，只有我知道，他们还活在村子里，还活在那段时光里，奶奶还会陪着他们一直活下去。

尽管村子里没有了人，可樗树还在，它还是原来的样子，樗树朝着的方向是一条往返的路。站在樗树的方向，能眺望到晚归放牛羊的孩子，能看到整个人生世界，能看到一些牲口，能看到一片叶子落下了谁的一生，一粒尘土飘起了谁的一世。

"你闭着眼睛走吧！"我爷爷比奶奶晚去世两年。奶奶去世时，他站在棺材前，给奶奶点油烛，还是两支，白色的。

奶奶晚年犯病，半夜常常被噩梦缠身，闹得爷爷整夜不得安眠。他给奶奶点蜡烛，和她说上师范路上的事。"咱们的处境多难，盘缠我都没有花，走了七天七夜才到，把钱省着寄给你，知道你一个人在家难。""你不是说，那是学校给你发的补贴吗？不，你说是奖学金，原来都是你节省下来的。真是个傻子。"奶奶说着。这都是多少年前的往事了，说起来就像是在昨天，他们都记忆犹新，怎么会忘记呢？奶奶说："不许你走在我的前面，我怕黑。"爷爷没有说话。"你听到没有？""哎。"奶奶在县城租住在一个黑房子里，只要一下雨，屋子里一下就黑到心里了。

院子外有一棵树，不知道叫啥名字。奶奶每天都在院子里走，走几步就在树上摸一下，十几年的树皮被她摸得光光的。树就成了奶奶一个人的，没有树她在县城活不下去。在她的心里，走不出那棵树，在黑暗中她摸到另一些东西时，一直觉得那就是村子里的樗树，那个十分熟悉的村子就长在树里，树里还隐藏着村子的另一种存在的生活。

　　许多年后，我才知道，原来在奶奶的世界里还隐藏着一段极黑的生活。父亲出生后的几年，奶奶还丢掉过两个孩子，一个叫龙宝，另一个叫凤宝。两个孩子都是夜里丢掉的。龙宝下河游泳回来，高烧不退，连烧了几日几夜，爷爷那时在县里学习，奶奶一个人在家，请来村医吃了几天药，在昏暗的夜里停止了呼吸。凤宝是去找铃铛草，被黑夜吞噬的。有人说，凤宝是被虎豹吃了。奶奶找遍了村子，也未见着半点血迹，肯定是被人偷走了。

　　两个孩子的消失，在奶奶的心里留下沉重的阴影，她感觉村子里的夜晚黑得很快，感觉一股黑直灌进她的肠胃。

　　爷爷以为奶奶离开了村子，就会把以前的生活遗忘干净的，可是她怎么也忘不了。她感觉孩子就活在她的梦中，还抱在怀里喂奶，还在教他们走路，先出右脚，再出左脚。

　　又有人想砍樗树，父亲还在阻止，说这回一定得砍掉，要从树下修条路。"村子里早没人了，修条路干啥？"父亲问。"清明节回来总方便吧，又不要自家出钱，上面有到村的项目。"村主任说。"这树是我们家的，说不砍就是不能砍。"父亲还在阻止。

一日，来了好多人。砍树的声音把村民都招回来了。母亲抱着樗树流着眼泪。"留下来吧！让它活在村子里。"村民们也开始说话了。

"不砍树可以，得把根砍掉，把树枝砍掉。"村主任说。碗口大的树根露在外面，修路车肯定过不去，砍掉了树根，不把树枝砍掉，风一吹就会倒下来。树没有了根和枝，不就像一个没有力气的人？总共九个人，拿着锯子围樗树。村民们不说话地呆坐着，一窝老鼠躲在树洞里，听见锯声像蚂蚁一样跑出来，鸟吃剩的草籽从树上纷纷扬扬地落下来。一只还未来得及逃离的黑鼠，两眼茫茫地朝地面看着。

树开始震动起来，不停地朝下面落土。一伙人围坐在树下，想看那只黑鼠如何逃跑。黑鼠一动不动地站在树干上，它扭着头，无力地对抗着，突然有了精神，摇晃地站起来，朝着那伙人纵身跃去。一人的耳朵撕扯了一道口子，紧接着树上响起了嘎嘎的声音。我俯下身子朝上望，看见暗处有一些东西隐隐蠕动着。

我听见了父亲的叹息声。樗树已经上年纪了，死一阵子活一阵子，树的躯干干裂着几条缝。它对生死已经无所谓了。它已经有足够的根，足够的树枝，尽管砍得只剩下两三个。它不再指点什么了，指向的路也多少年没有人走了。

我觉察到，村子里的东西已经不多了。畜生、鸟、人、树，少一个我便能觉察出，我知道这些东西不能再少了。田埂上的草垛永远是干燥的。樗树底下的落叶也是干燥的。

不时会有鸟从头上飞过，飞累了，就落到樗树上喘口气。日子久了，便认识了所有飞来的鸟，记住了它们的模样。

在这个村子里，人可以走，樗树却不能倒下，那些黑鼠和鸟叫不能再没有了。

我奶奶没有见着樗树的下场，一棵无辜的树，为什么一定要置它于死地呢？我感觉，树枝砍下来的瞬间，就像是一只手臂落在地上。我以为它会挣扎的，可不见半点动静。几只甲壳虫，挣扎了好一阵子，然后就没有动静了。我耐心地守候着一只甲壳虫的最后时光，在永无停息的生命喧哗中，我看到因为一棵树的悲剧，从此整片土地变得沉寂。

爷爷临走前，还隐约记得上辈人说过的话，樗树是从湖北老家移栽过来的，树在根就在。

村子里住满人的时候，村子里的老村主任打算修一条路进村，可是要绕过樗树得花费不少的人力和物力，最后修路的事情就搁了下来。那时，为修路的事情，全村人争吵不休，有人赞成，有人反对。老村主任最后采取公开投票决定，反对票比赞成票多了两票，樗树才保留了下来。这之后，再没有人提出过修路的事情。

村子里住满人的时候，路没修成；现在没人住了，砍树修路让我不能理解。村里的人几乎全都搬离了村子，除了樗树外，村子里的记忆几乎消失得差不多了。

樗树的悲惨下场，让我许多个夜晚都睡不着。深夜，我见着我家那条狗又回来了，围着樗树一圈一圈地转。我不知道它要干什么，在一个漫长的夜里，我的耳边只有呼啸的风。

我曾经在一个深黑的夜晚，一个人走在村子里，月光明朗地照在樗树上。我坐在樗树下的根上，村子安静得要命。我见着一个偷米的贼，半屈着腿蜷在樗树苑。他的双手抱着头，我看不清楚他的脸，双腿不停地颤抖着。

"别让偷米贼跑了。"喊话的是我父亲。

他要跑是谁也拦不住的，可他没有动，他已经几餐没有吃饭了，想跑腿脚也没有力气。

爷爷说，到油罐里去打一壶油，再量两筒米让我送去。

我很害怕，屏住呼吸好几分钟，全身的汗毛都竖了起来，只感觉一股月光落在我的身上，像是被水浇过，特别的冷。我故意绕到他的后面，把油和米放在地上。这件事情很快就过去了，第二天没有人再提起偷米贼的事情。

贼是谁，奶奶当然知道，父亲也知道。奶奶总是说，干了错事的人，总得给他一个改正的机会。

我听见过村里的人议论我，我也干过天大的错事，把牛看丢了，牛可不能丢，它是全村人的共有财产，还得靠它耕田。要是谁家有一条牛，那就是富人，必然是腰里揣着钱的。可是这个错，让我暗自高兴着，我第一次见识了村人找牛的情形，我得意的是牛还是没有找回来。可是，谁也不知道，牛就卧在樗树的脚下，连灯都没有照见。第二天，牛就在树下吃草。村民都以为，是那个偷米贼良心发现，把偷走的牛又送了回来。我知道，牛的失踪真的与他无关。

其实，村子里不管有没有住人，大家都想有一条好走的路，从集镇到村部足足有三十公里，走路得花几个小时，挑担东西的时间就更久了。村子里不好修路，只能修到我家门口，离村部还有几公里远，村部才是村子的中心，村子里虽然没有什么人，可村部还长年累月地开着门，还有三名干部：一个书记，一个主任，还有一个妇女干部。开始是有五个人的，另外两个嫌工资太低，干脆去沿海打工去了，一年的工资能抵得上村子里的四五年。

樗树的命运好像无形中被一种东西主宰着，不仅主宰着白天，也主宰着黑夜。它所站立的位置，几十年都是它的领土，可时间慢慢地改变村子时，也在潜移默化地改变着它的命运。

不管怎么说，樗树是我生命中最亮丽的风景。它立在时空里的时候，也就立在人的心里。那个时空看似是一个片段，实际上它却是永恒的。别看它特别的渺小，存在的意义却是巨大的。

在樗树下的那些日子是不会白活的。我的理想还会跟着树一起长高，节节朝着天上攀。

原来我一直以为，如果一个人伴着一棵树过完一辈子，这个人就能从没明没黑的荒野中寻找到粮食，就能在心中养育一片野果，不会在乎秋天里收获多少果实。其实，人的心才是最大的荒地，很少有人会用一辈子去种好它，只有樗树，即便是你撂荒了多年，还会朝着地面抖落尘土，种上人们想过的生活。

很多时候，人们总是把撂荒看得过于平常，认为在哪里都是安顿，往往凭着一个念头，就会朝着一个方向奔走，一走几天，几个黄昏都不回来。长的时间，两年都不会有消息。还有些人，就这样留在了别处。这些人，太小看了村子。事实上，一些小事就能够磨掉人的一辈子，一片叶子也能盖住人的一生。如果连抬头看一眼树的时间都没有，更别说地久天长地想念一个人了。

一棵树的根伸向了大地，根在无穷无尽地生长着。它就活在地下，虽然是黑暗的，可那是一个宁静的世界。地面上的树杆，没有再朝天上长，被人间的环境约束了自由，可树是光明磊落的。树依然还是树，即便没有名字，它还是树，还能长成自己想要的高度和自己喜欢的样子。

樟树就在我家房后，一直活在那儿。我把钥匙藏于樟树上，在门上做了记号，走出很远的时候，内心就会很不踏实，我会惦记着那把钥匙所放的地方，等待着遥无归期。

驴的叫声都停了

女人就像是被风刮走的，说不见就不见了。

她会去哪儿呢？我望着星空，天上的星星就是一眨一眨的，像是在和谁说着话，和谁说呢？我什么也听不见。

"九婶，你在哪儿呢？"我经常一个人在村子里狂跑，没有方向，像无人看管的驴一样四处乱窜，跑得筋疲力尽后才停下来。然后朝着村子的角落，扯着嗓门喊，我以为我的声音能传到她的耳朵里，还能在某个瞬间听见她的回声。可显然是不可能的了，我必须得接受这个事实。我在村子里生活的时候，我被逼迫着接受一个又一个这样的事实，可我一个都接受不了。我的脾气倔得像头驴，可我的内心却很脆弱，我会绝食，会把自己藏在某个地方。那时我发现，只要我屏住呼吸，就没有人能把我找出来，在睡梦中我便能听到那个熟悉的声音，她在我的耳畔不停地喊着我。

"你家的公驴是不是变心了，去找别的母驴了？"一个晚上，我听见她在唤驴的声音。"别开玩笑，我家的公驴真的丢掉了，别的地方它去不了。""别急嘛，坐下来喝碗茶，让我的母驴吃把草，吃完就骑着我的母驴去找你家的公驴，我的母驴叫几声，你的公驴就回来了。"

这是八叔和女人的对话。女人觉得这话有道理，就毫不客气地坐在八叔的炕上。八叔坐在旁边陪着喝茶，喝着喝着就心神不定，眼睛一会儿朝驴看，一会儿又忍不住朝女人身上瞟一眼。女人好身材，粉蓝色的裙子，微带着小麦色的皮肤，看起来那么的健康。乌黑的头发如瀑布般垂直地披在肩上，脸蛋微微透着淡红。

此时，她的身上湿漉漉的，裙子紧贴着皮肤，身体的部位一明一暗的。鼻梁上搁着的汗珠，晶莹剔透的，像是要滚落下来，却不见得动弹。八叔见着就急了，从炕头上扯下条毛巾来，"来擦把汗。"这条毛巾八叔搭在炕头上好多年，八叔没舍得用。九婶的汗就这样沾在八叔的毛巾上，散发出淡淡的清香。她进门的时候，八叔就闻着了这股香气。那是一种特别的气味，让他顿时神清气爽。

女人走后，八叔捻着毛巾傻乎乎地笑了起来，笑得有点得意忘形。但没过几分钟，他就平静了下来，像是在思索着什么。

女人在村子里跑了一圈，见人就问有没有看见她家的驴，听到的却是男人调笑的声音。

"唉，驴又不会爬树，又不会打洞，怎么就凭空消失了呢？"

"那驴会去哪儿了呢？"女人着急了。

在村子里活了好几年，她还不熟悉驴的性子，不知道驴的方向，所以只能是干着急。

"什么？你家的公驴丢了啊，哎哟，你家的公驴在我家。"见着九婶着急，一个光着膀子的男人走过来，故意和女人调侃。"你家的公驴我知道掉哪儿了。""掉哪儿了呢？""掉在我家的母驴身上了啊。"紧接着哈哈大笑起来。

"我家的公驴到底哪儿去了呢？"八叔在睡梦中还见着女人在找驴。"起来啦，懒鬼。"八叔答应女人今天出山帮她拉二十斤面粉回来的。女人喜欢吃馒头。女人想跟着八叔一起去，八叔不愿意，他害怕女人走出了村子就再也不回来了。

八叔打开门，一道强光照射了进来。他打了个哈欠，严肃地问，"你家的驴找着了吗？""没有呢！"女人说。"昨天晚上，我睡到半夜倒是听见地下的驴叫声，是不是你家的公驴掉进地窖了，或是被谁偷去藏到地窖了？"八叔认真地说。

"你听见的声音是从哪儿传来的呢？"八叔摸着脑门，仔细想了一阵子，却怎么也想不起来，感觉声音像是从梦里传来的，东边两声，西边两声。他是个贪睡的人，半夜哪儿还能听见驴叫？村子里的男人都说，八叔是在骗女人，"光杆司令"见着美女哪有不动心的？八叔个头高大，英俊潇洒，他可从没有碰过女人的手。

自从女人来到村子里后，不仅八叔像是变了个人，好像整个村子的声音也都变了，听起来像是另一种声音。比如，以前鸡叫声是悠长的，狗叫声是扁扁的，牛的叫声嗦嗦的，一年四季是听不着驴的叫声的。可现在呢？鸡的叫声、狗的叫声、牛的叫声都被驴的叫声覆盖了。女人家的驴像是在和她抬杠子，没几天就不见了踪影，找到的时候，总是让她气得牙齿咯咯作响。要么是睡在东家寡妇的驴圈上，要么是躲在西家"光杆司令"的地窖里。八叔没有以前贪睡了，一天到晚不厌其烦地帮女人找驴。好像找驴成了他的真正事业，副业还是游手好闲。

不见了驴，女人当然着急了。这驴万一要是没了呢？她还得靠着这头驴过日子。

女人一张嘴喊驴，满村子人的耳朵就竖了起来。一些光杆子男人就热闹了起来，他们倒是希望九婶找上门来。

女人家的驴不是自己跑的，拴好的驴怎么会自己跑呢？驴又不是人，不可能自己解开绳索，不过也会有挣断的时候。村里特别穷，村外的女人不愿意嫁进来，村里的"光杆司令"特别多，他们想着法子调侃女人，只要见着女人着急就开心。他们故意把驴绳解开，希望驴朝着他们的屋里跑。可驴很不听话，解开绳索一溜烟就不见了，谁也追赶不上。有时候跑着跑着还会杀个回马枪，自己又会乖乖地跑回来，待在屋檐下吃草。

每次女人家的驴找不着了，她就会想到八叔，她知道八叔懂得驴性，知道驴的方向，就一定能找回来。

这回不一样，八叔把前面用过的法子全都用了一遍，又重新出了几个新的"方子"，可驴还是没能找回来。

驴不见了，村子里开始流传着很多不同的声音。有人说，女人来村子里是来找八叔的，可说出来谁信呢？八叔有什么好？白天不愿意下地，晚上呼噜声像打雷。关键是他已经不是当初那个勇猛的男人了。以前勇猛过吗？我问母亲，母亲说八叔以前的确是条汉子。

　　说起来，八叔现在的年龄完全可以做女人的叔了。她用不着把青春耗在八叔身上，想要娶她的人排着队哩！

　　我感觉奇怪的是，如果八叔真的和女人没有关系，为什么女人老往八叔屋里跑呢？村子里好多双眼睛盯着她的举动，只要有一点风吹草动就会流言四起。好像她从来不忌讳别人说她和八叔的闲言碎语。找驴。答案所有的人都知道。真的是找驴，只有八叔知道驴的去向。八叔真的能把走失的驴找回来吗？我倒是好奇了，女人去八叔屋子里的时候，我悄悄地跟在后头。女人坐在八叔的炕上，两个人好像都没有说话。有时候是八叔看她一眼，有时候是她看八叔一眼，眼里也没见着擦出什么火花来。

　　八叔还在帮女人找驴。女人的公驴不见后，八叔连着几个晚上没有睡着，有些时候，深更半夜，他会一个人悄悄地爬起来，在村子里走。先是到女人家的驴圈旁侧着耳朵听，然后又趴在地上听，走着听着就到天明。他好像听到了什么，半认真半开玩笑地说，这个时候正是驴发情的季节，说不定真是去找相好的了。只要母驴不赶它走，谁都不可能把它找出来。

　　"驴不都是拴着的吗？"女人喊驴的时候，对门的三嫂回

应了一声。是谁解开了驴绳，女人也不好说，村子里那么多
"光杆司令"，谁都有这个可能。说不定就是那个解开驴绳的
人把驴给拉走了，铁了心不让她找出来。村子里没有这么坏的
男人吧？即便是解开了驴绳，恐怕也在暗地里着急。

　　我忽然明白了什么。记得女人来村子里的时候是贴着八
叔的驴屁股来的。记得那天黄昏，我见着八叔的驴带着女人走
进了村子。当时，我在村口河边的草丛里放牛，我见着河对面
的路上一个晃动的影子，就猛地抬起头来。女人见着我，稳住
了脚跟，脸有点红，然后微笑着看着我，像是在和我打招呼。
那时，我也不知道她会变成我的九婶。

　　就在女人注视我的时候。那头带路的驴就消失了。女人
真的漂亮，村子里可没有这么漂亮的女人。我瞪着眼睛看的时
候，差点儿被黄牛一脚踢进了河里。后来的半截路，是我赶着
黄牛，带着女人走进村子里的。

　　八叔的驴怎么会知道女人要来呢？现在想来都觉得奇怪。

　　几个月后，女人在我家对面的屋子里住了下来。这是一
个驴也不愿意住的破矮的土屋。我不知道母亲的用意，这间屋
子是村里的一个寡妇住过的，后来寡妇得了失心疯，跳河自尽
了，屋子一直空着。屋子里闹过鬼，有人说，看见那个自尽的
寡妇深夜在屋门里唱歌，声音此起彼伏的。还有人说，经常在
深夜听到哭泣。当侧耳静听时，又没有了任何声响。总之，那
声音就像是从村子的地下钻出来的。

　　女人不信鬼，她说世上哪有鬼？人做多了亏心事，心里

才有鬼。只要自己心里没鬼，就睡得踏实。我家的确没有多余的房子，女人也愿意住，母亲就把屋子收拾干净，还添了几件家什。

女人是从哪儿来的，来村子里干吗的？谁也不知道。母亲说，她是来村子里谋点事做的。

女人的到来，让沉寂的村子一夜间变得不安分起来。以前村子里讨论鬼的人不少，现在再也没有人讨论鬼了，讨论女人的人更多了，女人成了村子里的一个日常话题。村子里的绯闻也跟着多了起来，不过都是一些鸡毛蒜皮、无真凭实据的流言蜚语。

有人说女人在外头是有男人的，那个男人有家室，不愿意离婚和她在一起，一气之下她就来这里隐居了。也有人说，她家里闹饥荒，她是迫不得已才跑出来的。还有人说，她是白蛇精，碰不得的，说自从她来村子里后，半夜经常有一条青蛇在村子的上空飞来飞去。总之，说得有鼻子有眼的。女人听了都觉得好笑。当然，胆小的人还是会害怕的，可还是有胆大的莽汉半夜会往她的屋子里撞，不过是撞得一鼻子的灰回来，什么都没有得逞。难道真的见着白蛇精了？当然不是。母亲正和父亲商量着，说老八这把岁数还没娶个媳妇，总不能一辈子当"光杆司令"吧！不如把九九娶过来吧。九九就是女人的小名。我听了当然乐意，可八叔并不乐意。

那天，母亲带着八叔去见女人，八叔在屋子里走了一圈，屁股没有坐凳就跑回来了。八叔说，你们的好意我心领了。

"九婶是不能娶的。"母亲知道，八叔嘴里说的九婶是谁。可她不是九婶啊。

女人是女人，女人不是九婶。八叔嘴里说的九婶是在这个屋子里住过的疯女人吧！

"女人不是九婶，她又会是谁？"八叔就像一盏灯，一会儿明一会儿暗，嘴里不停地嘟嘟着什么。母亲怎么也跟他说不清楚，算了吧！母亲说。你这么死脑筋，活该当一辈子"光杆司令"。

八叔说的九婶是那个死去的寡妇。寡妇原先可不是寡妇，她的男人去了山外就再也没有回来。

有人说，他在山外和另外一个女人好上了，寡妇开始不信，可后来别人说什么，她就信什么。她不是没有主见，是男人走得太久了。寡妇的男人走了九年，如果还活着，早该回来了吧！或者说，是不想要这个家了吧！抛下一个女人九年，他干吗去了？寡妇心里像是明白什么，可她没有说出来，嘴里不停地说，你不是个好男人。是不是好男人，只有她心里明白。

一个黄昏，村民们看见寡妇一步一步地朝着河的中心走去。没有人喊她，也没有人能把她喊回来。大家都知道，这是她的归宿。她不是一个人走的，有人在前面等着她。

有人说，村里的人死后，头半年还会有人议论的。寡妇死后仅过了半年，就像是人间蒸发了一般，再也没有人提起过。屋子就一直空在那里，年久失修漏雨的时候，父亲又会去翻新，盖上新的杉皮。

不知道从什么时候开始，屋子里关着驴，可驴不听使唤，像是不愿意关在里面，不停地和人对抗着。

也就是从那个时候开始，村子里的驴越来越多，叫声越来越大，驴声把整个村子都覆盖了。

女人来到村子里后，谁也不知道她叫什么。有人老远喊着："住在九婶屋里的女人"，这是个啥名字呢？她住久了，也就听习惯了，也就知道村民是在喊她。可村民的用意她并不懂，提醒她这是九婶住过的。

她一点都不害怕，开玩笑地回应着："哪有这么一长串的名字？就喊我九婶吧！我觉得九婶挺好的。"村民们一听，愣了。"怎么可以喊九婶呢？"九婶可是个死去的寡妇，要她是九婶，哪个男人还敢碰她的身子呢？会不会是九婶的魂魄附身了？她倒是满不在乎地说，"不会，不会，九婶可不是个坏女人。"她这么一说，大伙就不再说什么了。冷静一想，还真是的，九婶的确不是个坏女人，要说坏只能是那个男人。

"以后就喊我九婶吧！"她咧着白牙，乐呵呵地说。寡妇去世有十多年了吧，我掐着指头数了数。村子里不见谁反对的时候，八叔呱呱地叫了起来。"这九婶是可以替代的吗？"在八叔的心里，"九婶"只能是那个寡妇特定的名分，谁也代替不了。

八叔脑子里想的什么？谁也不明白。

在我家八叔排行第八，九叔自然排行第九。我没见过九叔，不过，八叔说我见过，他离开村子的时候，我还没满月。我那时还趴在母亲的背上呼呼大睡，九叔在我的脸上亲了一口，和我母亲说，"二嫂，把娃给我抱抱。来，乖，九叔抱抱。"九叔抱着我在屋子的里里外外走了一圈，我还是睡着的。"等我回来时，我的娃也该这么大了吧！"母亲看着九叔，眼睛就湿润了，本来他还想说点什么的，可什么都没能说出来。

九叔就这么走了。九叔走前，寡妇，也就是我的九婶，有了身孕。在九叔走后的半年，九婶在拾柴火回来的路上意外流产了。孩子是九婶的命，没有了孩子，整个人就垮了。加之九叔不在家，往后的日子，她始终没能熬过来。母亲说，一个女人没有了男人，承担的压力太大了。走了，倒是一种解脱。

九叔到底去了哪儿？除了八叔外，就连九婶都不知道。要是她知道呢？我问过母亲。我的话把母亲给问住了。九叔走后，八叔就像变了个人。在村子里行走的时候，从未见他走过直路。有时候，看见他和驴在地上打转，越转越偏，后来就一头栽在地上，半天也未见起来。

九婶走后，村子里的人好长一段时间都在议论九叔。那阵子各种声音混淆在一起，把村子搅得乌烟瘴气的，看不清楚村子的真实面目。

母亲把九婶的屋子收拾得干干净净的时候，八叔来看过，他说，总有一天九叔会回来的。当然，我们都盼望着九叔还能回来。

女人来到村子里后，忽然有一天，八叔疯了似的说，九叔他回不来了。他说这话时，喝了很多酒，走起路来一歪一歪的。这个时候不管他说什么，都没有人相信。谁也不愿意相信八叔的话，八叔通常是东一句西一句的，村民早已把他的话当成了痴人说梦。

九叔到底去哪儿了？真的只有八叔知道吗？有一天深夜，我听见父亲和母亲说，"兄弟九个，六个死在战场上，九弟没有那么幸运，定是去和几个兄弟作伴了，老九最重兄弟感情。""活要见人，死要见尸，九弟福大命大，不可能死的。"母亲说。

我大概听出来了。我知道我的几个叔伯都是烈士，他们的骨头都埋在县城附近的烈士陵园里。父亲也一直希望九叔还活着。他四处打听，听说有些人当了逃兵，更名换姓去别的地方躲着成家了。还有些人，干脆背叛了自己的国家，逃到国外去了。这些听起来像是个神话，的确是没有依据。可父亲觉得，只要九叔活着，他就一定会回来。可九叔真的是回不来了。

其实，九婶的死是有原因的，那阵子山外有人陆续来村里秘密调查，说九叔做了叛徒，九叔会是叛徒吗？说什么父亲也不会相信。九叔的性子刚烈。那年，上面来村里征兵，本来是八叔报名去的，可八叔意外患了阑尾炎，性格刚强的九叔，说八叔不能去，他的身子比八叔好，所以临时报名替补了上去。

不久，八叔听说九叔跨过鸭绿江，到了抗美援朝的前线。

没过多久，九叔牺牲的消息传到了八叔的耳朵里。八叔没有告诉任何人，他把这个消息一个人扛了下来。

那时，村子里上门说媒的人不少，有一个姑娘主动找八叔，说八叔不娶她会后悔一辈子的。可八叔无动于衷，天天喝着闷酒。

八叔一直没有结婚。他想过帮九叔照顾九婶，暗地里和九婶说过，只是照顾她，可九婶不愿意，说他的心里只装着九叔。

实际上九婶明白八叔的大意，她是想和八叔结婚，九叔参军和八叔没有关系，即便九叔不在了，她也会勇敢地过下去。

女人来到村子里的时候，八叔还沉浸在过去的岁月里，女人见着她的时候，眼睛眯得像条缝。"死鬼，赶紧起来。"八叔从死的沉梦中惊醒，像是一下子就活过来了。

夜晚村子里不见风，四周静静的，女人的声音是贴着地皮传过来的。不仅八叔听见了，所有的人都听见了。村子里的人都说女人不好惹，她是会功夫的，我见过她耍拳脚。她要不是会拳脚，肯定会被男人欺负的。

她来到村子里没有一个亲人，除了那间失去主人的破矮的土屋外，好像村子里的一切都与她无关。开始她很少说话，担心言多必失。不过她好像知道村子里所发生的一切，就连那些死了的人她都能哗哗地说出来，连哪个人什么时候离开的，她都能说得一清二楚。八叔对这些都不感兴趣，担心她在村子里活不下去，可她偏偏活得好好的。

村子里到处是驴，她的门前也系着一头。她把驴系在屋檐下，用茅草搭了个驴棚。八叔帮她驯过驴，她那头驴很不听话。驴一不见了，女人就整个村子找。从早晨找到夜晚，沿着黑夜找，最终还是会把驴找回来。

在微弱的灯光下，她给驴梳理着身上的毛。驴的眼睛水汪汪的，见到她认真的表情，像哭过了一样。女人知道，驴跟她受了不少委屈，她一个人闷得慌的时候就骂驴，驴就像是个犯错的孩子，低着头，再也不敢正视她的眼睛。

女人在村子里也不是完全不和别人家往来，驴消失的时候，她就经常朝村里的人家跑，去了东家去西家。年节间母亲总是让我送点吃的喝的给她，让我没事的时候多去她屋子里转转，说她一个人够孤单的，可我还没真正喊过她一声"九婶"呢！她会包哨子，拿捏得很到位，吃起来又香又甜，蒸熟的哨子也会送点儿到我家来。她还会剪纸，心灵手巧，剪出来的图案栩栩如生的，我的床头贴着的就是她的手艺。

当然了，女人来到村子里的时候，我已经是个半大的孩子了。每次去她那里时，一进门就见她倒立在墙上，露着洁白的肚皮，她见我来了，立马翻了下来，在屋子里旋转着，一阵清香扑鼻而来，弄得我的心里怪痒痒的。

我和女人开玩笑说，我长大后也要娶个她这样的女人。女人立马打消了我的念头，"不许，我有什么好的。"

对于女人，我看不深，也猜不透。我的眼力局限了我，我发现村子也局限了女人的一生。可是，谁又不会受到局限呢？我想，外面的人，谁会像女人一样认识村子里的路？

那天下午，村子里发生了件意外的事情。驴叫得厉害，村子里有种说法，驴叫是给死人点名，已经死了的人，跟着驴叫走，跟着风走，跟着人声走。谁也看不出驴声的不祥。驴声悄无声息的时候，女人住的那间破矮的土屋崩了下来，一股巨大的冲击波像是要把村子淹没。母亲不知道发生了什么，吓得丢了魂。

村子渐渐地从土里露出来，先是声音：狗的，鸡的，人的。然后炊烟冒出来，接着是房子，矮矮的，贴着地。

我听见呼呼的风声刮过村子，风想让沉默的村子发声，可是谁也不会知道，女人是日本人。我的九叔，他是在救女人时被敌人杀害的。那时的女人还是个孩子。

除了八叔外，村子里没有一个人知道女人的来历，就连我母亲都不知道。母亲没有问女人从哪里来，在村子里将要待多久？只知道她做的任何手艺，都不会收村民的钱。久而之，村民都把她当成了自己人，那些“光杆司令”们也都用爱慕的眼神看着她，打消了所有不良的念头。

自从那几间房屋坍塌后，八叔和女人就像是被风卷走了一样。警察来过村子里几回，在他的屋子里翻了个底朝天，没有查出任何端倪，村民们都说，八叔和女人一起走了。他们又会去哪儿呢？

我成天在村子里寻找。我发现八叔和女人是村子里的草淹没的，风吹草低时看见八叔拉着女人的手，在荒芜的草地上奔跑着。我又看见了女人的脸，她像是活在土里，太阳出来时，脸上露出了灿烂的阳光。

自从八叔和女人在村子里消失后，村子里就连驴的叫声都停了下来，再也见不着驴的脚印，就连驴粪的气味都没有了，像是被风刮得干干净净的，驴像是从来没有来过。母亲说，人都搬到城里来了，驴派不上用场了，就连驴肉都卖不了个好价钱，谁家还愿意养驴呢？

只是后来，在那几间破屋的宅基地上，不知道谁又重新盖了几间房子。

两年前，我回到村子里的时候，还挨家挨户地去找过九婶，我老远见着一个老人端坐在破矮土屋的门前，平静的脸上挂着一个浅浅的微笑。

我还幻想着，九婶还活在村子里。我八叔、九叔也都还活在村子里。村子里的人一个都没走，都还好好地活着。

但村子里再也没有听到过驴的叫声。

大地上的沉思

白是大地的苍茫。人们之所以害怕黑夜，就是因为害怕单独面对自己。

——题记

夜间的河流与白交相呼应。

多么美妙的夜晚，但这已经是深冬。诗意失去了支柱，鸟儿正在飞离。因此，人们必须得接受一种别离，与树叶一道飘往什么地方。

"你要对着月亮发誓"，她请求说，"把大拇指弄弯。"

他转向了月亮。

一只孤雁从天空飞过，在夜空中划过了一条长长的弧。不过，没一会儿又飞了回来。

村子里一个妇女从低矮的屋子里蹒跚地走出来。在门前的薯架上，用竹棍子敲打了几下，随即一片唰唰的响声。

风飕飕地刮着，天地间更加寒冷了。寒冷仿佛就是一阵风吹来的，薯架上朝下滴的水瞬间变成了冰。

孤雁还在天上盘旋着。伴着它飞行的另一只雁掉队了，可能是被猎人的枪杀死后掉下了悬崖，也许早已成了人们锅里的美食。

夜空里响起一声急促的惨叫，随即又寂静无声了。孤雁在天空中飞来飞去，它犹豫着，这已经是最后的越冬的日子了，可它又飞了回来。它想多留点时间在天空寻找，或者说是等待。它发出焦急而悠长的叫声，最终错过了越冬的时间，冻死在冰天雪地里。很快苍茫的大雪覆盖了它的身体，一片无尽的白。

自然间无处不在的凶险，人们怎么也不会想到，一餐美食的背后却是一首撬动世人良知的悲歌。

生命一旦消失，就会陷入一个无尽的梦中，孤独是一个人注定的出行。只有在面对死亡挑战的时候，童话般的神奇才会像烈火一样燃烧。由此，你不得不想到爱情，想到幸福。

捕捉秋天的幸福的时候，你会发现，幸福只取决于爱，爱是发自于内心的一种表达，有爱还是没有爱，都取决于自己。爱还是一种姿态，是灵魂和血肉的提炼。人的爱是天生而来的，在爱与被爱中生活，本身就是一种幸福。

雁的形象渐渐地随着岁月消失，而感情却留在了北方的天空。一种永恒的寻找，却把雁的关注转向了大地，转向了整个世界的生活现象。这样，世上的一张脸在取代另一张脸的时候，那种剧烈的疼痛变成了无法逾越的森林障碍。

寂静的早晨，严寒把一切都装扮好，收拾干净了。有的地方梳过，有的地方剪过。但是太阳很快就破坏了它在清晨做的活，使一切都不安分起来，在它的烘晒下绿草露出了尖。

现在不远处，瞧那树林，透过树叶的缝隙，你可以看见前面有一棵小树，树不高，黑黑的，被雷电劈过。但比起旁边的一片草，它还是无比高大的。

草地上留着许多猎人的脚印，深深浅浅的，他们就在这片草地上来来回回地走，猎狗不时跑来。

我不想知道，那棵树的名字，在它的上面长着一簇芽苞，有些芽苞在冬天里放肆，不一定适宜春天的雨水。但此刻对我来说，所有我经历过的冬天成为一个冬天，一种感情，整个冬天对我来就是一场梦，一场白色的梦，白得像珍珠，晶莹剔透的。

孤雁让我回到了第一场梦的那一天，很长时间我都觉得，这种对雁的感情就是第一次见着雁的时候留下来的。我现在完全明白了，我对雁的感情本身发端于我与一个人的第一次见面。

除了叶子就是苔藓，草丘上，湖泊旁，脚踩上去会发出咔嚓咔嚓的响声。脚没那么容易拔出来，越想拔出来，身子越不听使唤地往下沉，全身的力气像是耗尽了。

叶子活过，青草也活过，潇洒地活过一回后，现在作为肥料转化到新的生命中。要想在大自然的循环中理解自己的价值，就得像它们一样并立成长，在独立存在的同时，不停地开阔自己的心灵。

最初的世界什么都没有，只有波涛滚滚的，喧嚣不停的水。这喧嚣声传到了天上，给予人们平静的生活。但人的生命有了疼痛，有了喜怒，有了白发苍苍，有了生命的斗志和渴望。

人们最大的兴趣就是挑战和突破自我，而人们的全部不幸在于，对一切习以为常并心安理得。

夜晚在大自然里变化无常。夜晚有着无尽的欢乐，如果你能捕捉到夜晚片刻的阳光，你就是幸福的。

而很多人不适应夜晚的孤独，人们会感觉夜晚是可怕的，会有神灵出没，想象着自己与它们在一起是可怕的。随便什么东西，树的叶子，只要稍微发出一点响动，就会觉得害怕。

夜晚是不被人适应的，那些难得的遇见，只有人在创造精神价值的时候才能体现出来。

在即将日出之前，林间笼罩着雾气。在黎明前，昏暗的森林中是见不着生物的。最初的阳光收起粗麻布的时候，在原来白色的地方就会留下绿色。渐渐地，整个森林的白色都消失了，只有树木的阴处还长久地留着白白的一小块地。

仰望着天空，沐浴在林间的金光，正被风卷着到处跑。

一群小鸟，正在朝着一个方向飞去。

风应该是自然最操劳的人，一个冬天它无处不在，所到之处都会留下陌生的痕迹。树叶飘落，簌簌作响，作着永别。它们永远是这样，在诀别和消亡中又会卷土重来。

对于生活，我们时刻在脱离着一些东西，我们真正接触世界，就是在这种脱离和失去中开始的。

多雪的冬天进入年轻的树林是很可怕的，树木被雪压弯，历经一个漫长的冬天，只要稍微有点雪就会弯腰，倾垂着弯成拱形。整个冬天，野兽都会在这拱形下来往。

我折下一根吃得起力气的棍子，在旁边的树干上狠狠地敲打，各种形状的雪就纷纷地落下来。树就弹向上，让出了路。我在想，假如树在这个冬天没有被压弯，那么以后的冬天就会一直挺立着。我就靠着手中的棍子击打着解放了许多垂头丧气的树。

我发现，树有时候也会和人发生冲突。一个人在森林中走，你得做好自己，不要和你身边的树木发生争吵，得失间不要发怒，这是最消耗自己的。

夜空中荡漾着一个声音，声音能传到附近的每户人家，抵达每个入睡的人。

我容易满足一种简单的生活，在这种生活中幸福无须太多的努力，它就是你内心的一种追求，一切都是从自然中来的，而我与人的交往是出于与人说说话的目的。因为人等待的是关注，而不是金钱。

春天姗姗来迟。花园里出现短暂的沉寂，夜莺在光秃的枝头上唱歌。林木黑乎乎的，不听新绿。夜莺歌唱的是堕落，让人寂寞烦闷，让人憋得慌张。

　　阳光晒热地面的时候，五颜六色的野花骚动起来。人们躺在草地上，敞开心扉，慵懒着阳光。

　　我坐在河畔的杨柳下，回忆着一个关于《从早晨到夜晚》的小说，想着小说里纷繁复杂的情绪。想想，就像喝醉了酒一样。里面的主人公叫什么呢？却怎么也想不起来。但我必须得想起来，我在努力回忆着，那个名字却躲得越来越远。

　　为了使自己摆脱纠缠不休的念头，我得给盘旋在空中的老鹰喂食。我从随身带的一本书上，了解到一些喂食简单的方法。老鹰是一种凶猛的飞禽，只要地面有它想要的食物，会不顾一切地扑下来。

　　一切都令人费解。我试着把食物放在地上，瞧了半天，老鹰也没有飞下来。不过我的思维清澈了许多，不仅想起了那个名字，还想起了另外一个快乐的情景。

　　河畔到处长着蕨类植物，草地长满了满铃兰，松鼠窜来窜去的。旁边的简易棚内住着几个外来务工的人，他们没有领到工钱，只能蜗居在这里过年。为了与他们接触，我主动上前去，掏烟给他们抽，聊一些家常的事情。他们终究有些陌生，用警惕的眼神不冷不热地和我交流。我从他们的口音中，大概猜到他们是从河南来的。

我很想对他们说，没有钱也要回家过年。看着他们住在荒凉的地方，内心也免不了升起凉意。

我似乎真的失去她了。时间一直在夺走一些东西，这些东西也在拼命地挣扎着与你分开。世间的事物都是时间耗尽的，而时间又在一次次地重新开始。

可是痛苦却在我的心灵中越积越厚，可能会在某一天熊熊燃烧起来，也可能在一场异常欢乐的火焰中燃尽。

也许，这是我最为值得记忆的一个春天，也是我和她的最后一个春天。

在这样的节气里，在短暂的时间里是见不着太阳的。我们只能想象着，太阳躲在某棵大树的背后，从幽暗的缝隙中会投放一些光的影子。

阳光对于世间万物来说，是多么的玄妙和美好。有阳光的树林，简直让人妙不可言。人是无法克制自己的内心的，不被各种束缚的思想是自由的。

我经常一个人悄悄地观察水的源头。一个偏僻的村子，必定会有好水。

山沟里一棵芭蕉叶子婆娑，几滴水落在叶子上，越滚越大，像一颗晶莹剔透的明珠，越过弯弯曲曲的茎，从这里直线往下淌，在坑洼处平静地积着一堆水，各种水滴落在上面发出声响。

我发现自然界最有力量的水是新生的水，我亲眼见着一团雪慢慢融化，从高处滴下，落在地面上炸开溅起水花。新生的水流具有强大的冲击力，水顺着坡汇聚在一起，然后失控向着小河奔驰而去。

鸟不时在山涧跳来跳去，各种颜色的鸟，三个一群，两个一伙。有水流的声音喧嚣，是很难从叫声中辨识出鸟的类型的。

在溪流和滴水的清脆声中，我们通常会听见一种自然的乐曲，这种乐曲是人无法依赖手指弹奏出来的。人的思绪会围着乐曲打转，疼痛和欢乐也会在脑门上打转。

我渐渐地对人的起源有了明晰的想象：当一个人与这滴落的水生活在一起，一心追求着幸福的时候，他还不是人。这仅是意识的一个阶段，就这样一步步地，开始逾越自己的伤痛，把自己变成一个抽象的人。醒来的时候，你会听见，那些鸣叫全都落在地上。

一切的万物，在人的不经意间会慢慢死去。它的一生都没有掠过人的眼光，与人错过了全部的遇见。

我老想着那棵菩提树，皱皮疙瘩的老树。它安慰过很多人，从不打我们的主意。在大自然里，屏息不动，泰然自若地关注着我们。我时常效法着它那无私奉献的精神，心里像菩提一样开出芬芳的花朵。

菩提树倒在一棵白桦树的树下，它倒在唯一的一个春天，白桦树的枝头正绽放着芽孢。

在高大的丛林里太阳是无法照到地面的，只有从缝隙的反复折叠中斜射到那个幽暗的角落。

从阳光照耀着的旷野走进一片茂密的丛林，犹如走进了一个不见边的洞穴。阳光明媚的日子，隐藏在林地里多么的美好。在黑黑的深处，有着一种无言的表达。一个不会克制自己的人，是会发出惊呼或是喊叫的。

在林间绯红的脸，从一块空荡的林中空地，被阳光投向另一块林中空地。

我坐在一棵老树下休息，树上的鸟没有发现我，落在我坐着的边上，叽叽喳喳地叫着，好像在数着数字。

一、二、三，起飞，朝着林间扑扑地飞去。

最小的鸟落在最高的云杉顶端。它的身子很轻很轻，站在那里眺望着朝霞，它的嘴不停地张开着，声音可以传到地面。从它的样子可以看出，它要做的事就是赞美，赞美自己弱小的身体，赞美地面上劳作的人们。

冬天来临，鸟飞走了，不见了。它们的巢穴还挂在树枝上。不过某个早晨，还在睡梦中的时候会听见鸟儿啼啭着。

这似乎是一种奇怪的现象，它的歌声引人发笑。在这种歌声里蕴涵着某种希望，一种模糊不清的希望，有时候就像件艺术品。

在艺术作品中的美，其实最重要的力量还是真。美可能是无力的，但真不是无力的。一个人，面对艺术的时候，如果缺乏了本质的美，就不会有力量。如果整个人的外表都被虚伪侵蚀，那么，所谓的美也一定会消失。

一件伟大的作品，一个伟大的艺术家，不是意味着追求美的，而是不断地汲取力量，这种对真的力量就会变成无限的崇拜、无限的恭顺。

人对美是永远都不知足的，犹如饥饿遇上食物。

望着一棵大树，我想到了地底下的根须，在无限地曲折地延伸。它们在肥沃的土地里不停地寻求食物。一个人就像是一棵树的根须，有它撑起一片的使命。

我一直试图把自己变成一棵树的根须，可我未能做到。我知道，一个人的成长，很多的时候就得学习一棵树，在大地中吸收养分，在鄙俗中开阔自己的心灵。一个人肉体的束缚会丢掉性命，可是精神的束缚会失去自我斗志。

一个人在森林中行走就会觉得孤独，最好的是结伴三人，可以相互照顾。猎人就不一样，他喜欢一个人，因为一个人的时候会不声不响。

一些动物，它生来就是猎物。它永远逃不过猎人的猎枪，只要稍稍一举枪，就会不费吹灰之力地把猎物打下来。

死亡时所见着的也是一种白，这种白在无限放大。最后，整个世界都在一种白色中。

谁能活在一片不见阳光的森林，在一个阴沉的地区，阴森森地在未曾开发的金银财宝中守望。

似乎，安静和沉默，甚至难以忍受的残酷环境，恰恰是湖泊、岩石、森林之间最为默契，最能适应自然的生活场地。但人们是不会说话的，因为他们在占领一个地方的时候，不会想到那些意志薄弱的人。一些美好的生活回忆，只能在夜莺鸣叫的时候才能显露出来。自然的声音会包围绿色茂密的森林，会散布精耕细作的广阔田野。

不，所有平常方式下的生活都不会适应在这样的一个地区。人是需要燃烧全部强大的内在力量的。

再隐秘的地方，也会遭遇强大高傲的对手。长满苔藓的缝隙上，残留着动物搏斗的痕迹。动物间的搏斗和人的搏斗是极其相似的，但动物不会受思想控制，只会单一地追求战利品。当然，即使不缺乏动物感情，也会相互干扰，构成强大的阵容。

会有人把这段历史记录下来，这只属于一个时间。我不得不承认的是，时间是会改变人、改变自然的，时间也会消灭所有的一切。一切的存在是由时间构成的，所有的消失也是时间的必然。但现在我要告诉所有生活在这个世界的人们，无意义的存在是最大意义的保存。

不是那个麦子收获的季节。傍晚，天气更冷了。黑色把所有的光都封闭在麦田里，连土壤都是黑色的，只有水流声流淌得很顺畅，这样，有水流的地方麦子就会长得比较好。再长的夜还是会见着天亮，还是会见着阳光，久别重逢的阳光照在土地上，黑色的泥土更加松软，非常诱人。猫和狗把土地当成了被褥，躺在上面睡得正香。所有的树木以各种方式开始接受落叶。

人也是一样的，高兴的时候彼此相仿，在痛苦时，在斗争时，才会显露出个性。如果像人一样来看待，秋天是森林个性的衍生。

站在星光下，可以期待一切。森林里会有向着南北的路，一条条绿色的，慢慢地延伸到了金色的田野。

当云向不同方向飘去时，雨被冰和云所终止。但太阳不会理会天空的这种阴谋，一早就会照耀起来。有一种秋天的蒲公英比夏天的小，但强壮，在一根茎上能开出十几朵花。人永远都不应该放过任何一个直面向前的机会，哪怕是在树叶上留下一滴美妙的露珠，也非常好。

此刻，我躺在万顷的草地上，许多的野蔷薇，还有铃花草，在我的身旁迎风开放着，黄澄澄的。

耳畔响起了虫鸣歌唱的声音，一排，一排，风把那些声音串连在一起，就像是黑夜里一盏又一盏的灯光。

天上的云是白色的，白得耀眼，也洋溢着春天的喜气。

不被遗忘的私人历史

　　早晨的太阳晒热地皮的时候，老人从摇晃的老屋里走出来，走到村外的柏油路上，跺跺脚跟上的泥土，顺着柏油路朝前走，走到村口的槐树下，他已经耗尽了力气。在裸露大半截的枯树根上坐下来，眼睛悠悠地看着远方。

　　他一直没能改掉这个习惯。夜晚村子和公路安静下来的时候，他就会一个人走出来。很多时候坐到深夜都不愿意回去。旁边河道里的水一年四季哗哗地响着，那翻滚的声音像是变成了悠长悠长的、几乎听不见的呼唤。

　　今天是四月十四日，对于村里的人来说，正是农忙的时节。荞麦早已种下去，得锄草了。有人在远处喊，他不知道声音是从哪儿传来的。耳朵已经不灵了，感觉耳背上有风刮过。他看着那条柏油路，眼睛就模糊了。人都搬走了，还修条这么好的路。他的嘴里不停地叽咕着。"政府的意思是一户也不落下。"他还活在村子里。有些时候，也会有汽车开进来。搬出山外的村民，有事没事地还会往这里跑。不是这条路白修了，他只是觉得有点浪费。

人的一辈子看路的时间，比看啥的时间都长，他无数次走在这条路上，等在这棵树下。每次往回走的时候，他老感觉后面跟着一个人，他走一步，那个人也走一步；他停下来，那个人也跟着停下来。他熟悉那个脚步声，几十年来一点都没变。

　　前几日，他的孩子说，国生叔要回来了。"真的要回来了？"他把那双旧解放鞋找了出来，洗得干干净净的。然后又把屋里屋外扫了几遍，屋里没有窗户，和夜晚一样黑，他找来晾衣服的篙，把屋内戳了个洞，一束光照射下来直刺他的眼睛。他摇了摇头说，"别骗我了。""真的要回来了。"他半信半疑地高兴得几宿未眠。"真的会回来吗？"他发现，刚才耳朵还好好的，没一会儿听觉就被打扰了。

　　国生叔是与他有着生死之交的战友。一个村的人，一起去当兵的，后来又一起抗美援朝。结果，几乎全村的人都知道。可他呢？就是不相信。"你是命大，有什么不相信的？"他摇着头，眼神越来越坚定。

　　他一定会回来的。其实在老人的潜意识里，他一直还好好地活着，只是活在天的另一方。他相信，一个离乡的人，不论你走了多远，不论去了何方，还是会落叶归根，终究是要回来的。

　　六十年了，他等待了六十年，也寻找了六十年。这六十年来，他感觉自己一直活在战场上。在他的耳朵里，时常会听见大炮声。尽管那个声音，随着时间的过滤，变得像蚊子的叫声一样轻微。可他还是能听得到，感觉那个声音像远去的马蹄，一直朝着他的思维深处跑去。尤其是在深夜，他甚至看到到了国生的脸。

国生去当兵时才十六岁，比老人小两岁。两户人家都是独生子。

他们两户人家只隔着一条小河，小河不深，水流不断。他家姓李，国生家姓樊，听说国生的祖先是从中原来的，中原也就是今天的河南，具体是河南的哪个村庄却说不上来。只知道黄河逢年涨水，淹没了两岸的农田，只好朝着南边迁，后来就到了修水县水源乡祈源村。两家人住得近，口音却不同。他家说的是修水话，国生家说的是怀远话。不是一茬的人，就玩不到一起。说到底，还是本地人欺生。

国生从小就勤快，见谁家干啥活都主动去帮忙。他家干木活，国生就来拉锯。他家盖房子，国生就来捡瓦片。几代人从不相往来，就连种的菜籽都不一样。国生顽固的热情，的确让他一家不知如何是好。每次听到国生的脚步声，他就躲在屋子里，脚步声越近，他就越不出声。都说远亲不如近邻，他们两家人世代不相往来。说这是祖上的指令，到底是啥原因？也没有人能说得上来。两家人就这么冷漠相邻，彼此间井水不犯河水。

国生家的驴高大，力气也大。他家想借国生家的驴，可就是开不了口。国生家也想要他家的菜籽，用他家的菜籽种出来的蔬菜很旺。驴倒是不好借，菜籽好偷。国生家始终没人干偷鸡摸狗的事情。两家人的关系，在国生的脚步声里，慢慢地有了回声。太阳一晒，风一吹，他家的菜籽就落在了国生家的地里。慢慢地，茄子、豆角、西红柿发出了咯咯的笑声。有一年，国生家的菜吃不完，还送到他家来。那时候，他还是有意无意地躲着国生。祖先的血统一直在他的心里作祟，他还把国生看作是外乡人。

1949年，政府来村里招兵。当兵是保家卫国的责任，老人和国生都报名参军了。深夜他听见国生的父亲在叮嘱国生，去当兵就得上前线，不能当逃兵，不能给祖先丢脸。

1950年，老人和国生一起跨过鸭绿江参加抗美援朝作战。这对于他的一生来说是件轰轰烈烈的大事。他是通信兵，国生是战士。一到朝鲜，突然两个人都变了，不像是在村子里那样天天见着也少说话，相反，彼此间像亲人，没有半点隔阂，空着的时候就会在一块儿聊家乡的事，聊国生家的驴，聊他家的菜地，但从未提起过女人。

那是个寒冷彻骨的晚上，国生参加了十三人的冲锋队。上战场前国生来和他道别，彼此沉默着没有说话，他听见国生悠长的呼吸。国生反复地向他摇手，意思是如果他战死了，希望他捎话给他的家人，还希望他能帮助他把骨灰带回家。

战争没有白天，夜晚像扣在背上前行。开始是死寂一样的山野，突然大炮轰鸣。一阵尖利的喊杀和惨叫声，仅此一会儿，战场就安静了下来，一批冲杀的士兵很快从雪山上滑下来。在那十三人当中，只有一个人活了下来，还负了重伤。是不是国生谁也不知道，不久他见到了国生的遗物。从那以后，他再也没有见到过国生。后来有人说，国生没有死，抗战胜利后去了北大荒。那场夜战像梦一样悬起来，他不确定真的发生过。从那以后，他的脑子像是出了问题。他时常会有意无意地竖起大拇指，竖起来的时候手抖得特别厉害。

从部队转业后，他本来是被安排到哈尔滨邮电局工作的，可他拒绝了，说去北大荒吧！他还真以为国生活在北大荒。他在北大荒待了好几年，又听说国生回了河南，在河南开封武装部工作，他又随之请求调去了河南。在河南待了十来年，他又听说国生从河南的一个厅级单位调回了江西的一个县，又跟着申请调回了江西。退休后，干脆就回到了村子里。

每到一个地方，他的眼里就会浮现朝鲜战场的情形，看见战士在悬崖上奔跑。一个紧挨一个，牵着绳子朝前跑。醒来时，他发现全身都是汗。耳朵里还是大炮头顶的轰鸣声，轰鸣声被后方的鸡鸣声接住。他感觉整个村庄的鸡都在为国生啼叫，一片片朝着黎明传出去。

老人回来时，国生的家人早已不在了，住过的房屋不见了踪迹，在那块地上长着一棵十多米高的树，地上长着一片繁茂的杂草，好像从未有人来过。他的心里空荡荡的，不时会有风旋转着，那种无限的空陆陆续续地在他的心里爬行，不着边际地奔跑。他站在树下，看着来往的光阴，把儿子喊在边上，一遍一遍地和儿子重复着国生叔的故事，他儿子不知道听了多少遍，都听腻了，听见他的叫喊声就跑得不见踪影。后来，他又讲给孙子听，孙子也不愿意听了，他又讲给村子里的孩子们听。他讲的这些故事，村子里的人都能倒背如流了。

他讲着讲着就再也没有了听众，目光灰暗，突然停顿了下来，像睡着了一般。也许国生不喜欢这些，他就喜欢被人遗忘呢？可他的眼角上挂着眼泪，眼泪顺着脸颊落下来，掉在地上的灰尘里。他感觉国生没有走远，还活在他的身边，他开始一个人对着空墙说话，对着荒野说话，有一句没一句地说，即便没有了听众，可他还在不停地说，他感觉国生在听。后来村里老老少少的人都跟着移民政策进城了。可老人不稀罕城里的生活，非得一个人留在村子里。他儿子回来看他，见他神情恍惚的样子很是担心，说老爷子年龄大了，得接到城里去，说不定哪天一个人悄悄地走了。要是真走了就好，怎么没有带着我一起去呢？我是个通信兵，苟且偷生。

他虽然是名通信兵，可也负伤多次，脑门上的一块弹片是横飞过来的，左腿曾被子弹穿过，走路时有点跛。一个同村同屋场的兄弟死在那里，他是多么的恐惧、痛苦、惊愕。他还记得国生和他道别的情形，给他悄悄地留了一封信，是他换洗被套的时候发现的，国生在信中说，等抗美援朝胜利了，一起回家盖房子。两人盖在一块，共用一扇门。

他生气了，说好的，怎么就不能兑现呢？人们都说国生不在了的时候，他偏说，国生一定还活着。也许他的眼睛看不见了，也许耳朵聋了，也许成了哑巴。那个活着的兵，听说是踩着血浆滚下来的，下来时已血肉模糊。可他没能见着，也没有打听到他的后来。

　　不久前，他孙子去乡政府办事，回来告诉他说，你惦念着的那个国生爷爷找到了。"找到了？""找到了。乡政府干部跟我说的，我还骗你不成。"他孙子强调说。"说过几天就来和您老见面。"他高兴得一个晚上都没有合眼，嘴里自言自语地说着，我就知道他在湖南工作，什么？湖南什么地方？他的耳朵突然灵了。离你原先的单位不远，只隔了一座城市。他突然平静了下来，像是在思考着什么。可他退休后，跟着儿子来到江西南昌。他儿子是某部的师长，儿媳也是军人，在后勤部。他仔细地听着，不时地点头。可他又摇头，我真惭愧，我的后人没有一个当兵的，我哪有脸面见他呢？

　　那天约好在村口见面，那是他们一起去当兵的地方。他早早地坐在那棵老槐树下，眼睛注视着那条路。历史在他的眼睛里来来去去，又去去来来。临近中午时分，一辆白色的车子开到了村口。他用力撑着膝盖站了起来，似乎闻到了那种熟悉的气味。车上下来了几个人，是退伍军人事务局的干部。李爷爷，我们又来看您了。老人点点头。这些人不知道来过多少回。"他回来了吗？"他一遍又一遍地问。"您是说国生爷爷吧，他来了。"他看见那个孩子从车上跳了下来，带着红五星的帽子，手里还捧着鲜花呢。他伸过手去，拉着孩子的手，五个指头和另外五个紧紧地合在一起。"爷爷，时间太久了，我们只找到这枚纪念章，这是我们在纪念馆找着的，这是背面刻着烈士的名字。"老人的手还僵在那儿，像是感受到了那个孩子的温度，随即就哭出声来，哭声像是要穿透脚下的土地。"这枚纪念章给您收着。"老人的口袋里，也有一枚纪念章。可他始终不愿意拿出来，那段光荣的私人历史一直深埋在他的内心深处，他就喜欢这么收着。他说，只有国生，还有无数个像国生一样的战士，才是真正的人民英雄。

老人带着遗憾，永远地离开了这块土地。在他最后的时光里，是国生的纪念章陪他度过的。他走时很安详。我去寻找抗美援朝老兵的故事时，在水源乡的烈士陵园里见着了樊国生和李三宝的名字。李三宝住过的房子也不见了踪迹，一块空着的土地上啥也没有了。

我静静地蹲在烈士陵园前，屏住呼吸，眼睛闭住，感觉耳朵不在身体里，整个太阳里都是他们的声音。这是我的大儿子，那是小儿子，还有孙子。你呢？弟妹还在吗？哦，哦，前年走的啊！我可想你啊，没想到现在还能见面。以后咱们要常来常往啊，像走亲戚一样来往。

我知道，这个故事也该结束了。这段不被人遗忘的私人历史，远得像一个不着尽头的长梦。但我相信，在漫长的梦里，他们还会重逢。